国家社科基金重大项目（19ZDA295）阶段性成果

东亚词选

Anthology of East Asian Song Lyric

闵定庆 何素雯 张业明 编选

江西教育出版社
JIANGXI EDUCATION PUBLISHING HOUSE
·南昌·

图书在版编目(CIP)数据

东亚词选 / 闵定庆, 何素雯, 张业明编选 . -- 南昌 : 江西教育出版社, 2022.10

(东亚汉诗丛选)

ISBN 978-7-5705-3124-0

Ⅰ. ①东… Ⅱ. ①闵…②何…③张…Ⅲ. ①词—(文学)—作品集—东亚—古代 Ⅳ. ① I310.22

中国版本图书馆 CIP 数据核字 (2022) 第 117980 号

东亚词选

DONGYA CI XUAN

闵定庆　何素雯　张业明　编选

江西教育出版社出版

(南昌市抚河北路 291 号　　邮编: 330008)

各地新华书店经销

山东临沂新华印刷物流集团有限责任公司印刷

开本: 889 毫米 ×1194 毫米　　1/32

印张: 13.125　　字数: 300 千字

2022 年 10 月第 1 版　　2022 年 10 月第 1 次印刷

ISBN 978-7-5705-3124-0

定价: 72.00 元

赣教版图书如有印装质量问题, 请向我社调换　电话: 0791-86710427

投稿邮箱: JXJYCBS@163.com　　电话: 0791-86705643

网址: http://www.jxeph.com

赣版权登字 -02-2022-252

总序

汉诗词创作源于中国，传播并流行于东亚各国。东亚汉诗词是源自中国的诗歌形式，形成了属于东亚各国的传统诗歌形式，并在东亚诗歌史上长期发挥着不可或缺的作用，成为东亚各国文学史的发展基石及其社会文化的重要组成部分。本丛书所选汉诗词，即东亚各国诗人用汉语创作并遵从汉诗词格律用韵的诗词作品。其中包含古代中国周边的朝鲜、日本、琉球（今冲绳）、安南（今越南）等国诗人创作的佳作，但不含北方的渤海国、东南亚的缅甸、暹罗等国的汉诗词作品，因其汉诗词存量极少，相关文献散佚殆尽。从东亚史的视野看，东亚汉诗词的概念既囊括了地理的因素，又代表了历史的真实存在，更具有汉字文化传播的价值。

东亚各国汉诗词创作的起讫时间有别。本丛书所取时间范围，始于公元 3 世纪（朝鲜津卒妻丽玉所作《箜篌引》），终于 20 世纪中叶（第二次世界大战期间的日本汉诗）。东亚各国汉诗词在长期发展过程中逐渐融入本土因素，形成独特的表现内容及诗作特色，成为东亚文学传统的重要组成部分。据不完全统计，古代朝鲜汉诗总集存约 40 部，汉诗别集超过 1000 部，诗人约 5000

人（有些人的诗作不传，或可能只有1首或几首保存），总存诗约25万首。古代日本汉诗文集仅据日籍《汉诗文图书目录》记载，从汉诗发轫的奈良时代至汉诗衰替的明治时代，先后问世的汉诗总集与别集达769种，计2339册，保守估计日本汉诗存量约20万首。琉球王国汉诗文集留存约30余种，汉诗人50余人，存诗约4000首。古代越南汉诗文集留存620余种，汉诗人约1000余人，存诗约5万首。合计东亚汉诗总集、别集存留3000种以上，汉诗人1万人以上，存诗则在50万首以上。本丛书各分册，就是从上述丰沃土壤及丰富的文学遗产中细勘精选出来的佳作，旨在展示东亚各国汉诗词的主要风貌及艺术精华。

东亚各国社会有着关联紧密的传统文化根基，涉及儒学、佛教、官制等重要因素。汉诗词作为古代东亚各国共同的文学形式而长期存在，对各国本土诗歌乃至各种文体的艺术创作影响巨大，而东亚各国汉诗人的唱酬交往，艺术表现精彩纷呈，至今成就斐然，美誉不减。然而一个多世纪以来的欧风美雨，摧残着延续千年的东亚文化命脉，东亚汉诗词创作式微早成定局，无可奈何花落去，这种历史宿命是令人遗憾的。与之相关的是，对东亚汉诗词的关注和研究虽早已有之，但迄今却还没有一部完整的“东亚汉诗史”问世，也没有一套完整的东亚汉诗词选本出版，这对今日想了解东亚各国汉诗发展历史及其艺术价值的读者来说，无疑是一个很大的遗憾。本丛书的编撰动机，就是想尽早尽力弥补这一历史缺憾，通过东亚诗词精选的方式，回顾东亚文化共同体的辉煌历程，展现东亚汉诗词佳作丰富多彩的文学成就以及出神入化的艺术境界。

东亚各国汉诗词创作兴盛达千年以上，长期占据各国文坛主流地位。在东亚各国，能够吟诗填词象征着高雅的修养和尊贵的身份。汉诗词的兴盛发展成为促进东亚各国本土歌调发展的重要因素，也成为本土文学艺术乃至社会文化传统的重要组成部分，其巨大的魅力和重要的作用，有很多是今人难以想象的。这种跨语言、跨国度、跨文化、跨时代的诗歌吟诵，在世界文学史上极为罕见，意义重大，弥足珍贵，其发展规律至今依然值得东亚学界探讨总结。

迄今为止，对东亚汉诗词的研究历程，大致可分为古代、近世及近代三个阶段。

第一阶段是古代，大致到公元14世纪末为止。汉诗来自中国，其渊源可追溯到2500多年前的周王朝，但其形式格律的定型还是在距今约1500年前的南朝到初唐时期。汉诗从中国向邻近国家地区的传播，史籍早有记载，但是东亚大规模的汉诗传播还是在盛唐之后。宋元时代通过各种方式向东亚邻国输出的汉籍数量剧增，其中有不少汉诗总集、别集，还包括各类诗话。中国对东亚各国汉诗创作情况很早就有记载，比如《汉书》就有对新罗汉诗的记载及评价。这一阶段东亚各国对汉诗的认知及写作，大体上围绕着接受中国诗歌经典而展开，基本上是心悦诚服地模仿和学习。

第二阶段是从15世纪到19世纪的东亚近世（在中国是明清时期），这是东亚汉诗词创作繁荣的黄金期。其中包括朝鲜的李氏王朝（1392—1910），日本的室町、江户时代（1336—1867），琉球王国（1429—1879），越南的后黎朝、阮朝（1428—1884）。这一时期东亚汉诗创作的时空环境变化、本土意识觉醒及本国文字的创立，影响着各国汉诗人对中国诗学传统作出不同的解读和创新，因此出现了流派纷呈、各具特色的东亚汉诗创作。在此过程中逐渐也产生出本土诗史的意识，比如江户明和八年（1771），就诞生了日本第一部具有诗史性质的诗话著作——江村北海的《日本诗史》。近世以来，东亚各国中的有识之士不断提出把官方奉若经典的汉诗文进行本土化改造的主张。比如15世纪的朝鲜李朝学者徐居正就指出："我东方之文，非宋元之文，亦非唐汉之文，而乃我国之文也，宜与历代之文并行于天地间，胡可泯焉而无传世焉？"（《东文选序》）这种对汉诗进行本民族化改造的努力，使得近世东亚各国都出现过独具特色的汉诗史观。其中较为突出的是日本江户时代后期的赖山阳，他的汉诗创作及诗论主张，都堪称近世东亚汉诗史中的佼佼者。将其诗作与诗论与同时代的中国清朝、朝鲜李朝以及越南后黎朝的诗人进行比较，可以发现其诗学观既是中国诗歌经典的延续，更是一种日本式的变异和发展，辨析其意可从多方面充实和拓展对中国诗学以及汉诗创作的研究。这样的比较，无论对中国诗歌还是对东亚汉诗研究，都是饶有意味和富有创意的。近世东亚各国汉诗人的交流愈加频繁，汉诗创作也有从贵族官府向市井民间扩散的趋势。清末光绪年间，俞樾编撰《东瀛诗选》，几乎把日本江户时代的汉诗佳作囊括殆尽，在中、日两国出版后引起很大的反响，成为东亚汉诗交流史上的一段佳话。

第三阶段是19世纪中叶以后的东亚近代，这是东亚汉诗词的巨变及衰落期。随着清朝的衰败和西方列强势力的侵入扩张，作为亚洲汉字文化圈中文化交流主要载体的汉诗词创作整体趋向萧条。不仅日、韩、越的文学研究者低估汉诗词的价值，中国古典文学研究界对朝鲜、日本、琉球、越南的汉诗词也长期忽视。这一现象在近三十年来逐步得到了改变。随着中国和东亚的崛起，越来越多的学者认识到，东亚汉诗具有各国本民族文学的特性和价值，更有学者超越本国汉诗的视野，重视从东亚文化交流与接受的角度拓展东亚汉诗词研究。比如日本成立了“和汉比较文学会”和“中国学研究会”，韩国有“东方汉文学会”。中国对域外汉诗的研究近年来也出现了一批具有开创性意义的研究机构和丰硕成果，比如北京大学、南京大学、延边大学、天津师范大学、浙江大学、吉林大学、南开大学、上海师范大学等高校都建立了相关研究机构，编撰出版的书目资料和论文集更是体量庞大、精彩纷呈。

总之，东亚各国对汉诗词的受容认知，经历了从全盘接受到改造创新的历程。从东亚各国诗人的创作初衷来看，汉诗词确实可视为“慕华”之风习在他们文学生活中的精彩体现。但从东亚汉诗词史角度看，东亚汉诗词创作并不能简单视为对中国诗歌的移植，而是在“中国化”的外表下呈现出其本国之心（特质）。近年来，东亚各国学者开始关注中国诗歌与东亚汉诗词的细节比较，并借此阐发汉诗词作为一种文学韵语形式，在东亚各国历史背景下所呈现出的特定社会文化蕴含。譬如就意象而言，有汉诗中常见的“潇湘八景”意象、“骑驴”意象、“杨柳”意象；就题材而言，有“士妓恋情”题材、“征夫怨妇”题材、“游仙”题材等，这些都不同程度地在东亚各国汉诗词中得到受容改编。作为“技”的汉诗，被纳入到作为“道”的形态各异的各国文学创作中，经过长期交汇，熔铸成辉煌的东亚汉诗词共同体文化，足以在世界诗歌的百花园中自成格局，争奇斗艳。

斗转星移，风云变幻。进入21世纪，对东亚汉诗词进行整体研究及进行相关学科建设正逢其时，得到了快速发展。在经历了古代的（恪守传统方式）、近世的（汉诗创作全面繁盛）、近代的（日本主导的）三个阶段之后，当代对东亚汉诗词的研究终究回归到了中国倡导的东亚文化共同体基调，这是东亚汉诗词研究的大势所趋，中国学者主导其役责无旁贷。在此背景下本丛书的策划选编，旨在展现东亚汉诗词的多姿多彩的历史风貌，探寻东亚文心，延续文化命脉，为复兴东亚文化共同体而添砖加瓦，奉献绵薄之力。

本丛书依托国家社会科学基金重大项目“东亚汉诗史（多卷本）”的研究进展，由首席专家严明倡导规划，课题组成员参与其役，各司其责，共襄盛举。从策划到选编定稿，历时近两年，裒集东亚各国汉诗词文献，精选佳作，探索东亚汉诗词史的发展脉络，使得东亚汉诗词选丛书得以顺利完稿，期待弥补空白，并成为该重大项目研究成果的组成部分。本丛书各分册的主持者分别为：严明《日本汉诗选》、韩东《朝鲜汉诗选》、吴留营《琉球汉诗选》、严艳《越南汉诗选》、闵定庆《东亚词选》。江西教育出版社陈骥主任及樊令、方超等编辑，在本丛书编辑出版过程中出谋划策，付出了巨大的艰辛和努力，在此致以诚挚的感谢！

晓风残月，东方既白；吾辈前行，不遗余力。是为序。

严明

2021年11月30日 于沪上汪洋斋

前言

词，作为唐宋时期最具代表性的文体样式，甫一登上文坛，就成了中国文学史上的“热点”。长久以来，“词”深受历朝历代人们的喜爱，在中国本土历时性发展的同时，也向周边国家进行着横向传播，在日本、朝鲜半岛（含高丽、朝鲜、大韩帝国及大韩民国创建期）、越南（含越南历史上各政权）、琉球等“汉字圈”激起了极大的艺术反响，传抄、书写、装裱、刻印、追摹、创作，代不乏人，佳作如云，形成了东亚汉文学史上一道亮丽的“风景线”。

“词”在东亚汉字圈中的这一纵横交错的递嬗过程，不仅建构了词学立体、多元的对话体系，而且深度参与建构了汉字写作的整体世界。我们从中更可窥见域外词家在采用汉字进行创作时，由“疏者”（the foreign）向“习者”（the familiar）的模拟性转化。

日本雅乐、高丽雅乐、越南雅乐的“历史遗存”，昭示其与唐宋燕乐存在着的明显“血缘关系”，同时也彰显了如下事实：作为物质文明，乐器的传播一般要早于音乐内容，这些外来的乐器试图与本土声乐结合在一起。而稍后输入的声乐，则是以单曲或片段的形式，出现在异域的乐舞表演之中。一旦政治力量介入，“乐舞接受”便随之出现结构性移植，进而形成自己的雅乐体系。

作为一种典型的音乐文学体式，“词”是循着“娱乐歌舞”和“纸质书写”这两个有机构成元素向周边国家和地区传递的。我们今天仍可从存留至今的词作中窥见一二。

日本嵯峨天皇（786—842）于弘仁十四年（823）御制和张志和《渔歌子》五阕，三品有智子内亲王奉和二阕、滋野贞主奉和五阕，这是现存最早的日本词作。这批词作创作时间距唐代张志和原作不到50年，很准确地把握住了原作的神髓，体现出了对于中国传统艺术样式的理解程度。醍醐天皇皇子兼明亲王（914—987）生活在五代宋初，被幽禁于台岭期间曾追和白居易《忆江南》，作两首《忆龟山》，标“效江南曲体”。与白词情形不同，这两首《忆龟山》吟咏此前隐居西山的黯然心境，未见受绮艳词风影响的迹象。此后，日本词学出现了长达数百年的断层，迟至江户时期，日本词学方振复兴之势。

而现存最早的越南词，当为匡越禅师吴真流（933—1011）的《王郎归》。据《大越史记全书·黎记》载，宋雍熙三年（986），宋太宗派李觉出使越南，返汴之夕，匡越禅师按李后主《阮郎归》制曲以饯。此词仅比李后主《阮郎归》首唱晚了十五年，可见词乐传播之迅捷。

在朝鲜，人们公认的最早的词作，当推高丽宣宗王运的《贺圣朝》。王运（1049—1094）是在北宋元丰六年（1083）即位的，在位十一年。《高丽史 · 世家 · 宣宗》收录的这阕《贺圣朝》，无法确定具体的创作年份，但明显看得出是在追摹欧阳修《贺圣朝影》，极写流泻于眼、心、唇、齿间的现世欢愉，在一定程度上反映了正处在辽、宋争斗夹缝中的小国心态。

很显然，由于燕乐拥有“高势能”的传播力量，很容易与各国本土雅乐、俗乐结合，成为一种极具“时尚”特质的消费文化。而“词”正是因了“音乐文学”的属性，显现出了远优于文本传播的竞争优势。但与“凡有井水处,即能歌柳词”[①]的情形一致,“词”在跨国或跨地区的横向传播过程中,朝着“他国的朝廷”与“民间”这两个方向实现了移植与仿作。因而，东亚词史也呈现出了起步早、起点高且同质化明显等特点，也从根本上化解了“词”文学所特有的两个本体问题:第一,“词”应协律;第二,“词”为艳科。

纵观词史可知，日、朝、越三国词家大致是通过以下四种方式进行词体把握和创作的：1. 依据乐律进行倚腔填词；2. 依据万树《词律》、王奕清等《康熙词谱》及竹田《填词图谱》等词谱填词；3. 依据各类词作（包括中国小说中的诗词作品）进行逐字逐句的“模拟性”创作;4. 在词学前辈的指导下学习填词。因此，在无法从本土资源中获得新工具的情形下，其词体认知、创作题材、抒情手法和造境艺术便局限在中国词的范围之内了。故各家填词，多能谨守声律，即便是偶有不谐的情形，还是能通过对照格律，找出一定的致误规律来。而追步最晚的，当推琉球。就目

① 宋叶梦得《避暑录话》：“柳永为举子时，多游狭邪，善为歌辞。教坊乐工每得新腔，必求永为辞，始行于世，于是声传一时。余仕丹徒，尝见一西夏归朝官云：‘凡有井水处，即能歌柳词。’”

前所知，现存最早的琉球词，大概是康熙年间的毛弘健所作。此时的“词”文体早已蜕下了音乐的外壳，按照词谱进行填写了。

因着燕乐基因的底色，花间词、晚唐五代词及两宋词，乃至小说中的词作，有序传播开来，人们普遍认识到，“词”的主体风格应偏于高度女性化、绮艳化、心绪化、悲情美。这已形成了一种系统化的定见。

例如，日本词人加藤明友酷爱花间词，特意购藏了一部闵氏五色套印汤显祖评点本《花间集》，日夜讽诵，并于庆安二年(1649)开始填词。竹田编著《填词图谱》时，也间或采撷了《清绮轩历代词选》这样绮艳的集子，说道：“词，第一以清轻为宗，以凄婉艳丽为贵。”最后不免张扬地宣称自己是“一个自然派的风花雪月的忠臣”。河野铁兜也说：“诗余咏愁不咏喜，宜痴不宜巧。在某种程度上说，以妇女之气质去写，更重要。”森槐南评说高野竹隐“惨绿愁红”之词时言道：“此种填词，非详温柔乡里消息者，不能泛下一字。吾辈香草美人，大抵寄托之词，故难极浓艳，难得逼真。竹隐本称端人，乃尔如此！竹垞琴趣，恐不得专美于前也。那不得为怪！呵呵！”日下部梦香《梦香词自序》更直接地说：“剩粉零脂，人摹《玉树》之遗声；愁罗恨绮，户伤《金荃》之绝唱。扇底歌唇半掩，樽前醉袖争翻。敲残板拍于红罗，春风一半；恨杀铃声于翠辇，夜雨三更……冶韵淫声，间非无累德；清文雅调，亦足以陶情……靖节《闲情》不妨高尚，文通《恨赋》勿损令名也。何况浅斟低唱，不敢斗工红牙紫袖之歌楼；俭觅冥搜，翻能争胜粉烟蓝雾之画境。”朝鲜吴瑗则声称：“独爱其长言短句，曲折往复，而情真意切，有写到骨髓者，此自是一种风味也。”越南阮黄中《诗雏小引》也说：“余生八岁，解诗律声病，好吟咏。课书暇，披阅唐宋诗，及粗得旨趣，便觉忘味。尤好佳词艳曲，常于桃园之叙天伦、兰亭之集少长，必效为之。”以至于正人君子“见而病之，以为工于雕琢，浮于轻薄”，可是他依然故我，始终认为“词”的尊情，其实不过是《诗经》《楚辞》的余绪，是人真实情感的自然流露，本无可厚非。

而关于“词家体例”问题，域外词家的相关论述很多，大抵以晚唐五代词为正宗，沿波讨源，分为所谓“南北二宗”。江户初期林靖《〈花间集〉书后》道出了词史的基点：“惟其《花间》之花，字字芬芬，行行郁郁，章章流芳，篇篇剩馥，不逐四时调，可谓之长春苑、聚香园乎！此集词二言、三言、四言、五言、六言、七言、八言，交错焉，退进焉，犹如细花、短花、轻花、深花、昂花、长花、肥花之娟丽溢眼乎！两阕之相和，犹如攒花左右临乎？曲子寡章者，独丛之花乎？”这一描述生动地展现了《花间集》的深刻影响，从题材、声律和风格等方面奠定了此后填词的基调和取向。朝鲜李裕元强调：“然诗余谓之填词，则调有定格，字有定数，韵有定声。至于句之长短，虽可损益，然亦不当率意而为之。譬诸医家，加减古方，不过因其方而稍更之。一或太过，则本方之意失矣。”又指出，“至论其词，则有婉约者，有豪放者。婉约者欲其私情蕴藉，豪放者欲其气象恢弘。盖虽各因其质，而词贵感人，要当以婉约为正。否则虽极精工，终乖本色，非有识之所取也。学者详之”。而明治时期森槐南的《词话》则分析了二派的源流：“词始于盛唐，盛于五代，至宋而集其大成。故填词名家莫不取法于宋者。而宋又有南、北之别，北以豪放为宗，东坡、稼轩是也；南以清空缥缈之音为极旨，石帚、梅溪诸人是也。学者各就其性所近而效之，无不得矣。”而“北宗南派”之分，即苏轼“我思坡老，铁绰板歌，是森然芒角。便把大江东去意，试问南飞乌鹊”，与柳永“耆卿绝调，奉天家圣旨，蓬莱宫阙。报道宫娃争按拍，满殿歌云凝咽。红杏尚书，微云学士，让尔传新阙。重来谁识，晓风吹尽残月”，难分轩轾，实为互补。平田耕石《秋波媚·题鬓丝禅侣花影填词图》亦云：“豪苏腻柳，香姜艳史，合共同铸。”确认南唐二主、欧阳修、柳永、黄庭坚、秦观、姜夔（石帚）、史达祖（梅溪）、张炎（玉田）、王沂孙（碧山）等人所构成的正宗谱系。

显而易见，东亚词家始终都是在中国传统词学的框架内进行理论阐述的，将中国历代词作与自己的词作视为同类，统一运用中国传统词学的范畴术语进行批评和鉴赏，并进而完全依靠中国词学的艺术方式和手法进行“词”的创作，塑造了一幅中国化的词体形象。这就使得词体和文人身份趋于高度中国化，从词作的整体格调、题目、小序及相关词评中，都能明晰地辨识出由“疏者”向“习者”实现模拟性转化的痕迹。

这一创作姿态，至少是在两个层面上体现了东亚词史乃至东亚汉文学史的整体性意义：第一个层面是，通过模仿原作，将经典作为进步的基石，模仿凸现了词风转换的中介作用；第二个层面是，通过模仿，以无限接近原作的神髓，甚至于可以与中国词人一争短长。这样一来，模仿本身就成了经典的生命延续，由此构成其终极意义。无疑，中国化的效应愈发明显，域外词作置于中国词作之中就愈发难以分别出彼此。

当然，这一同类化“词”创作的背后，深藏的文化身份和文学性质等问题更是耐人寻味，即汉文词的异域创作，生来就具有“宿命”的双重性格。一方面一直模仿性地进行汉文创作，许多词家在模仿过程中或多或少地内化为中国化的词人了；另一方面，即便是持续了一千余年的创作历史，也无法转变“词”的中国气质，最终不可能被改造为本土化的文体，无法彰显文体话语权，长期遭受着“第二国文学”的待遇，使得“词”带上了一种无可争辩的“他者”的漂泊色彩。同时，词牌在东传、南传的过程中出现了某种程度的变形，或许又正是这一点令域外词作呈现出了一种言说之外的特殊意蕴来。

本书的编撰工作，历时八个月，个中滋味，自是一言难尽。在这里，要特别感谢丛书主编严明教授的信任与支持，感谢吴留营博士、严艳博士的文献共享，感谢江西教育出版社学术出版中心陈骥的悉心呵护。这是一次真诚、充满友谊和智慧的学术合作之旅。这份温馨与欢愉，将永存心田！

闵定庆　　辛丑立秋后三日于五羊城

凡例

一、本书选录范围，明确定位为日本、朝鲜半岛（含高丽、朝鲜、大韩帝国及大韩民国创建期）、越南（含越南历史上各政权）、琉球的词人词作。

二、本书选词的时间跨度，始于唐，止于 1949 年，分别按日、朝、越、琉四国历史的自然时序编排词人词作，以期有序展开“国别”词史发展的“全景画卷”。

三、本书辑录词作，均自日、朝、越、琉四国的现存文献中撷取：（一）选自各国总集；（二）选自诸家别集；（三）选自笔记、方志、报刊等。上述文献，无论已刊，还是未刊，抑或为手稿，均纳入采录视野，希望通过最接近文献原貌的作品，再现词人书写的真实状态。

四、本书选词，遵循以下原则：（一）以具体词家为目，大致以词家生卒年为序，如生卒年均无考者则据其友朋、行事进行考索，务使各有所归；（二）均作词人小传，简述生卒年、籍贯、科第、仕历、政事、著述等项，期以为“知人论世”之一助；（三）

依托词人别集进行编选，在突出代表作的同时，尽量照顾其题材、风格、词牌等多样性的诉求，并一依其集原有顺序排列，借以窥见原著面目一二；（四）所有词作，均依《钦定词谱》标点。如遇文字窒碍者，则一循“文从字顺”原则，酌情处理。

五、词调在东传、南传过程中，因种种原因出现了某种程度变形，对此不拟一一是正，而是以按语的方式予以点明。

六、本书对所选词作进行了一定的文字处理：（一）原作繁体字，均转为简体字，无相应简化字者仍用原繁体字；（二）原作多有异体字、通假字，在不损原意的前提下，酌情予以保留；（三）原作日本汉字、朝鲜汉字、越南汉字，所在不免，现尽量转为规范汉字；（四）原著空阙及模糊不清的字，均以“□”标示，读者鉴之。

目录

越南词

附录：
越南汉文小说中的词作

日本词

嵯峨天皇（786—842）

嵯峨天皇，名神野，日本第五十二代天皇，桓武天皇次子，平城天皇同母弟，公元810年至823年在位，年号弘仁，后让位于淳和天皇。禅位后居于京都以西的嵯峨院，寄情山水，琴书自娱，但仍实际掌控朝政，直至去世。嵯峨天皇在位期间改革制度，维持了政治上的稳定，同时大力奖学尚文，日本迎来了历史上著名的文化繁荣时期——弘仁时期。由于当时日本与唐朝交流频繁，嵯峨天皇深受唐朝文化浸染，在位期间大兴唐风，弘仁十年（819）下诏全面推行“唐化”，朝仪、服饰、建筑乃至生活方式等一切都模仿唐式。风气所及，当时社会上层均以学习汉文化为尚，书法、佛教、汉文学均得到长足发展。嵯峨天皇自幼聪敏，好读书，及长，博览经史，善诗文，精书艺，通音律。在书法方面，与橘逸势、空海并称“天下三笔”。又经常举办各种诗宴，君臣唱和，嵯峨、淳和两朝汉诗文创作空前繁盛，并因此出现了三部“敕撰”的诗文集:《凌云集》《文华秀丽集》《经国集》。今存嵯峨天皇的诗文作品近百首，主要收录于“敕撰三集”，包括古体诗、五七言律绝、词、赋等，是“三集”中作品最多的一位作者，其诗颇多盛唐风味的佳构。有词作《渔歌子》五首，收录于《经国集》中，为目前所见日本最早的词作，被视为“日本填词开山”。集中同时还载有皇女有智子内亲王、东宫学士滋野贞主的奉和之作。五首御制词模仿唐代张志和的《渔歌子》，颇得张作高雅冲淡、陶然物外的情趣。据神田喜一郎考证，词作于弘仁十四年（823），上距张作仅四十九年。而此时温庭筠才十岁左右。夏承焘有绝句一首盛赞嵯峨天皇的填词开创之功:“樱边鬌簾进风雷，一脉嵯峨孕霸才。并世温馗应色喜，桃花泛鳜上蓬莱。”

渔歌子

每歌用“带”字

青春林下渡江桥。潮水翩翩入云霄。烟波客，钓舟摇。往来无定带落潮。

又

寒江春晓片云晴。两岸花飞夜更明。鲈鱼脍，莼菜羹。餐罢酣歌带月行。

有智子内亲王（807—847）

有智子内亲王，嵯峨天皇女，母为交野女王。弘仁元年（810），成为贺茂斋院的初代斋王。有智子自幼涉猎经史，工诗能文，深得嵯峨天皇赏识，父女间多有唱和。弘仁十四年（823），嵯峨帝行幸其山庄，命群臣赋诗，有智子以《春日山庄》一诗大受褒奖，授三品内亲王。天长八年（831），因病卸任斋院之职。天长十年（833），仁明天皇即位，进二品。现存有智子作品十首，多见于《经国集》，包括五七言律绝、古体诗、词等，其中七首为奉和嵯峨天皇之作。江户时代林鹅峰《本朝一人一首》卷三云："有智子，嵯峨帝之皇女也。其所作见《经国集》残编者数篇，又杂言《奉和圣制江上落花词》二十句传史，律诗一篇见于国史，非寻常墨客所及。虽拟于乌孙公主、班婕妤，恐不为过论。本朝女中无双之秀才也。"有智子被后人誉为"平安朝第一女诗人"，诗作多带有初唐风味，"如其《奉和巫山高》《奉和关山月》等诸篇，其辞高尚幽丽，可与唐诗峥嵘也"（《淳轩诗话》）。今存其词《渔歌子》二首，为奉和嵯峨天皇《渔歌子》词而作，载于《经国集》。二词乃化用唐代李颀《渔父歌》、岑参《观钓翁》两诗的若干意象而来，然而贴切得当，词境悠然淡泊，颇有张作的意趣，亦与嵯峨之作相契。与滋野贞主的同调奉和之作相比，神田喜一郎认为有智子"词的命意及措辞，都使滋野贞主瞠乎其后"（《日本填词史话》）。对于一位十七岁的少女来说，殊为难得。

渔歌子

奉和御制，每歌用"送"字

白头不觉何人老。明时不仕钓江滨。饭香稻，苞紫鳞。不欲荣华送吾真。

又

春水洋洋沧浪清。渔翁从此独濯缨。何乡里，何姓名。潭里闲歌送太平。

滋野贞主（785—852）

滋野贞主，又称“滋贞主”“滋野主”，右京人。曾祖楢原东人为奈良后期名儒，博通九经，曾任大学头、兼博士。父家译，尾张守，延历中，赐姓滋野宿祢。大同二年（807），滋野贞主文章生试及第。弘仁中，历任少内记、大内记、图书头；淳和天皇即位后，成为太子（正良亲王，嵯峨之子，后来的仁明天皇）的东宫学士；仁明天皇在位期间，历任宫内大辅、兵部大辅、弹正大弼、大藏卿、式部大辅等要职；承和之变后，列位参议，后又拜宫内卿；在文德天皇治下，品秩最终至正四位下。滋野贞主常奉敕与诸儒编撰古今文书。弘仁九年（818），奉嵯峨天皇命参与编纂汉诗集《文华秀丽集》三卷；天长元年（824），奉淳和天皇命编纂类书《秘府略》一千卷，今残存二卷；天长四年（827），奉淳和天皇命主持编纂汉诗文集《经国集》二十卷，《经国集》序文亦出自其手。此外，弘仁、天长中，贞主曾参与《内里式》的撰定。贞主尊崇佛教，承和十一年（844），舍城南宅为寺，因营构模仿唐慈恩寺，故名“慈恩寺”。史称“贞主身长六尺二寸，涯岸甚高。雅有度量，而天性慈仁，恐语伤人。其在铨官，汲引进士，随器选叙”（《大日本史》）。滋野贞主活跃于嵯峨、淳和两朝的各种宫廷诗宴中，作品收入“敕撰三集”，凡三十五首，数量仅次于嵯峨天皇，过半为奉和之作。今存其词《渔歌子》五首，为奉和嵯峨天皇《渔歌子》词而作，载于《经国集》。滋野贞主虽号称硕学名儒，诗亦时有佳构，但五首《渔歌子》若论笔致洒脱，则略逊嵯峨与有智子一筹，但亦有冲淡平和之味。

渔歌子

奉和御制，每歌用“人”字

渔父本自爱春湾。鬓发皎然骨性明。水泽畔，芦叶间。挐音远去入江边。

又

水泛经年逢一清。舟中暗识圣人生。无思虑，任时明。不罢长歌入晓声。

兼明亲王（914—987）

兼明亲王，醍醐天皇的第十六皇子，朱雀天皇、村上天皇、源高明的异母兄弟，母为更衣藤原淑姬。七岁时降为臣籍，赐姓源，因此亦称源兼明。早年颇受重用，自播磨、纪伊权守，左近卫权中将逐步迁升权中纳言、中纳言；冷泉帝即位，授从二位，为大纳言，兼侍从；圆融帝拜左大臣，兼皇太子傅、藏人所别当。贞元中，关白藤原兼通擅权，欲以从兄为左大臣，于是诬奏兼明体衰多病，恢复其亲王身份，左迁为二品中务卿的闲职。兼明欲往营建于龟山的别墅归隐，但为兼通所阻，写下名篇《菟裘赋》。不久被幽闭于台岭，郁郁而终。兼明亲王“天资豪迈，博学多才，能文工书，声名冠当时”（《大日本史》）。因曾于京郊嵯峨小仓营建别业，故又称“小仓亲王”。又，其甥具平亲王亦曾任中务卿，以博学多才著名，世人分别以“前中书王”“后中书王”称之。兼明亲王未有专集传世，现存诗文作品约三十首，有诗、文、词等，散见于《本朝文粹》《和汉朗咏集》《新撰朗咏集》《朝野群载》《日本诗纪》等各类总集中。现存词作《忆龟山·效江南曲体》二首，载于《本朝文粹》卷一。与嵯峨君臣游戏文字的创作相比，兼明亲王的词作书写幽禁期间的郁闷心情，“就其抒情意义来说，在日本词史上是带有开创性的”（《日本词选》）。

忆江南

效江南曲体

忆龟山，龟山久往还。南溪夜雨花开后，西岭秋风叶落间。岂不忆龟山。

又

忆龟山，龟山日月闲。冲山清景栈关远，要路红尘毁誉斑。岂不忆龟山。

【按】《本朝文粹》原题作《忆龟山二首·效江南曲体》，实际上仿效的是白居易的《忆江南》，此处按本书体例改为词牌名《忆江南》。

藤原实兼（1085—1112）

藤原实兼，平安朝后期贵族、汉诗人，文章生出身，官至藏人，曾任加贺掾。实兼出身于以儒学名世的藤原南家嫡系，祖父藤原实范、父亲藤原季纲均为文章生，曾任大学头之职。其子则是院近臣、著名学者藤原通宪，曾主编《本朝世纪》《法曹类林》《日本纪注》等书,并著有《通宪入道藏书目录》。实兼年少时即被选为太子（后来的鸟羽天皇）近侍。鸟羽天皇即位后，升任藏人。猝死于天永三年（1112）四月，年仅二十八岁。藤原宗忠云其“颇有才智，一见一闻之事不忘却，仍才艺超年齿”。实兼的汉诗与和歌散见于《本朝无题诗》《朝野群载》《和汉兼作集》《掷金抄》《本朝小序集》等。此外，一般认为，平安朝晚期的语录体著述《江谈抄》是由大儒大江匡房口述、藤原实兼笔录而成。现存词《忆禁中·效江南曲体》三首，见于《朝野群载》卷一，与一百多年前的兼明亲王一样，均为效仿白居易《忆江南》之作。词中写宫廷风物，描绘了一派升平华贵的气象。

忆江南

效江南曲体

忆禁中，禁中趋拜匆。柳园雪夕绮罗月，兰若秋宵歌吹风。岂不忆禁中。

【按】《本朝文粹》原题作《忆禁中三首·效江南曲体》，实际上仿效的是白居易的《忆江南》，此处按本书体例改为词牌名《忆江南》。

林罗山（1583—1657）

林罗山，名忠，又名信胜，字子信，通称又三郎，号罗山，别号罗浮子、浮山、罗洞等，剃发后法号道春，私谥文敏先生。生于京都，出生后不久成为伯父林吉胜（号理斋）的养子。罗山幼慧不群，被寄予厚望。庆长元年（1596），进入京都五山之一的建仁寺，师从禅师古涧慈稽学习佛理与儒典。庆长二年（1597），因拒绝出家离开寺门。十八岁时开始读朱子的《四书章句集注》，心悦诚服，并聚徒讲授程朱理学。庆长九年（1604），经吉田素庵介绍，与日本朱子学的开山者之一藤原惺窝论难，因倾倒于其德风而拜入门下。次年，经惺窝推荐，受到德川家康的赏识。庆长十二年（1607），当时幕府尚无儒者官制，德川家康命罗山剃发，作为僧官入仕幕府。此后，罗山历事家康、秀忠、家光、家纲四代将军，备受倚重，参与制定德川幕府早期的各种制度、礼仪、规章、法令等。宽永七年（1630），幕府赐地拨款助建林氏家塾。两年后，罗山于上野忍冈建成先圣堂，即后来昌平黉的前身，此地成为罗山讲学的重要场所。正保元年(1644),受命编写日本国史。六年后，罗山将完稿的四十卷冠名《本朝编年录》,进献幕府。明历三年（1657），江户大火，罗山的家宅、书库，以及完稿的四十卷《本朝编年录》均付之一炬。罗山深受打击，一病不起，未几去世。罗山去世后，其子孙相继成为幕府儒官,形成家学系统,人称“林氏家学”。罗山醉心儒学，积极发扬朱子学说，主张理气合一、天人一理，提倡等级秩序与大义名分，使朱子学成为德川幕府时代的官学，被称为德川三百年官学之祖。同时又主张神道与儒家合一，排斥佛老与耶稣教。罗山学问渊博，通经史、文学，公务之余训点大量汉籍，著述宏富，身后由其子林鹅峰编辑的《林罗山先生文集》多达一百五十卷，其中文集七十五卷，诗集七十五卷。随着江户时代社会的安定，汉文学再度繁荣，填词开始复兴，加藤明友与罗山一门三代的唱和是其先声，可惜目前不见加藤明友的词作。罗山存词四首，分别载于《罗山先生诗集》卷二十七、卷七十三,其中三首为和加藤明友之作。罗山词虽然多有不合词律之处，但其对填词的热忱与探索，令人感佩。

江城子

和敬义斋

都会繁华甲江东。复道空。舞殿风。侯伯达官,受瑞阖国中。兆民岩瞻皆敬仰，向殷鉴，鉴无穷。

林春斋（1618—1680）

林春斋，林罗山第三子，名恕，一名春胜，断发后法号春斋，又号向阳轩、鹅峰，私谥文穆先生。自幼师从松永贞德、那波活所及其父罗山学习经史、诗文，十四岁时已通读“五经”及苏黄诗文，并熟读《史记》《汉书》《后汉书》《十八史略》，颇知本朝故事。十七岁入江户跟随其父参与幕政。由于长兄、次兄早逝，在罗山身后继承家督之位。宽文三年（1663）因向第四代将军德川家纲进讲“五经”，被授予“弘文院学士”之衔。宽文四年（1664），在幕府的扶持下成立了专门的修史机构“国史馆”，组织子弟门生等续编其父的《本朝编年录》。宽文十年（1670）成书，更名为《本朝通鉴》。春斋为幕府制订礼制，并担任幕府诉讼与外交顾问。其人博学多才，主持编修《本朝通鉴》外，还著有《日本王代一览》《国史窥斑》《国史实录》等史著，撰有诗评《本朝一人一首》，其诗文作品结集为《鹅峰先生林学士全集》，分《文集》与《诗集》，各一百二十卷。存词五首，见《鹅峰先生林学士文集》卷百十二“乐府”题下，其中四首为和加藤明友之作，一首为和乃父罗山之作。词中多摹写景物，反映作者的风雅情调。

长相思

和勿斋《芭蕉不耐秋》乐府

花在枝。叶交枝。花落叶凋有速迟，秋风变态移。　人题诗。我题诗。蕉叶落多残音稀，感慨唯此时。

【按】 勿斋，加藤明友别号。

林读耕斋（1624—1661）

林读耕斋，林罗山第四子，春斋之弟，初名守胜，后因敬慕靖节先生陶渊明而改为靖，初字子文，后改为彦复，“彦复”两字分别来自两位隐士——尹和靖（字彦明）与林和靖（字君复）的字。通称右近，别号函三、读耕斋。幼随其兄鹅峰读书，并受学于堀杏庵、那波活所，以及罗山门人金地院良长老。博闻强识，性嗜联句，曾代父作《丰臣秀吉谱》《中朝帝王谱》，与兄长鹅峰编选《罗山先生集》。曾矢志隐逸，然而二十三岁时迫于压力剃发出仕幕府，剃发后法号春德。著有《本朝遁史》，寄托其隐逸之志。诗文集《读耕斋先生全集》六十卷，分《文集》《诗集》《外集》，各二十卷。生平喜爱填词，有《书〈花间集〉后》一文，对《花间集》作种种考证与批评，并感慨词体“喉调音腔之不可得识”。又曾向朱舜水请教：“《花间集》及《草堂诗余》，凡近世乐府，悉皆协于丝竹乎？”存词六首，见《读耕斋诗集》卷十，其中三首和加藤明友，三首和宋人。相比父兄，其词笔更为流畅。

满庭芳

警世，次东坡韵

来往风尘，繁华名利，营求更是匆忙。为君呈似，孱怯不豪强。病此夏畦出汗，忸怩彼、散圣风狂。阿谁是，年年问学，驰骋艺文场。　世间、终底事，醉生梦死，俗务遮妨。吁青春日长，夜漏冬长。满架压倒皇甫，文房友、前后铺张。英雄辈，千秋万岁，剩馥又遗芳。

德川光圀（1628—1700）

德川光圀，字子龙，小名千代松，初字德亮，又字观之，后改今字。光圀号日新斋，又号常山人、率然子、西山隐士、梅里先生等，其意均取自商周时期泰伯、伯夷之典。谥号义公。由于曾任黄门官，因此人称水户黄门。水户藩第二代藩主，初代将军德川家康之孙。“性素嗜书，经史百家莫不综该，本朝实录、历注、和歌、小说皆能搜罗蒐猎。”

（《常山文集·序》）明历三年（1657），于江户驹込邸开设史局“彰考馆”（“彰往考来”之意，江户与水户均有设置，称为“江馆”“水馆”），罗致文士，主持编撰纪传体史书《大日本史》，成为水户学产生的契机。宽文元年（1661），继承藩主之位。执政期间，劝农功，重实学，改革寺院，整顿职制，尊重儒学，刷新士风，废除“殉死”制度。宽文五年（1665），聘明遗臣朱舜水为宾师，亲执弟子礼，政见、学术深受其影响。元禄三年（1690），让位于其侄德川纲条，隐居西山。去世后，天保三年（1832）追赠从二位权大纳言，明治二年（1869）追赠从一位，明治三十三年（1900）追赠正一位。著有《常山文集》《常山咏草》《西山随笔》等，编有《大日本史》《礼仪类典》《常陆国志》等。颇好诗余，曾师从归化的明朝心越禅师学填词，二人交谊深厚。存词三十四首，见《常山文集》卷十六。在日本历史上，其词作数量可谓空前；同时谨守平仄押韵上，亦超越前人。

长相思

日迟迟。柳离离。风掷莺梭缫翠丝。春光野趣奇。　　催诗思。摘吟髭。月射棱棱瘦鹤姿。上窗写伯夷。

鹊桥仙

七夕

累累瓜果，芬芬香粉，乞巧棚明星酒。年年更不负佳期，也永矢、天长地久。　　隔河牛女，填桥乌鹊，何比人间合偶。只忧耕织失其时，天帝责、惰农慵妇。

一剪梅

者乐亭下即兴

者乐亭边绋系舟。身在轻舟。心若虚舟。海云风静思悠悠。天亦悠悠。水亦悠悠。　　醉了眠醒拭却眸。恣放遥眸。近入诗眸。微吟缓步却登楼。月转南楼。日没西楼。

林梅洞（1643—1666）

林梅洞，名懋，一名春信，字孟著，别号勉亭，后号梅洞，即梅花洞主，取梅花报春信之意，私谥颖定先生。罗山之孙，春斋长子，生于江户（今东京市）。自幼从祖父罗山与叔父读耕斋读书，博览群籍，早慧能诗，十二岁与朝鲜通信使以诗唱和，诗名远播。宽文中，其父春斋奉幕命修《本朝通鉴》，梅洞与之。史馆之暇，搜集本国中古以来艺苑遗事，编撰《史馆茗话》。书未成而逝，年仅二十四岁。春斋悲痛之余，执笔续编，由梅洞所集的四十二条，补足为一百条。有诗文集《梅洞林先生全集》，其中《诗集》十卷，《诗续集》二十卷，《文集》十卷。存词三首，见《诗集》卷二、《诗续集》卷十二。俞樾《东瀛诗选》称其："诗甚多，而皆纤小之题，游戏之作。然其敏慧绝人，则可见矣。如斯人者，殆亦昌黎所谓翠竹碧梧者乎？"梅洞填词亦有相类之处。

郁金香

赋杜鹃，示狛高庸

一声云路鹃，一声云路鹃。血泪白泫然，毛衣映枝转。　　叫落两岸天，叫落两岸天。旅客惊叵眠，思乡情不浅。

林凤冈（1645—1732）

林凤冈，名戆，一名信笃，字直民，号整宇、凤冈、鸡窗，僧号春常，罗山之孙，春斋次子，生于江户（今东京市）。因其兄梅洞早逝，成为林家第三代家督。宽文十二年（1672），叙法眼位。延宝八年（1680），父春斋去世，继承其职位成为大学头，并任大藏卿法印、弘文院学士。历仕第四至第八代将军，特别受第五代将军德川纲吉、第八代将军德川吉宗信任，曾奉纲吉之命为殿中诸士讲解儒学。元禄三年（1690），德川纲吉授意将原位于上野忍冈的林氏家塾与先圣堂迁到汤岛，此即后来的昌平黉。翌年圣堂竣工，凤冈奉命蓄发，以儒官身份受命为大学头，叙从五位下，管理圣堂。自此，儒者得以正式以儒官身份任职于德川幕府，此前以僧官入仕的制度宣告终结。而大学头一职则从此由林家世袭。凤冈除讲学外，亦参与幕府的文书行政，并负责接待朝鲜通信使，对推进幕府文治政治贡献良多。编有《武德大成记》，制定服忌令。其门人有林榴冈、井上兰台、秋山玉山、冈岛冠山、黑泽雉冈、松平乘蕴等，多出仕幕府或诸藩，大大促进了江户时代儒学的发展。享保八年（1723），将家督之位传与其子林榴冈。凤冈之学“以经术为本，而博涉群籍，尤能属文”（《凤冈全集序》），身后其子榴冈编有《凤冈林先生全集》一百二十卷。存词十三首，见《全集》卷七十二。

忆江南

饯枫园主人藤君孟干归紫阳并序（其二）

古曰：悲莫悲于生别离，乐莫乐于新相知。余与泰窝藤孟干君执交于六年，于兹倾盖如故，经月逐岁，风花雪月之游，水竹烟霞之兴，金兰之交弥深，青松之盟弥固。下徐陈之榻，递元白之简，相知之乐，何物加焉？然一岁东来，一岁西归，告别于海外，驰望于天表，吟魂如迷，诗肠欲断，生别之悲，何物加焉？今兹五月之初，藤君西归日迫，发轸在近，饮称歌渭，留袂牵手，彼此之情，欲言无语，欲去不堪。呜呼，去岁相逢之喜为来岁清话之媒也。唯期征帆无恙，行人安稳也。方今国家闲暇，海波不扬，置邮传命，万里之情，尺素早达，两地之心，寸丹以抽。聊效《江南曲》而忆紫阳饯祖道云。

忆紫阳，紫阳解行装。海峤含晴月分影，信风寄音花送香。岂不忆紫阳。

祇园南海（1677—1751）

祇园南海，名瑜，字伯玉，另字正卿，号南海，别号蓬莱、铁冠道人、湘云主人、箕踞人、观雷亭等，纪伊（属今三重县）人。父为藩医。早年以汉诗知名，据传曾于十七岁时一夜赋诗百首。元禄二年（1689），入大儒木下顺庵门下受学，元禄十年（1697）继承父业任纪伊藩儒官。与新井白石、梁田邦美并称“诗苑三大家”。江村北海《日本诗史》称其为“近世诗坛之雄”。少壮所作，词采富丽，清婉浏亮；晚岁渐洗铅华，而神气融合。亦善书画，尤长于山水、墨竹，为日本文人画鼻祖，柳里恭、池大雅等曾向南海请教。著有《一夜百首》《南海先生集》《诗学逢源》《湘云瓒语》《明诗俚评》《南海先生诗决》等。南海生当填词俄然勃兴之世，诗人余技，涉笔填词，今虽仅存其词一首，而格调清雅隽永，颇有过人之处，有日本近世填词开山之誉。词见田能村竹田《屠赤琐琐录》卷六。

长相思

咏梅

香一枝。影一枝。昨夜东风消息迟。前村深雪时。　　竹傍篱。人傍篱。春来清瘦知为谁。江南空所思。

细合半斋（1726—1803）

细合半斋，名离，字丽王，号半斋，又号斗南、白云山樵、太乙真人等，伊势人。明和初，片山北海在大阪创立混沌诗社，开宗晚唐及宋诗之风。半斋善诗文，亦为社中一员。有诗文集《小草初筐》传世，包括《寓津集》三卷，《东游集》一卷，《北游集》一卷，《京游集》一卷。半斋亦工书法，嗜篆刻，其书私淑松花堂，身后由其子长庵编辑出版印集《半斋百信》。曾主办私塾“学半塾”，门下有篆刻家曾谷学川、画家桑山玉洲等人。半山存词六首，见《寓津集》。其词空灵幽远、清婉含蓄。

潇湘神

湘水深。湘水深。苍梧竹色泪浸痕。此际欲窥神在处，洞庭明月瑟中音。

采莲曲

争荡芳桡月出时。折来愁绝藕中丝。殷勤欲语同心结，裙带风香湿绿池。

中井竹山（1730—1804）

中井竹山，名积善，字子庆，号竹山、同关子、渫翁、雪翁，大阪人，怀德堂第二代学主中井甃庵长子，与其弟中井履轩并称中井氏双凤。二人曾师事五井兰洲。兰洲精通汉学、和学，同时博涉诗文、神道、佛教、史学、经济、兵学等，亦接受西方的自然科学知识，竹山兄弟深受熏陶。宝历八年(1758)，甃庵亡故，竹山接掌学务，成为怀德堂实际的经营者。天明二年（1782）年，第三代学主三宅春楼去世，竹山成为第四代学主。竹山信奉朱子学，天明四年（1784）写成批判荻生徂徕的《非征》。然而竹山并不墨守朱子学的成法，在学主任内重视实学教育、倡导平等开放的学风，在其弟履轩的协助下，使怀德堂进入全盛时代。天明八年（1788），松平定信巡视大阪，以时务相询，事后，竹山写成《草茅危言》献上。宽政异学之禁时，竹山赞成幕府的立场，以提高儒者的地位。竹山虽以研治经世实用之学为主，然雅好诗文，颇有才名，有诗文集《奠阴集》，以及探讨汉诗声律的名著《诗律兆》。此外，还有经学著作《易断》、政论著作《社仓私议》、记载德川家康一朝史事的《逸史》等。存词六首，见《奠阴集》卷四，寿词居多，其中不乏融情于景、清新机巧之作。

点绛唇

寿外祖母七十词二首（其一）

清昼芳筵，绿阴四月昏庭宇。熏风时度。轻拂修篁露。　篁外蔷薇，近映斑衣舞。飘红雨。莫言春暮。绿发留春住。

菩萨蛮

子常、子寅昆弟，初久无嗣，伯氏中年而得男，今兹仲冬，叔氏亦举儿，因歌梅花词一阕寄贺。

莫言梅树风霜老。北枝花晚南枝早。昨夜暗香奇。春魂到北枝。　假饶花信隔。成子无前却。他日作佳餮。一双登玉盘。

矶谷沧洲（1730—1802）

矶谷沧洲，名正卿，字子相，名古屋人。其人天资聪敏，通经史。曾师从松平君山。君山曾称，门下之人，“能文者有沧洲”。有诗集《买山集》。今见其词五首，载于《买山集》。野要斋《尾张名家志》有传。

减字南乡子

雪晓

昨夜奇寒。早起开窗刮目看。玉树琼花谁幻作，春阑。人倚瑶台十二栏。　排笑袁安。进艇跨驴意两端。仓卒呼来卯时酒，嗔宽。吟烂名词把琴弹。

六如上人（1737—1801）

六如上人，俗姓苗村，幼名虎吉，后改名慈周，字六如，号白楼、无着庵，近江（今属滋贺县）人。其父苗村介同为藩医。六如自幼聪颖好学，七八岁即能诗。延享元年（1744），在比叡山剃发出家。先后师从野村东皋、宫濑龙门学习汉诗文，还曾在京都师从伊藤东涯。宝历七年（1757）成为京都善光寺住持。三十岁时因东叡革律之事，被削僧籍。三十六岁时被召还，入正觉院。后赴江户，先后入明静院、浅草寺。四十六岁时复移居京都真葛原。上人作为天台僧，精于佛典。同时，诗名卓著，留下诗作二千余首。其诗“无蔬笋气”（《东瀛诗选》），情韵浓郁，构思巧妙，“自然清新之中有一种淡雅幽寂之气息”（《近世东亚汉诗流变》）。上人鼓吹清新写实的宋诗诗风，但同时主张博采众长，被尊为近世诗坛宗匠。著有《六如庵诗钞》《葛原诗话》。存词二首，颇饶诗趣，见《六如庵诗钞》初编。

转应词

春阴。春阴。别院坐爇水沉。梦断梨云难求。鸟啼花落水流。流水。流水。相思江南千里。

高本紫溟（1738—1814）

高本紫溟，名顺，字子友，熊本人，肥后国（今属熊本县）藩医原田宗毗之子，十三岁时成为高本家的养子。高本家是朝鲜王族李宗闲的后裔。因此，又称李顺、李紫溟。紫溟曾就学于秋山玉山，少时即能诗，玉山称“肥后又一诗家生”。宝历十二年（1762），紫溟移居阿苏，广泛阅览阿苏家流传下来的古书旧籍，研究国学（日本本国之学）与和歌。明和八年（1771），任藩校时习馆训导，后成为时习馆第三任教授（校长）。紫溟受玉山影响，精于汉学，特善诗文，而且国学与和歌的造诣也很深。宽政九年(1797)，与其弟长濑真幸前往伊势拜访国学家本居宣长。与国学家、歌人村田春海、加藤千荫等人也有交往。曾呼吁在时习馆开设国学讲座，但未获允许，只能在家授徒，被后人称为“肥后国学之祖”。大正五年(1916)，追赠正五位。著有《银台遗事》《紫溟先生诗集》《紫溟先生遗稿》。存词仅二首,却堪称行家里手,见《紫溟先生遗稿》卷四。

行香子

送田能村君彝之京

怨雨愁风。零落残红。赏春游、昨夜朦胧。伊人千里，萍水相逢。只一宵话，一樽酒，一丝桐。　　积水连空。离思何穷。帝都天、在海云东。意长欢短，落月残钟。忽奈分袂，奈临岐，奈飘蓬。

卜算子

送田能村君彝之京

春尽芳菲歇，昼寂莺无语。惟有遥山满目青，人与春俱去。　　倚尽赤栏杆，凝望销魂处。风送萧萧去马声，暮色苍茫雨。

吉村迂斋（1740—1805）

吉村迂斋，名正隆，字士兴，别号烟霞外史，读书处名披云楼，长崎人。成年后作为属吏供职于藩邸。通经史，善诗词。其后裔现代学者吉村荣吉编有《吉村迂斋诗文集》，又有《有关长崎诗儒吉村迂斋》一文，刊于《斯文》杂志第十六卷第十二号。据该文记载，二十九岁的田能村竹田到长崎拜访迂斋时，见其填词有数十阕之多，今存二十首，载于《吉村迂斋诗文集》。竹田称其《鹧鸪天》“辞致凄丽,亦当行家言”(《竹田庄诗话》),小畑行简则称其《长相思》“清趣悠远,品调殊隆”(《诗山堂诗话》)。

鹧鸪天

送志村君归仙台

芳草如烟花作泥。苍苍夏木子规啼。故园万里云幂历,征客终宵梦往来。　　是今日,即离时。凄然语别使人悲。君归鞅鞨分疆处,我在扶桑西复西。

长相思

寄清人黄定甫

水盈盈。思盈盈。人在仙楼遥寄情。唯闻龙笛声。　　秋云清。秋云清。对此江天夜自明。为君睡不成。

村濑栲亭(1746—1818)

村濑栲亭,名之熙,字君绩,号栲亭、神州,京都人。博学多才,工诗词,善书画,妙音律。师从武田梅龙学习儒学。曾在京都讲授儒学多年,后任秋田藩藩侯的侍读,之后担任总奉行。宽政三年(1791)辞官归隐,在京都授徒。与真仁法亲王、吴月溪、田辊卿、六如上人、上田秋成、赖山阳等有交往,与六如上人时常以诗唱和。提倡宋诗的清新诗风,曾校订《增续陆游诗选集》,诗风颇受陆游影响。门人有田能村竹田、中岛棕隐等。著有考证随笔《艺苑日涉》、诗文集《栲亭三稿》,编有《枫树诗纂》《垂丝海棠诗纂》。存词十一首,见《栲亭三稿》。其词多冲淡洒脱,有苏轼、陆游的痕迹。其中《渔歌子》六首,描写樵夫、渔父、农夫的生活,风格近于民歌。下文描写农民劳苦的《渔歌子》与陆游的七古《记老农语》诗意相近。

渔歌子

樵者词

樵兄去尽独归迟。一曲村腔信口吹。犬迓径，翁呼儿。林外孤灯初点时。

渔歌子

渔父词

妻理钓丝孙戏翁。一家浑在云水中。张志和，陆龟蒙。不知风情岂得同。

渔歌子

农父词

原田一半倚层坡。租税虽轻劳力多。畦无水，奈秧何。踏踏翻车卷白波。

菅茶山（1748—1827）

菅茶山，名晋帅，字礼卿，通称太中，号茶山，备后神边（今属广岛县）人。其父菅波久助经营造酒业并务农，好作俳句。年十九，开始游学京都。最初在和田东郭门下习医。明和八年（1771），入那波鲁堂门下，受濂洛之学。经其友西山拙斋介绍加入混沌诗社，与尾藤二洲、古贺精里、赖春水等汉诗人诗酒唱和，成为江户后期的诗坛翘楚。天明元年（1781），在神边创办私塾黄叶夕阳村舍，旨在使普通子弟能平等地接受教育。宽政八年（1796），私塾被官方认可为福山藩的乡学，改名“廉塾”。享和元年（1801）正式成为儒官，到弘道馆讲学。门下弟子众多，有赖山阳、北条霞亭等人。著述有《黄叶夕阳村舍诗》《游艺记》《冬日影》《福山志》等。存词十六首，见《黄叶夕阳村舍诗》，集中赖山阳评其词：“数词柔调，洵称其体。”其词笔法渐趋娴熟，笔触细腻，超越前人。神田喜一郎认为，“看到茶山的填词，使人有一种我国的填词渐入佳境之感”（《日本填词史话》）。

一剪梅

寄佐长史茂伯

淡雾浓烟满面浮。风冷于秋。雨冷于秋。怀人独立小楼头。不奈何愁。争奈何愁。　　才说曾游泪已流。怕说曾游。莫说曾游。梦回连夜到皇州。山路悠悠。水路悠悠。

望江南

暮春书感

春渐去，奈此别情何。听鸟莫听无侣鸟，看花休看少枝花。更自恼人多。　　春渐去，午夜雨声中。帷帐风生灯影闪，卧知花落满庭红。单枕冷于冬。

长相思

送人还肥儿

将相留。怎相留。别易逢难两作愁。何时是再游。　　情悠悠。路悠悠。魂梦随君过九州。紫洋千里舟。

市河宽斋（1749—1820）

市河宽斋，名世宁，字子静、嘉祥，号西野、半江、宽斋、江湖诗老等，自称“小左卫门”。生于江户，父山濑兰台，曾任川越藩士，好儒学及书法。其子市河米庵是书法名家，为“幕末三笔”之一，崇尚米芾与董其昌，以楷、隶见长。宽斋自幼随父学习朱子学，后又随大内熊耳等学习古文辞。明和四年（1767），出任川越藩藩儒。安永五年（1776），前往江户，结识关松窗，并经其推荐进入昌平黉任教授。宽政二年（1790），因“异学之禁”被迫辞职。宽政三年（1791），出任富山藩校教授，但大部分时间在江户履职，直至文化八年（1811）致仕。宽斋工诗，崇尚清新性灵一派。天明七年（1787），于神田创办江湖诗社，广揽人才，与柏木如亭、大洼诗佛、菊池五山等人时常唱和，开创日本关东诗坛的全盛时代。著述有《诗家法语》《日本诗纪》《全唐诗逸》《宽斋先生遗稿》等。存词三首，见《宽斋先生遗稿》，词风亦颇清新。

满江红

泽九日移居石滨，为制《满江红》一阕题之。

野渡津边，茅堂下、移松栽竹。正秋江鲈长，寒村醪熟。芳茗炉底温暖火，芭蕉窗畔朦胧烛。对烟波客与水云僧，忘荣辱。　耽丘壑，穷岩渎。囊中草，篇篇玉。有几分心会，终身水曲。笔底富三春好景，胸中洗万寻飞瀑。料知冯夷剩此幽闲，须君卜。

梦江南

冬至叹二毛

明镜里，点点素梅香。正是东君将试政，缝成青女嫁衣裳。不奈鬓边霜。

伊藤镜河（1752—1829）

伊藤镜河，名幸猛，字宽叔，别号镜湖、环翠园，丰后（今属大分县）人。镜河信奉徂徕学，在江户师从安达清河等人。安永五年（1776），冈藩的藩校由学馆开设后，成为其司业、近侍的头领。与唐桥君山、田能村竹田奉命编纂《丰后国志》。田能村竹田称其“孝友敦行，接人恭和，服官敬勤，好谈忠孝节义事。内外历任殆六十年，为一国仪表”（《竹田庄师友画录·伊猛》）。晚年筑园“环翠”，读书其间，寄兴笔墨。存词一首，见田能村竹田《竹田庄师友画录》卷上。

渔歌子

芳草深潭春日迟。飞花落絮夕阳垂。三尺竹，一条丝。待鱼忘却有归期。

菊舍尼（1753—1826）

菊舍尼，本名田上道，别号菊车、一字庵、菊舍，长门（今属山口县）人。明和五年（1768），嫁同村的村田利之助，六年后丈夫去世，菊舍回到田上家。二十八岁时出家，并周游各地。曾入俳人朝暮园之门，获号一字庵。后改号为菊舍。菊舍曾师从菊地东元、平松琴仙学（七弦）琴，与村井琴山、高本紫溟、蒋菱舟、费晴湖等诸多文士琴人有交往。菊舍精于俳句，亦善作和歌、汉诗，又通书法、绘画、茶道。著有俳谐纪行文《手折菊》，其中不仅收录了俳句，亦有和歌、汉诗，同时绘有插画。存词二首，见《手折菊》卷三。

长相思

奉别琴山、紫溟二先生

江水流。江水流。归路悠悠紫溟头。琴樽月下游。　惜三秋。数三秋。曲里长吟双泪浮。清风吹散愁。

又

霜满舟。月满舟。别宴山山红树秋。交欢兹地留。　鼓琴游。赋诗游。离曲今宵心更愁。河汉星几流。

赖杏坪（1756—1834）

赖杏坪，名惟柔，字千祺，又字季立，号杏坪、春草，与其兄赖春风、赖春水并称“赖氏三杰”。生于竹原商家，然其父爱好学问。杏坪八岁时，在朝鲜使者面前坦然书字一行，人目之为奇才。二十五岁时，游学大阪，学习儒学，入混沌诗社。后与其兄春水同到江户，师从服部栗斋。天明五年（1785），受聘为广岛藩儒官，协助春水教育广岛藩士子弟。宽政九年（1797）及享和三年（1803）以来，随春水四度往返江户，侍藩主及世子齐贤读书，并在江户馆邸教授藩士。杏坪以敢言故，文化八年（1811）进为广岛藩御纳屋奉行上席、郡役所诘，向来儒者少有当此职者。文化十年（1813），以三次、惠苏两郡难治，受命为代官；文化十三年（1816）又兼奴可、三上两郡。文政十一年（1828）迁升三好町奉行，任内勤政爱民。天保元年(1830)退隐。杏坪以诗名,其诗博采诸家,平中见奇,“似黄（庭坚）复似陆（游）”（俞樾《东瀛诗选》）。著有《原古编》《春草堂诗钞》《唐桃集》。存词三十九首，其中三十三首见《春草堂诗钞》卷八,另外六首见《演盆栽》。杏坪将日本的谣曲《钵之木》,以话本小说的形式,翻译成汉文,题为《演盆栽》。杏坪词较多中调、长调，大部分为咏史之作，选材多为闺阁故事。

满庭芳

菅公

春雨无声，春风自静，花明柳暗宫门。翰林名士，登用上彤轩。将敛椒房权势，甚可惜、谗妒簧言。招朝谴，遥投窜谪，千里辞故园。　　销魂。当凤阙，风雷洊震，殿宇摧残。屋瓦翻飞，道菅公冤。那识天翁意也，公终身、慎拜君恩。观音寺，常怜夕照，钟磬送黄昏。

西江月

小督

玉枕不眠看月，西郊敕问仙娥。仙娥住处是谁家。一曲瑶琴惹。　　吹笛门前试问，西山摇落如何。月边红叶坠无涯。泣送秋风归马。

更漏子

南朝

凤舆南，无复北。空祝乌头尾白。金烛冷，玉炉寒。每宵劳梦魂。　　良王逝，楠公毙。恢复谁能作计。殿后雪，殿前云。山花过几春。

江城子

一谷

大夫墓畔酒旗风。草茸茸。落花红。野店无肴，荞麦面香浓。残塔沙埋樵路外，何处寿永行宫。　　六龙西幸不还东。百官空。没群公。勇武风流，岂不有豪雄。只为大夫人吊古，浦笛吹月渔童。

水调歌头

三休亭夏日

闲退怎生趣，时物自忘愁。数声杜宇将老，啼鸩复为俦。过尽李桃红白，便是春徂夏至，奚必百花稠。要个无尘臭，第一好风流。　　多和寡，穷与达，总休休。自家快了，风月窗底独埋头。山水阴晴朝暮，鸥鹭飞鸣来去，那里足吟游。不借舟车往，胜过百花洲。

菩萨蛮

秋夜

早寒秋冷鸣蛩老。老蛩鸣冷秋寒早。愁客倚高楼。楼高倚客愁。　　笛声三擘石。石擘三声笛。悲曲促年衰。衰年促曲悲。

武元登登庵（1767—1818）

武元登登庵，名正质，字景文，别号行庵、泛庵等，备前（今属冈山县）人。曾从柴野栗山学习儒学。早年家业破产以后，四处游历。文化五年(1808)到长崎，曾在此向清人朱绿池学习古诗韵法，后将所学整理为《古诗韵范》三卷，此书在幕末明治时期广为流传。有诗集《行庵诗草》。存词二首，见《行庵诗草》中的《琼浦探奇》。

江南春

妓别清客

吴舶起锚之日，试到馆前，观客与妓别状，察其情，填二词。

烟漠漠，柳青青。一朝人远去，千里楫难停。销金帐下三春梦，月落江南望渺冥。

又

山幂幂，水盈盈。离愁啼鸟切，归意去帆轻。蛾眉楼上千行泪，杨柳丝丝亦系情。

大洼诗佛（1767—1837）

大洼诗佛，名行，字天民，通称柳太郎，号诗佛，又号瘦梅、诗圣堂、江山翁等，常陆国（今属茨城县）人，父为名医。诗佛少年学医，二十一岁左右，师从山中天水学习儒学，后加入江湖诗社。二十四岁时，其父去世，弃医从儒，决意以诗为业。同年，天水去世，经中野素堂介绍，进入山本北山的奚疑塾。二十六岁时与柏木如亭创办“二瘦诗社”，因诗佛号“瘦梅”，如亭号“瘦竹”，故名。此后，诗佛积极刊印自己的诗集，并编印多种诗歌选本。诗佛亦擅草书，学孙过庭。又善画墨竹，私淑苏轼。其后半生多在外游历，足迹遍及东海道、京都、伊势、信州、上州等地。时常寄食于喜欢风雅的富商之家，一边教诗，一边挥毫，赚取润笔，所谓“诗书供衣服，以之代耕田”（《过奥毛界》）。五十九岁时出仕秋田藩。诗佛与市河宽斋、柏木如亭、菊池五山并称为“江户四诗家”，为当时诗坛执牛耳的人物。其诗深受范成大、杨万里、陆游等人的影响，标举清新的诗风，亦注重诗句的锻炼，推崇杜甫。文化三年（1806），其家毁于江户大火，重建后命名为“诗圣堂”。俞樾在《东瀛诗选》中认为，“天民以‘诗佛’自号，而以‘诗圣’名堂，盖欲以一瓣香奉少陵也。然其诗初不甚学杜，诗境颇超逸，有行云流水之致”。著有《诗圣堂诗集》《诗圣堂诗话》等，并编选有《放翁先生诗钞》《宋三大家绝句》《石湖先生诗钞》《杨诚斋诗钞》《随园女弟子诗选》等。存词四首，均为效张志和的《渔歌子》，格调冲淡，分别见《诗圣堂诗集》卷四、卷六。

渔歌子

题三浦廉父钓月庵，效张志和

斜照收时浪接天。数声长笛起山前。孤岛月，断沙烟。一段情思属钓船。

渔歌子

效张志和

柳岸蘋汀任所之。得渔当酒醉无期。篷三扇，竿一枝。莫嗤生计细如丝。

日下部梦香（生卒年不详）

日下部梦香，生活于幕末时代，字梦香，号查轩、梅龛、梅岩等，江户人。梦香通经史，好填词，曾为官，后归隐，以诗词消遣岁月。与野村篁园、友野丹霞、设乐翠岩等交游唱和。设乐翠岩所撰《梦香词序》云："（梦香）瓦屋三间，魏阙名心已扫；珠帘十里，扬州幻想全消。"友野霞舟赠诗云："宦海抽身早，诗坛寄兴繁。风流推独步，新曲评专门。尘动红牙板，花飞绿酒樽。清狂从我性，厌向俗人论。"梦香本人则在《水调歌头·秋感》一词中称："林壑卸簪组，气味似沙弥。曾因梅以为姓，姓字怕人知。"可略窥其生平一二。日本关重弘、藤田龟选辑的《近世名家诗钞》录其五言古诗四首。而梦香实以词名，有《梦香词》传世，天保十年（1839）刊行，收词四十四首。小令、慢词，各体俱全。词风清雅，含蓄蕴藉，笔触细腻，追步碧山，继踪白石，尤长于咏物。设乐翠岩认为其词，"旨要空灵，音删靡曼。含商咽徵，都能谐沈约四声；瀹雪调冰，未必逊张先三影"。而野村篁园则认为其"轶周凌柳，揖姜张于一堂""其托旨也似淡殊深，其摛词也虽妍不亵""自有独得"（《梦香词序》）。

秋蕊香

秋海棠

露滴丛丛嫩蕊。却怪尚含红泪。秋风院落宵如水。爱此啼妆呈媚。　　妍姿小立荒凉地。无依倚。而今暗恨尤多矣。肠断残蛩声里。

临江仙

寒柳

十里江村年欲晚，严霜瘦损衰杨。残烟甚处是雷塘。寒鸦栖未定，疏影透斜阳。　　谩记春风攀折际，丝丝染了鹅黄。者番何不断吟肠。酒旗青一片，依旧尚飘扬。

蝶恋花

梨花

淡梦春迷张谷路。一片烟痕，冷淡凝轻素。试问洗妆今甚处，无人携酒偎芳树。　　玉燕斜穿寒影去。但见啼妆，似把闲愁诉。九十韶华知几许。掩门听断黄昏雨。

解佩令

春感

笋抽碧圃。樱酣绛坞。正韶景、今番如许。欲暖还寒，怯顽阴、稍催时序。扑纹窗、傪风僝雨。　　茗烟一缕。篆香一柱。只懒睡、尽过停午。梦里吟边，忆燕子、向谁家去。漫关情、杏梁巢处。

青玉案

江村春感

翠蓬重问垂虹路。轻载得、春山去。怪底何来香暗度。掠波娇燕，沉烟倦蝶，恰是销魂处。　　短长亭畔斜阳暮。苔壁空残旧题句。搂指韶光今几许。杨花态薄，梨花梦淡，岂可堪风雨。

惜秋华

牵牛花

一种幽葩，已秋迎绮节，翠绡将破。剩雨残烟，妆成尚含妍冶。何须秀蔓萦纡，开不尽、露珠倾泻。今夜。映纱囊乱萤，彩灯走马。　　曙月小窗下，尽痴儿摘去，欲添钗朵。恰是素飔萧飒，影欹香惹。吟怀占断新凉，想花庵、往年闲雅。无奈。这柔姿，午阴凋谢。

水调歌头

秋感

林壑卸簪组，气味似沙弥。曾因梅以为姓，姓字怕人知。容膝茅茨十笏，刮眼楞伽一卷，身世共相遗。莫谓醉彭泽，天命复奚疑。　　芙蕖露，梧桐雨，岂维私。萧疏赢得短鬓，犹未制萝衣。秋冷锦机投壁，云霁玉筝分柱，已是夜凉时。灯火小于豆，寻句捻霜髭。

扬州慢

初冬鹿滨杂兴

隔柳渔乡，种梅吟筑，小春独趁新晴。纵东风未到，已嫩麦青青。驻筇处、遥林夜落，甲山毛岭，偏似相迎。任轻鞋、露紫霜红，踏去无声。　　倦来留憩，负微暄、茅蓭三楹。看卷雪归帆，剪柔烟舻，惬此诗情。自说狂生安分，优游不敢经营。但满前澄碧，时时濯却尘缨。

念奴娇

飞絮影

韶华转眼，已珊珊、几点杨花飘落。宛是横塘，相映处、惹得春愁脉脉。去迹难寻，游魂不返，细滚轻于雪。东风冉冉，却疑也扑帘幕。　　缅想灞岸疏烟，苏堤残月，为萧郎攀折。犹有香球飞未定，还又隔年离别。淡影如云，柔情似水，艳曳浑无力。谛瞻才认，迷蒙画出晴色。

东风第一枝

咏梅

白獭痕消，苍蛟影进，东风已破皴玉。冻云缥缈新畲，落日萧条古驿。数枝开遍，寻夙约、呼船穿履。恰那边、渐递幽香，掩映好苔修竹。　　须醉着、淡红轻雪。未吟了、昏黄微月。望迷一点银篝，梦断三声铁笛。似疏还密，把瓦砚、闲摹丰格。更几回、索笑巡檐，缅想水曹官阁。

永遇乐

秋蝶

一霎秋晴，三竿嫩日，犹做蘧栩。老菊含霜，衰兰泻露，点澹芳丛暮。蛩音初急，蜩声已断，梦里生涯未悟。奈凄飔、倦翎娇态，双双不复高举。　　园林寂寞，燕归莺噤，烟景更殊前度。静拂斑苔，徐随锦叶，欲学银鸾舞。粉衣零落，定栖无处，总是被风情误。向凉阴、还堪朗咏，颍州妙句。

紫萸香慢

重阳

恰雏晴、轻岚深翠，一般稍报佳辰。更菊黄萸紫，遣羁旅，倍思亲。世路今番多累，奈登高望远，且拟参军。但盈尊白酒，浅酌整乌巾。我老矣、霎时易醺。　　因循。宦薄家贫，何处寄此孤身。想陶公韵事，滕王胜躅，悉作埃尘。尚赢好词雄句，沉吟际、旋伤神。叹人间、岁华如水，况兹秋暮，听了落木纷纷。风断雁群。

野村篁园（1775—1843）

野村篁园，名直温，字君玉，别号西庄、霁庄、玉松山叟、紫芝山樵等，法号仁让院，江户人。其父为幕臣野村直超。曾在古贺精里门下就学。享和元年(1801)，任昌平黉教授。门下有友野霞舟、川上麟巷、石川柳溪、设乐翠岩等人。篁园博学多识，工诗文，善填词。有诗文集《篁园全集》二十卷，其中有词集《秋蓬笛谱》二卷，共收词一百六十四首。数量之多，即使是在中国词家中，也不多见。而且篁园才力过人，从小令《荷叶杯》，到慢词《莺啼序》，几乎诸调皆备，在中外词史上亦属少有。其词近半为咏物之作，所咏之物包括四季花卉和日常食物以及鸟虫之类，范围之广，前所未有。其词运笔畅达，文辞富赡，亦善使事用典，工丽典雅。刻画物象，形神俱肖，或富于生活气息，趣味盎然，或言志喻理，寄托遥深。词风差近碧山、梦窗，为江户时代的填词名家。夏承焘先生在《域外词选》中称其“咏物之作，细腻不减史达祖、吴文英”，“以姜白石、史梅溪刻画之笔，写江乡风味，令人有莼鲈之想”。

浪淘沙

茉莉

奇树翠琅玕。远自闽山。晚凉庭院雪成团。浴后风栏闲倚处，香沁轻纨。　　鲛泪滴仙盘。万颗珊珊。清标爽致欲摹难。试倩飞琼和露折，插遍娇鬟。

昭君怨

荷花

昨夜仙宫宴散。误坠几枝瑶钿。谁是拾收来。插澄漪。　　玉骨清于拭雪。立尽银塘落月。画浆趁香风。镜光中。

昼锦堂

牡丹

谷雨全收，楝风将至，喷出红玉千房。冷笑扬州异种，仅霸群芳。青霞北第纹帘薄，紫尘南陌画轮忙。凝情处，谁劈衍波，赓成丽调三章。　　醉态扶不起，春恨重、斜凭半槛残阳。独奈良辰易过，胜约难偿。莫吹凤管惊妖梦，须裁蝶幔护浓妆。还唯怕，一夜封姨肆虐，损了真香。

夺锦标

观竞渡

乳燕将雏，晴鸠唤妇，胜日刚逢双五。好是兰汤浴后，衣试蕉纱，盏浮蒲缕。望清迈一碧，拥朱航、游人如堵。问骚魂、可倩谁招，旧俗徒传竞渡。　　双鹢齐张彩羽。倒蹴波心，万片雪花掀舞。仿佛昆池习战，叠鼓雷轰，戏旗风怒。忽喧呼报捷，又惊飞、沙湾鸥鹭。渐黄昏、几队归桡，静载将蟾光去。

西子妆慢

荷花

绿盖风翻，朱幢雨润，路隔水晶宫阙。江妃步稳袜无尘，剩凝成、几堆蛟沫。玉容娇绝，漫写入、红情一阕。愿吟魂、化个鸳鸯去，芳塘寄迹。　　烟波阔。欲采缃房，素手划兰楫。锦云深处不逢人，露沾襟、泪珠偷结。炎凉电瞥，怕霜坠、繁香消歇。梦难寻、三十六陂残月。

【按】“三十六陂”原作“三十六波”，《域外词选》《日本词选》均作“陂”，今从之。

惜秋华

牵牛花

钿朵匀圆，盼银河染出，嫩青将滴。点缀墙阴，浑疑七襄新织。凉天宿露淋漓，擎玉盏、轻涵斜月。清寂。伴闲阶暗蟋，疏篱幽蝶。　　小院晓灯白。想残妆未理，带星争摘。宛似雨过云破，秘瓷颜色。柔梢恐不禁秋，故要添、一枝潇碧。奇绝。又何输、滕家水墨。

被花恼

水仙

碧湘波冷洗铅华，谁似绝尘丰度。一笑嫣然立瑶圃。铢衣剪雪，银珰缀露，好入黄初赋。梅未析，菊先凋，檀心独向冰心吐。　　环佩碎珊珊，暗麝穿帘细于缕。低鬟易乱，弱骨难支，月洁风清处。怕仙魂、直趁楚云归，把瓶玉寒泉养妍嫭。爱淡影，闲伴芸窗半炷。

一寸金

咏柑

璇宿储精，万树玲珑擅珍淑。盼夕岚淡罩，苍阴结盖，晨霜轻点，黄苞悬玉。纤手争攀摘，封湘蒂、蜡珠欲滴。还堪笑、楚柚吴橙，皱却文君远山绿。　　宴散蓬莱，余酲未解，红瓤试分劈。正爪痕冷迸，露喷微润，舌根甘洒，露涵浓馥。莫使馋肠饱，拈罗帕、一双须蓄。春游处、斗酒相携，快叫莺出谷。

东风第一枝

梅花，用史邦卿春雪韵

宿冻才消，晴漪渐皱，阳梢暗逗轻暖。玉人未展愁容，笑涡贮春犹浅。烟桥独立，更衬着、龙绡柔软。怕远楼、画角三声，舞影学他飞燕。　　云淡漠、冷光照眼。风料峭、嫩芳扑面。一番报信吴溪，五分引游蜀苑。黄昏纤月，隔瘦竹、半弯如线。似翠禽、唤梦林间，依约缟衣重见。

一萼红

红梅

雪初消。渐南枝暖透，轻萼剪红绡。宿酒熏肌，灵砂换骨，还厌姑射风标。怪谁买、胭脂百斛，漫染出、冰玉几千条。艳冶新妆，横斜旧格，两绝堪描。　　一自西岗分种，任双身斗美，半面含娇。绣缬林深，珊瑚海阔，桃李浑让妖娆。为传语、凭栏高髻，更留赏、须把凤膏烧。惜红痕易褪，雨夕烟朝。《梅谱》曰：承平时，红梅独盛于姑苏。晏元献始移梅西冈圃中。一日，贵游赂园吏，得一枝分接，由是都下有二本。王琪以诗遗公曰：“园吏无端偷折去，凤城从此有双身。”《摭遗》云：独州有红梅数株，郡侯建阁扃钥，游人莫得见。一日，有两妇人，高髻大袖，凭栏语笑。郡侯启钥，忽不见。唯东壁有诗云：“南枝向暖北枝寒，一种春风有两般。凭仗高楼莫吹笛，大家留取倚栏杆。”

淮甸春

银鱼

水乡春老，恰樱花欲谢，荻芽始吐。渡口风醒潮信急，几队乱吹香絮。雪鬣晶莹，冰肤腻滑，触网圆如箸。竹篮盛取，滴残衰袂微雨。　　何必可饱长鲸，天然二寸，亦足充盘俎。肯羡领淮封爵贵，曾入少陵诗句。蜀豉轻调，吴盐细糁，也胜催莼煮。季鹰如识，不因鲈脍归去。

莺啼序

夏日园居杂述

新鹃叫残晓月，恰繁阴似水。帐纱淡、院宇深沉，宝猊犹绾烟穗。叹昨雨、驱春色去，花妆洗了胭脂泪。只多情、紫燕衔泥，更补香垒。　　谢墅林泉，裴园卉石，算经营擅美。又何如、佳景天然，偏能娱目悦耳。浸幽阶、鸳池拭碧，压低槛、螺峰攒翠。剩松蝉、断续凄吟，缀商流徵。　　清和好候，薄暖轻寒，正练袷堪试。徐步处、草毡平展，槐幄深护，豆摘娥眉，茶挑鹰嘴。临流涤砚，看山移榻，乌丝偷谱归田乐，况西窗、倦卧饶凉思。帘疏簟滑，悠扬弄袖熏风，暗添黑甜滋味。　　韶容顿变，壮志全销，厌猬纷世累。独喜那、广文官冷，不异抽簪，檑酒三杯，芸签一几。红尘迹远，青云缘浅，怎妨门外轮蹄闹，缩乾坤、收入仙壶底。笑他走利奔名，垤蚁争粮，蹔鱼逐饵。

紫玉箫

笋

吴燕低飞，杜鹃幽咽，满林酥雨廉纤。苔纹裂处，盼龙牙养锐，凹角抽尖。素肌清瘦，犹怯冷、未脱黄衫。知何日，赚得老刘，玉版遥参。　　蒲筐冒晓分饷，才剥破香苞，宿露全沾。轻煨淡煮，更樱厨配入，味最新甜。请君停箸，休漫学、太守贪馋。风窗夕，将看嫩韶，簸弄凉蟾。

露华

蓼花

凉波一碧，正积雨初晴，乱穗无力。宿鹭沙边，惯伴白蘋苍荻。轻霞染出繁葩，万点珊瑚匀缀。堪画处，闲塘蟹肥，十分秋色。　　江亭客去将夕，恰露重烟疏，芳泪红滴。雁外瘦枝难定，潮信何急。潇湘别路依稀，乍被淡岚遮隔。谁系缆，丛间数声竹笛。

疏影

咏寒柳

长亭几树。记莺梭织出，千尺金缕。灞岸霜沾，楚塞风干，角声吹断离绪。画桥阴薄斜阳冷，遮不得、半行青贮。叹谢娘、老却眉痕，怎似当年娇妩。　　怅望扬州城郭，暮愁总湿透，鸦背微雨。袅袅柔魂，一去难招，梦里流光迅羽。有情还被无情恼，休重拟、汉南词句。独爱他、雪岸鸬鹚，伴汝白描成谱。

双双燕

本意

禊辰渐近，早沧海飞回，一双羁羽。乌衣巷冷，重访故巢何处。只为依依恋主。又不择、雕梁绣户。春塘竞啄芹泥，晚径斜冲杏雨。　　将诉。经年离绪。向绿绮窗边，细传喃语。往踪堪认，犹系足间红缕。最爱微风院宇。乍趁蝶、轻穿芳树。试问玉剪珠帘，谁续太初佳句。

疏影

为吉田生题《柳荫晚归》图

烟粘雨织。望长堤十里，浓翠将滴。密护吟蝉，弱带栖鸦，笼住水村沙驿。曳笻人过斜阳里，瘦影被、断霞遮隔。恰诗天好午，倩谁点染，麝煤轻册。　　回忆灞桥三月，嫩黄千万缕，徒绾离别。怎似重阴，巧剪苍云，翳了炎威熏赫。细风归路凉堪掬，渐露气、暗涵巾帻。听远楼、玉笛声声，吹送一丸蟾魄。

田能村竹田（1777—1835）

田能村竹田，名孝宪，字君彝，号竹田、仙斋、九叠仙使、花竹幽窗主人、随缘居士等，填词时则多署“红豆词人”之号，丰后人（今大分县）。其父田能村硕庵为冈藩儒医。竹田初学家业，二十二岁弃医从文，奉幕命参与编纂《丰后国志》。文化二年（1805）开始，先后游历长崎、熊本、京都，进入村濑栲亭门下，结识了浦上玉堂、冈田米山人等画家。文化八年（1811），藩内发生农民起义，竹田积极建言献策，但未被接纳。翌年致仕。此后，往返于丰后与京阪之间，与赖山阳、冈田半江、浦上春琴、菅茶山、青木木米等文人交游。天保六年（1835）夏，在大阪的藩邸去世。大正十三年（1924），追赠从五位。竹田幼时在藩校由学馆入学，以诗才受到其师唐桥君山的青睐。后经君山介绍,师从谷文晁学画。竹田仰慕“元末四大家”及宋代米友仁，又深研中国明清画，画境自出机杼，开创竹田派,成为日本近世南画(即文人画)巨匠。其弟子有高桥草坪、帆足杏雨、田能村直入（养继子）等。同时，竹田十分热衷于填词。享和二年（1802）春，竹田在江户得见中国万树所著《词律》一书，以为精当，珍如拱璧，并以此为据编纂词律专书《填词图谱》，文化二年（1805）成书，次年刊行。后曾拟作《填词韵谱》,可惜未果。竹田有词集《秋声馆集》《清丽集》《竹田布衣词》,存词共六十九首，小令、中调、长调俱全。其词宗花间，学南宋，清婉绮丽，笔触细腻，格调高雅，被誉为日本填词中兴的集大成者。大正五年（1916）日本国书刊行会编纂的《田能村竹田全集》，收录其诗文、日记、随笔、印谱、词论、画论等。

少年游

晚秋

柳叶黄多，蓼花红少，老却一汀秋。短笛楼前，疏钟寺畔，犹自记前游。　　凭栏暗把流年算，着得许多愁。逝水斜阳，酒痕泪迹，袖角也襟头。

满江红

檀浦怀古

廿载繁华，叹这里、霎时浑熄。秋欲暮，琉璃彻底，海光如拭。赤马关寒残月桂，绿杨浦远□烟白。闻弥陀寺畔晓鸦啼，钟声急。　　摧艳骨，沦香魄。粉飘荡，红狼藉。看潮来潮去，搬今移昔。荻渚艇孤渔客火,枫叶堤小行人笛。向水滨难问楚江秋，空凝立。

西江月

春恨

柳叶栏前绿雨，桃花帘外红云。分明知有个愁人，欲叩窗棂且忍。　　难得比肩把手，时时暗瞧偷颦。镜花水月是前因，只有两心相印。

中岛棕隐（1779—1855）

中岛棕隐，名规，字景宽，号棕隐、棕隐轩、棕轩，别号画饼居士、因果居士、水流云在楼主人等，谥号文宪先生，近江（今属滋贺县）人。棕隐出身于儒学世家，曾向姻亲村濑栲亭学习儒学与汉诗，又向伴蒿蹊学习和歌。十几岁时创作了《鸭东竹枝》，文才备受赞誉。由于竹枝词以男女情事为题材，棕隐被指责有悖家风，于是离家出走，辗转各地十年。文化十一年（1814），回到京都。文政九年（1826），竹枝词《鸭东四时杂词》刊行，一时洛阳纸贵。棕隐终生不仕，以唐伯虎为榜样，放荡不羁，多风流奇行。其人精通经史，善诗，诗名可与赖山阳并肩。另外，棕隐亦以狂诗（日本江户时期一种特殊的汉诗，以滑稽、俚俗为主）闻名，与铜脉先生（畠中观斋）齐名。著有诗集《棕隐轩集》，狂诗《太平新曲》《天保佳话》，风俗书《都繁昌记》《箱枕》等。存词六首，见《棕隐轩二集》卷下。词中不乏香艳之作，但更多为描摹景物，流露出惨淡的心境。

鹧鸪天

艳曲

画烛朦胧夜院云。满衾沉麝带香薰。薄罗小扇轻宜把，醉脸红潮减几分。　　移玉枕，解香裙。鬓斜黛漫气纷纷。莫教鹦鹉听情语，怕向他人告有君。

春光好

雨后赠琴廷调

红落落，绿蓁蓁。雨痕新。一抹东山眉黛匀。也无尘。　前事如梦如云。旧交有我有君。扫塌相思南园月，几畝巾。

东坡引

江上吟

秋霞犹未散。天外疏钟缓。丹枫映落深深岸。水禽三四唤。水禽三四唤。　归来系艇渔村西畔。店灯辉辉照青幔。寻常酒债何清算。罾鱼输一半。罾鱼输一半。

赖山阳（1780—1832）

赖山阳，名襄，字子成，号山阳、山阳外史，别号三十六峰外史，通称久太郎。其父赖春水是当时著名的儒学学者，擅长诗文、书法，曾到大阪游学，与尾藤二洲、古贺精里等人一起研习朱子学，在江户堀北（今属大阪）设有学塾青山社。青山社附近居住着筱崎三岛、筱崎小竹、后藤松阴、并河寒泉等众多文人和学者。山阳即出生于此。天明八年（1788），入广岛藩学问所，后师从担任学问所教官的叔父赖杏坪。宽政九年（1797）游学于江户，师从尾藤二洲。次年归藩，后以脱藩罪被幽居多年，从事著述之事。解除禁闭后，于文化二年（1805）任广岛藩学问所助教。文化六年（1809）受父执菅茶山之邀,任廉塾都讲（塾头）。文化八年（1811）移居京都，开设私塾。文政五年（1822），筑宅“水西庄”，在此著书立说。文政十一年（1828）建书斋“山紫水明处”。山阳游历各地，与筱崎小竹、梁川星岩、田能村竹田、浦上春琴、武元登登庵等文人墨客结交。其人善诗，受当时倡导的宋诗诗风影响，尤爱苏轼。工书法，尤精史学。著有《日本外史》《日本政记》《山阳诗钞》《日本乐府》等。其中，《日本外史》允为名作，对幕末尊皇攘夷运动影响深远。存词六首，其中两阕《渔歌子》载于《山阳诗钞》卷二，另有四阕附录于《艺湾竹枝词三十首》之后。由于竹枝词语涉狎昵，未收入《山阳诗钞》。后来，木崎好尚将《艺湾竹枝词三十首》收入《赖山阳诗集》。

巫山一段云

咏严岛神舫事

装里扈神舫,游船如织多。笙寒暖谱新歌。楼幄舞新娥。　豪竹停高鸟，哀丝起老鼍。绫幡罽幕彩婆娑。染了一川波。

梁川星岩（1789—1858）

梁川星岩，名孟伟，字伯兔、公图，号星岩、诗禅道人、天谷道人、夏轩老人、三野逸民等。星岩自幼聪慧，文化四年（1807）游学江户，次年入山本北山的奚疑塾，诗艺大进，与大洼诗佛、柏木如亭等齐名，为北山门下十哲之一。文化十四年（1817）闲居故乡时，与友人结白鸥诗社，与柴山老山、江马细香等会集唱和。后又与菅茶山、赖杏坪、赖山阳、广濑淡窗等汉诗名家时相过从。文政五年（1822），与妻子梁川红兰游历日本西部，历时五年，其间的诗作收入《西征集》中，诗名鹊起，被誉为“日本的李白”。后在神田主持玉池吟社，门下人才济济，聚集了诸如小野湖山、森春涛、河野铁兜等诗坛名家，被推为诗坛泰斗。其诗典雅清雄，思精句警，晚年多慷慨悲愤之作。星岩是江户幕末著名的倒幕志士，为当时“尊王攘夷四天王”之一。著有《星岩集》《春雷余响》《吁天集》等。存词二首，见《星岩集》丙集。另外，《星岩集》闰集卷首的目录著录:“《花影庵词》,

原稿小令、中调、长调共八十五首，删存未定。《玉雨山房词》，原稿小令、中调、长调共九十首，删存未定。”然今未见《花影庵词》《玉雨山房词》。其门人小野湖山曾言：“星翁尝云：‘填词之体，邦人未有能之者。如竹田特说其作法耳。吾亦颇工工夫，然未下笔。’”(《新文诗》)。

渔歌子

游城南而作

荒烟白卤小桥西。趁市归来各有携。商帆落，海日低。鹧鸪洲上鹧鸪啼。

又

沙际蟹行缸欲艭。潮痕历历夕阳中。茜裙女，黄竹笼。相唤相呼拾海红。

友野霞舟（1791—1849）

友野霞舟，名瑍，字子玉，号霞舟、霞州、昆冈等，江户人。自幼聪颖，就学于井川东海，才思敏捷，出口成章，又博闻强识，只要被问及，即能指出某事在某书某卷。后入野村篁园门下，历任昌平黉教授、甲府徽典馆学头。霞舟以诗名，与林述斋、古贺侗庵、野村篁园等昌平黉的相关士人组成诗社，互相酬唱。门下有川路圣谟、浅野梅堂、久贝蓼湾、向山诚斋、森田桂园等。著有《霞舟先生诗集》《锦天山房诗话》，并仿《明诗综》，辑有《熙朝诗荟》。霞舟亦颇善倚声，与野村篁园、日下部梦香、设乐翠岩等时相过往，分韵填词。存词三十六首，均见于《霞舟先生诗集》。其词多咏物之作，“丰脸胖体”（浅野梅堂《寒檠璅缀》），富丽浓艳，差近李义山、温飞卿。

散余霞

蓼花

斜阳江上秋光冷。抹半汀红影。怜取无数蜻蜓，立柔梢不定。　　渔舟系边几顷。有碧芦掩映。谁费万斛胭脂，画潇湘晚景。

百字令

柽宇林公席上咏玉兰花

乍寒乍暖，日迟迟、恰近清明时节。桃李未开梅已谢，满眼芳菲才歇。狡狯仙人，偷将菡萏，缀在乔柯末。举头翘望，半天千朵晴雪。　　敢许俗艳梨云，轻狂柳絮，漫比孤妍质。同把一杯花下酒，零落湿衣香溢。玉蕊扬辉，琼枝竞彩，媚此瑶台月。愿诛丹桂，移栽向广寒阙。

醉花阴

重阳

阵阵西风吹槁树。逝水惊时序。转眼又重阳，漫莳黄花，采采东篱露。　　登高不上龙山路。来访秋香圃。且莫问明年，开口难逢，细诵樊川句。

金缕曲

水仙

寒雨吹疏柳。怅无边、秋光淡漠，忽过重九。赖有孤芳开岁晚，独占梅前菊后。个品格、凭君评取。万斛清香熏玉骨，爱冰肌、更没纤尘垢。宜小摘，插瓶口。　　天然丽质谁能耦。想得他陈王一见，片魂消久。态度偏宜灯下看，袅袅烟笼翠袖。最怜杀、画屏光透。形影依稀渲水墨，宛横斜、正伴诗肩瘦。罗袜冷，縠纹皱。

真珠帘

梨花

青梢雪暖琼包吐。玉珑璁、开遍园亭幽处。净先淡梳妆，带一枝微雨。匹似杨妃新出浴,恰好更向瑶台舞。欲舞。爱缟袂招人，霓裳飘素。　　怜杀别样风流，想娇云入梦，艳魂堪侣。漠漠锁清愁，笑放颠狂絮。蝶倦蜂阑春晼晚，又恐被、东君收去。休去。见月影如空，暗香偷度。

点绛唇

五清园赏樱花

晼晚春阴，乔柯开遍胭脂雪。忽惊飘瞥。一朵何堪折。婀娜偎风，细雨朝来歇。尤清绝。愿移蟾窟。媚彼瑶台月。

鞓红

篁园博士宅赏牡丹

笑容迎日，啼妆泫露。恰好把珠帘密护。艳魂易散，彩云难驻。一任使桃羞李妒。　　麝粉浓熏，香风方午。信解道花中独步。玉环睡醒，倚栏凝伫。这丽质凭谁貌取。

念奴娇

十七日夜，练塘袖诗见过，三填其词。

满庭丹桂，被风吹、乱洒纷纷黄雪。万斛香浮清影里，偶喜君披蓬筚。玉局仙才，冰鸥杰句，一洗尘胸豁。谈阑坐久，丽谯更鼓将绝。　　请看世上悲欢，人手失得，有似今秋月。夜夜阴晴浑不定，思了使吾心折。皓魄仍圆，朱颜易老，莫负此佳节。停杯借问，冰轮几度盈缺。

长梅外（1810—1885）

长梅外，名允文，字世文，号梅外、南梁，丰后（今大分县）人，长三洲之父。初习医，后受广濑淡窗影响，通经史，工诗，能书。督学长州藩，明治维新后移居东京，致力于其子三洲创立的斯文学会，有《梅外诗钞》。大概在古稀之年时加入三洲主盟的香草社，开始填词。今见其词十首，分别载于《梅外诗钞》《香草诗余》。

双调南歌子

秋步溪上

林叶萧萧雨，岩花澹澹秋。闲来依杖看寒流。隔岸风传人语，有孤舟。　　斜日红将没，微波碧玉收。苍茫一抹暮烟愁。正是诗思无际，立桥头。

木兰花

春恨，用晏同叔韵

淡烟残月离人路。无语分襟从此去。马头绛雪暮春花，衣上明珠深夜雨。　　凤凰应有他山好，情思何悬杨柳缕。南阡北陌只圆蹄，举首望郎无觅处。

森春涛（1819—1889）

森春涛，名鲁直，字希黄，通称浩甫，号春涛，戒名老春院森髯居士，森槐南之父。生于日本尾张国（今爱知县）世代行医之家。然而春涛志不在行医，先后师从鹫津松荫、梁川星岩学习汉诗文。文久三年（1863）在名古屋结三轩吟社。明治七年（1874）移居东京，成立茉莉吟社。明治八年（1875）起发行月刊《新文诗》，刊载各名家的诗文，一直持续到明治十六年（1883），是当仁不让的汉诗坛重镇。编刊《东京才人绝句》，辑录明治汉诗坛的诗作，大受欢迎。又收集清代诗人张船山、陈碧城、郭频伽的绝句，编成《清三家绝句》一书。春涛作为诗坛巨擘，门人众多，有《春涛诗钞》传世。亦曾偶然染指填词，今见其词二首，刊于明治九年（1876）发行的《新文诗》杂志第九集及其别集中。门下亦多有填词者，如德山樗堂、北条鸥所、横山兰州、野崎省所、永井三桥、堀口舫山、高村麋楼等。其子森槐南则成为日本首屈一指的词家。

鹧鸪天

次韵

焦尾休弹膝上琴。离鸾怨思懒追寻。乌丝题句缠绵甚，玉筋横腮一再吟。　　南浦梦，美人心。六朝芳草绿波侵。前宵影事依能记，香径穿花索坠簪。

河野铁兜（1825—1867）

河野铁兜，名维羆，字梦吉，通称绚夫，号铁兜、秀野等，私谥文崇。生于播磨国（今属兵库县），父河野通仁为儒医。由于河野祖上出自南海伊豫（今爱媛县）的名门越智家族，因此铁兜也经常在诗文书画中自署“越羆”。少时就学于姬路的仁寿山黉，十五岁时因一日作诗百篇而被誉为“神童”，名噪乡里。其后又先后师从吉田鹤仙、梁川星岩等汉学家，并游学江户、长崎等地，遍访硕学鸿儒。嘉永四年（1851）应播磨国林田藩主之聘，出任该藩藩校敬业馆教授。安政四年（1857），在教务之余开办了私塾“新塾”。作为儒学家，铁兜倾向于山崎安斋，形成了新旧折中的一派。其人学识渊博，“自圣贤经传以至夫九流百家医卜种树之属，靡不涉猎”，与友朋聚谈，胸中百卷，倾而出之，使听者忘倦，然此亦不过“平生蕴蓄所以充诗料也”（《铁兜遗稿》）。铁兜尤精于诗，《芳野》一诗通过吟咏奈良吉野山樱来缅怀南朝皇室，在当时广为传颂，脍炙人口，被誉为“芳野三绝”之一。诗云：“山禽叫断夜寥寥，无限春风恨未销。露卧延元陵下月，满身花影梦南朝。”世人将铁兜誉为“今山阳”，即赖山阳再世。昭和三年（1928），追赠正五位。有《铁兜遗稿》。存词二首，其词笔恣肆，水到渠成，载于行德玉江印谱《风人余艺》卷末。另外，铁兜的随笔《撅觚》中有词论数则，流露出词以婉约为宗的取向。

青玉案

玉江桥畔柳吹絮。早名与、桥名著。临水小轩春静处。一刀万象，问君谁据。曾学吴元驭。　由来君子多神助。写鸟描花已驰誉。更把钻锤供暇豫。绿章丹篆，挈来提去。宛似天仙署。

又

锵锵笔响书窗里。忽镌出、图章是。金固石顽何足累。锐锋一触，电流星坠。灿烂奇文字。　涛兮不起龟兮死。健腕谁摩二家垒。千万望君成大器。读书闲课，校诗余事。只个毛锥子。

德山樗堂（？—1876）

德山樗堂，名纯一，字公秉，号樗堂、梦梅瘦仙，越前（今福井县）人。明治初，曾任职司法省。森春涛门下俊彦。工诗词，诗学西昆，词宗南宋，词风雅丽。曾点校《绝妙好词笺》。今见其词四首，载于《新文诗》杂志。清人叶松石评其词《极相思》，以为“梦窗、玉田以后，惟乡前辈竹垞检讨有此风雅。三百年来，未闻继响，不图海外复有替人。词祧不斩，喜何如之”。虽不无溢美之嫌，但大致指出了樗堂词风的宗尚。

罗敷媚

相思

情思难系真珠泪，月亦生烟。水亦生烟。尘蚀菱华失故圆。　相思自惜蛾眉损，恨也缠绵。梦也缠绵。花瘦如人剧可怜。

极相思

鹭津判事宅赏梅花，诸公皆有诗，予亦填词。

一声长笛谁家。吹月上梅花。鹤归天杳，星摇水皱，今夕寒些。　春雪扑帘香暗度，爱美人、玉骨清华。歌边影瘦，酒边梦白，六扇窗纱。

薄井小莲（1827—1916）

薄井小莲，名龙之，字飞虹，信州（今属长野县）人。早年曾就学于同乡佐久间象山。明治维新后，历任大审院判事、秋田地方裁判所长等。晚年悠游闲适，流连书画。善诗，诗作多散佚，著有《历劫诗存》《论画绝句》《论画百绝》。目前仅见其词三首，两首载于明治三十年（1897）《花香月影》杂志的十八集和二十三集，一首载于明治三十四年（1901）《鸥梦新志》杂志第一百四十集。大致而言，小莲词风属于以野村篁园、日下部梦香、友野霞舟等人为中心的昌平黉一派，堪称此派填词的殿军。其《双调南乡子》一词，被田边莲舟誉为兼有“白石之词华，稼轩之风骨”（《花香月影》第十八集）。

双调南乡子

闲居答人

结习已全删。但把琴书送暮年。不道退官多好处，飘然。月命扁舟花命鞍。　　透破死生关。富贵功名总等闲。底事黄金高撑斗，萧然。老骨如松未怯寒。

清平乐

画兰

紫蕤绿叶。风露何清绝。渺渺所思无所说。愁满楚云湘月。　　孤负合在深山，红尘争得相干。不分芬芳难晦，幽香误坠人间。

行德玉江（1828—1901）

行德玉江，名直贯，字仁卿，号玉江、桧园、九柳十桥逸士，浪华（今属大阪）人，其父为儒医。十岁入筱崎小竹门下，学习经学、诗文。后又入广濑旭庄门下学诗，结识同门藤井蓝田、柴秋邨、长三洲等人。此外，向今枝梦梅学医，又向鼎金城、贯名海屋学画。篆刻则师从吴北渚。十八岁已有画家之名。后由于叔父告诫，放弃行医，专心学画。游历九州各地，又在长崎向先祖铁翁学画。后继续游历，先后到过越前、伊予、伊势、出云等地。玉江担忧南画的发展，呼吁创设南画学校，并向府知事提议，后设立玉江馆。作品有印谱《风人余艺》、诗集《停云吟草》、画谱《玉江画谱》。存词五首，分别见《浪华草》及《玉江吟稿》，颇饶情致。

江南春

与蓝坡饮清华楼

垂柳暗，白樱明。香风帘外迸，伞影水中轻。红狂绿舞春深处，一啭流莺别有情。

山本鸳梁（1829—1912）

山本鸳梁，又称斋藤拜石、山本拜石，名世吉，字永图。鸳梁通众艺，尤长于篆刻、填词，书法亦佳。其篆刻特受梅外、三洲父子推重。填词以玉田为宗，私淑秦观、辛弃疾，“唐以后集，莫不搜罗收蒐，其所填小令长调，累累充册”（置盐棠园《山本拜石墓志铭》），自称“词客鸳梁子”，为香草社词人中的佼佼者，是明治词坛的一方之雄。据昭和十四年（1939）一月发行的国学院大学《汉文学会会报》第五辑，泽田瑞穗称，鸳梁曾自言森槐南的填词为其所教。森槐南推崇鸳梁的填词，认为：“鸳梁填词，小令瓣香南唐，清丽可爱。中调、长调兼擅玉田、碧山之长，于作家寥寥中，独能含商嚼徵，唱出金石之声。可谓二百年来绝无而仅有者。”（《鸥梦新志》第八十七集）高野竹隐、森川竹磎亦与鸳梁有交往。今未见鸳梁的文集，《日本填词史话》载其词近二十首，大多来源于明治时期的《鸥梦新志》杂志。

眼儿媚

春寒

阑干无语望天涯。早已被雪遮。逢难别易，愁多欢少，暗损韶华。　　东风院落寒犹峭，还是易昏鸦。春衣怯瘦，湘帘卷恨，雨细梅花。

柳梢青

春游

嫩日烘晴，丽人天气，蝶送莺迎。芳草芊绵，香罗鲜美，钗燕风轻。　　行行笑语春生。带残醉、相扶入城。斜日熏花，暝烟恋柳，奈这余情。

玉树后庭花

春夜

露桃花底空凝望，夜庭幽旷。秋千红索无凭仗，为风飘扬。　　回文诗好低低唱，更添惆怅。弯环新月窥墙上，那人眉样。

清平乐

春怨

一春红事。过了三分之二。笑语尊前相共醉。只仗夜来梦寐。　　深庭得意苔痕，无情又长愁根。不奈这般时候，落花微雨黄昏。

柳梢青

夕阳

黄叶村幽，上方钟动，人倚高楼。袖影寒生，笛声怨咽，正是深秋。　　长天水色悠悠。目送尽、飞鸿去舟。今古兴亡，江山平远，无限诗愁。

忆秦娥

秋如水。沙灯一点光凉始。光凉始。虫声桐影，夜愔愔地。　　漫吟低唱消斯际。风流词句心如醉。心如醉。清空骚雅，玉田淮海。

虞美人

夏日水亭

荷花开似凌波步。罗袜香来处。玉纤催去碧纱窗。只见钗头鹦鹉颤双双。　　红丝端砚团圆小。拭了还吹了。洛神初榻好装潢。皓腕拨灯重写十三行。

田边莲舟（1831—1915）

田边莲舟，名太一，字仲藜，号莲舟、菁槎，江户人。甲府徽典馆学头田边石庵次子。十八岁入昌平黉学习，成绩优异，成为甲府徽典馆教授。后参与幕府外交事务。文久三年（1863），随幕府使团前往法国谈判横滨锁港事宜，因交涉失败被免职。庆应三年

(1867)，随幕府使团前往法国参加巴黎万国博览会。明治维新后，继续参与政府外交事务，历任外务省大书记官、元老院议官等。先后出使欧洲、中国。晚年以诗书自娱。明治三十一年（1898）出版回忆录《幕末外交谈》。明治四十五年（1912），被选为维新史料编纂会委员，被授予从三位、勋三等。大正十年（1921）出版《莲舟遗稿》。存词四首，风格清新，见《莲舟遗稿》。

醉太平

闲居答人

桥头柳垂。楼头絮飞。凭栏目断天涯。送一行雁归。　　春风吹微。春光流迟。此间忆得苏诗。桃花两三枝。

长三洲（1833—1895）

长三洲，名炗，字世章，号三洲、蝶生、韵华、秋史、红雪、山楂客等，丰后（今大分县）人。长梅外之子。自幼受家学熏陶，十五岁开始师从广濑淡窗，成为淡窗门下第一才子。后又曾师从淡窗之弟广濑旭庄。幕末时期结交尊王攘夷的志士，为国事奔走，是萨长同盟的中心人物之一，后参加戊辰战争。之后，参与山口藩的藩政改革。明治三年（1870）上京，成为太政官制度局的官员。明治五年（1872），任大学少丞，成为明治学制的核心起草人。后历任文部大丞、文部省学务局长、侍读、宫内省文字御用挂等职。致仕后醉心于诗文书画。明治十三年（1880），创立斯文学会。三洲诗文书画并善，“文简洁，而诗淡雅冲穆，得淡窗衣钵。书宗二王、颜、苏，雄健端壮，丰腴而厚重，卓绝一世。傍作画，亦苍老高古，深得南宗遗韵”（《墓志》）。三洲既推崇竹田之画，又致力于竹田热衷的填词。曾结香草社以讲填词之法，复兴诗余。后人辑有《香草词余》，专收香草社同人作品。明治七年（1874）至九年（1876），大概为香草社极盛之时。每月二十五日香草社雅集，社中同人带来上一期出题的词作，席间又别出课题赋词，由盟主三洲批正。洵为日本词史上的空前盛事。社中同人有三洲之父梅外、三洲之弟古雪、芜城秋雪、松本白华、辻青浥、户田静学、森槐南之父森春涛、山本鸳梁等。三洲有诗文集《三洲居士集》，其中收词一卷，共一百二十余阕。其词宗南宋，高雅脱俗，平淡中见幽隽清丽，尤长于写景。其师广赖淡窗喜好王（维）、孟（浩然）、韦（应物）、柳（宗元）的诗风，三洲词风颇似之，或即受淡窗影响。

春去也

送越梦吉

春去也，衰柳不胜秋。山恨水愁无限路，天涯一夜梦皇州。人倚水边楼。

秦楼月

秋思

山不绝。螺鬟点点伤心碧。伤心碧。乱鸦参照，马头秋色。　　秦楼明月春风节。夜闻横笛花间别。花间别。天涯孤枕，梦中飞越。

桂殿秋

月

天际月，一痕秋。前夜如盘今如钩。一圆一缺何曾管，只作人间万古愁。

少年游

忆旧游

芙蓉洲外矫轻鸥，红袖压仙舟。情寄微波，当歌一笑，载起许多愁。　　销魂记得吟诗处，垂柳小红楼。词客青衫，佳人白发，今日不胜秋。

留春令

梅花

野径荒寒，碧溪深窈，绝无人处。流水声中，云生石立，正与君相遇。　　翠槛红窗连玉宇，爱护金盆树。仙风道骨，非尘世物，只好空山住。

百字令

十一月三日天长节，为予生辰，举酒自祝。

彩旗翻日，今岁又、赢得天长佳节。亦是微臣初落地，喜见呱呱英物。风霜六十，循环甲子，阅历何堪说。多愁成老，只赢双鬓如雪。　　空有壮志平生，忘身王事，满腔溅溅血。人世风波随势变，化作烟霞仙骨。春蚓萦书，苍蝇污画，冷淡闲生活。生辰杯酒，半醺还梦天阙。

长古雪（？—1883）

长古雪，名冰，长梅外之子，长三洲之弟。《丰绘诗史》称其“善诗书画，咸有兄之风”。著有《古雪遗稿》一卷，作为乃父《梅外诗钞》第三编的附录刊行。今见其词十首，载于《香草诗余》。

昭君怨

送别

下马依依把手。风乱长亭如柳。流水去悠悠。片帆愁。　　休唱渭城相送。春雨蒙蒙如梦。愁寂笛还寒。独凭栏。

点绛唇

春寒词

脉脉春寒，小亭终日莺声断。旧愁新恨，何事长相满。　　院静帘低，久背风流伴。吟思懒。雪晨风晚。误了花音信。

横山兰州（1834—1893）

横山兰州，名政和，字敬夫，号兰州，加贺（今属石川县）人。出身于旧金泽藩一万石的世禄之家，继承其父的家老（大名的重臣）之位，曾入森春涛门下，颇有诗名。其父名横山政孝，字谊夫，号致堂，擅长诗、书、画，有诗集《致堂诗稿》，同时又好词，著有《诗余小谱》一书以便于初学，可惜未刊行，目前亦未见其词作。可见，兰州的填词亦有家学渊源。今见其词二首，分别载于明治时期发行的《新文诗》杂志第三十三集、五十五集。

杏花天

杏花双燕图

杏花风里双栖羽。睡方足、绣帘朱户。红襟湿遍胭脂雨。问着如何意绪。　　怕荏苒、青春欲暮。又争奈、蝶猜蜂妒。痴愁娇恨无由诉。脉脉千丝万缕。

松本白华（1838—1926）

松本白华，名畔，号白华、西塘，生于加贺国松任（今属石川县），东本愿寺僧侣。嘉永五年（1852），入广濑旭庄私塾，学习汉学，并在此结识长三洲等人。安政四年（1857），入香山院龙温门下，学习佛学。明治维新前后，在东本愿寺参与反天主教的相关工作。明治三年（1870），排耶书《辨谬录》三卷成书。该书批判艾约瑟迪的《释教正缪》。次年，成为政府教部省官员。明治五年（1872），东本愿寺派出视察团到欧美考察，白华随行。在欧洲时，写有日记《白华航海录》。明治十年（1877）至十二年（1879），担任东本愿寺上海别院主持。白华精通汉学，善诗文，在布教的同时，与中国文人多有交流。《丰绘诗史》称其“性好学，介然不群，有忧国志，而喜书画，风流绝俦”。有遗稿《白华余事》，卷末有《填词》，收词十三首，词风婉丽。其词有部分亦见于《香草诗余》。

相见欢

红叶

西风白露凋残。晓林寒。只驻夕阳秋色，与人看。　多坠叶，谁收拾。欲销魂。一道御沟流水，到人间。

昭君怨

送别

烟雨空蒙驿路。芳草飞花春暮。吹笛倚高楼。送行舟。　桥畔婀娜杨柳。黄鸟数声呼友。欲绾那边丝。系相思。

辻青浥（生卒年不详）

辻青浥，名棐，博古善书，又工诗画，意气殊高，为当时的文坛俊杰，香草社词人，从长三洲学词。今见其词十一首，九首见《香草诗余》，二首见明治二十六年（1893）发行的《鸥梦新志》杂志第八十三集。词风清新雅丽。下文两词，森槐南评："此种小调，三洲楂客绝品也。过君从楂客学词，毋怪乎其似。"（《鸥梦新志》第八十三集）

点绛唇

春寒词

芳景迟迟，夜来雨雪东风恶。晓窗灯落。酒醒春衣薄。　寒色重檐，风物还萧索。委梅萼。暗愁如积。不卷青罗幕。

如梦令

舟江夏景

积翠空蒙沙树。时见波间鸥鹭。风光到前山。欲雨半江烟雾。南浦。南浦。蓑笠渔人争渡。

点绛唇

题画山水

树外斜阳，远峦一抹秋烟紫。白云层起。红叶藏溪寺。　□点归鸦，影蘸澄江水。扁舟舣。落潮沙嘴。人在芦花里。

户田静学（生卒年不详）

户田静学，约生活于大正前后，名忠正，水户人。堤静斋门下高足，后成为司法官，历任各地裁判所司法之职。中年以后热衷于填词，为香草社词人。今见其词十九首，其中十五首见于大正初年

（1912）森川竹磎主持的《诗苑》杂志，四首见于明治十四年（1881）九月的《东京日日新闻》文苑栏。其词不同于多数香草社同人，题材多样，风格各异，或抒写相思别怨，或描摹山川风物，或咏史怀古，或感慨人生，婉丽、清雅、豪放、旷达，诸体皆备，转益多师，在日本填词史上，实为少见。

一点春

玉笛休吹送，月明林下人。清宵踏雪渡溪水，先认南枝一点春。

柳梢青

儿女英雄。一荣一辱，千古穷通。游戏文章，风流诗画，小技雕虫。　　人生大梦匆匆。更回首、灯前弄风。镜里寻花，水中捞月，是色还空。

琴调相思引

从别檀郎又一年。花红柳翠草芊芊。不胜相伴，双燕舞翩翩。　　织做回文将寄远，绣题锦字欲争妍。春寒侵梦，搅破晓莺天。

阮郎归

霜砧月笛思凄然。愁长夜抵年。宾鸿空过白云边。无书也可怜。　　鸣暗蛩，堕残蝉。般般把恨牵。相撩潘鬓博山烟。孤灯解伴眠。

梦江南

太湖杂词

湖岸夜，幽寂雨声中。偃卧苍龙千古影，一鞭斩水马嘶风。飒爽忆英雄。

佚名

长三洲门人芜城秋雪著有《云烟逸话》，记载幕末至明治时期的画家遗事，明治三十年（1897）十月梓行。《云烟逸话》的外集题为《香草墨缘》，秋雪自序云："古人云：诗有声画，画无声诗。诗画之妙绝，有何两岐。盖画发自诗文中，是南宋本色也。余曾客寓东京之时，一日访三洲长太史，谈及诗书。时太史所督之香草吟社，专有词余之课，而以教人。弟性谫劣，寸进尺退，虽然，为培养画意，是以刻苦从事于晓风残月之调。今写图画三十员，系以太史词余，旁及词友与鄙调也。是亦出于六法研究之余，故属《云烟逸话》之后。"此书收词七十九阕，但未标注作者。芜城秋雪，名冲，号秋雪、松确、雨村，加贺（今石川县）人。

苍梧谣

杨花

轻。飞絮春风舞晚晴。斜阳水，白尽满池萍。

春光好

送别

红蓼岸，白苹洲。雨初收。惆怅归人已放舟。独凭楼。　远碧孤鸿斜日，空江一笛秋。南浦水云风色暮，暗生愁。

贺圣朝

雨中看牡丹

霏霏细雨映空散。洒牡丹芳苑。明珠的皪迸黄昏，湿粉红深浅。　　栏前娇态，有情将语，更相扶相看。清平歌罢几春风，剩李家清怨。

竹添井井（生卒年不详）

竹添井井，名光鸿，字渐卿，号井井，通称进一郎，肥后国（今熊本县）人。其父小田顺左卫门是儒学家广濑淡窗门下十八杰之一。安政二年（1855），入儒学家木下韡村门下，成为韡村高第。后在韡村的安排下，奉藩命访问京都、江户、奥州，在江户得到胜海舟的知遇。明治四年（1871），因废藩置县而失业，经营私塾。明治八年（1875）上京，经胜海舟等引荐，随全权公使森有礼前往中国。其间与同乡津田静一共同游历中国，过西川时，写下著名的《栈云峡雨日记》。明治十年（1877），到苏州拜访俞樾，二人曾笔谈、唱和。之后历任天津领事、北京公使馆书记官等职，明治十五年（1882）接替花房义质担任朝鲜弁理公使，但因甲申政变被牵连而去官。明治二十六年（1893），应同窗井上毅（时任文部大臣）之邀，就任东京帝国大学汉学教授。相继完成《左氏会笺》《毛诗会笺》《论语会笺》三部巨著。诗文则收录于《独抱楼诗文稿》中。存词一首，见《独抱楼诗文稿》中的《游燕草》。张之洞评此词："初为倚声之作，即已如许清隽，大是玉田门庭中语。文人游戏，无所不可，洵是才人。"

满庭芳

燕京重阳

蓟树风高，燕山云锁，满城寒色重阳。短衫破帽，犹未授衣裳。十岁乘槎作客，鬓边丝、已失苍苍。望乡有台望不得，天末是吾乡。　　秋来音讯绝，云间只见、雁字成行。记家园对菊，踞石倾觞。兴到三公不换，爱东篱、晚节凌霜。临风忆，枝枝冷蕊，今日为谁香。

藤本烟津（1849？—1926）

藤本烟津，名节二，播州神崎郡人。生平事迹不详。词作多发表于《诗苑》杂志。现代学者水源渭江辑有《烟津词》，共五十首。

唐多令

中秋有感

月下桂花稠。清辉一半秋。几关心、尘暗西州。一片感怀谁共说，难消遣、又登楼。　　今古水悠悠。苍天颢气流。乍征鸿、影度前洲。莫向军营鸣且过，恐忆起、健儿愁。

踏莎行

树拖余霞，鸦迷落日。断云孤影飞无迹。登楼望远易伤心，山重水复人相隔。　　烟雁迢遥，露蛩啾唧。愁心难寄空相忆。绮栊秋雨洒黄昏，香消酒醒新寒逼。

齐天乐

蝉

依稀似听伊州曲，齐姬巧调金奏。绿鬓翻风，浮生赖露，消得几番昏昼。鸣槐噪柳。念人在楼头，午眠难就。忽地惊飞，引声还入别林茂。　　齐宫踪已邈矣，水云山树渺，何忍回首。断续牵愁，凄凉写怨，怜煞形躯消瘦。犹能记否。怕渐近金风，素秋时候。弱翅难支，满林摇落后。

永井禾原（1852—1913）

永井禾原，名匡温、温，字伯良、耐甫，通称久一郎，号禾原、来青山人，尾张（今属爱知县）人。日本小说家永井荷风之父。少时师从鹫津毅堂，后入昌平黉，从森春涛、大沼枕山等学诗。又入福泽谕吉开办的庆应义塾修习洋学。明治维新后，留学美国。回国后，任职于文部省、内务省等，官至会计局长。明治三十年（1897），任日本邮船会社上海支店长。寓沪三年，结交官商名流、文人墨客，诗酒征逐，文名大进。后将此期间自己所作诗与他人投赠之作编成《西游诗续稿》出版，文廷式为之写序。禾原有诗集《来青阁集》。曾在《随鸥集》杂志上发表词作。

水龙吟

奉答喀喇沁王，即用其原韵

海东良会旋违，离歌声彻归舟里。高旌到处，锦囊收尽，山川之美。雁递鱼迢，传来消息，春风吹起。向昭王台北，张家口外，神游也、怀如此。　　蜿蜒长城万里，邈秦时、汉时长思。沧桑转眼，功名唾手，摩崖堪志。贤主雄藩，人文骤进，开成风气。况政余好事，交盟翰墨，远人心喜。

关泽霞庵（1854—1925）

关泽霞庵，名清修，字士节，别号花庵居士，通称力藏，羽后（今属秋田县）人。明治初在秋田椿台藩塾学诗，复移岩崎塾。后至东京，与友人共创梦草诗社，继入晚翠吟社。明治十四年（1881）罹灾，诗稿尽失。明治二十三年（1890）入森槐南主持的星社。明治三十年（1897）又与同人创雪门会，参与随鸥吟社、一半儿社、澹社等诗社，每月诗酒征逐。其诗歌创作活动横跨明治、大正两个时期，存诗一千余首，晚年集为《霞庵诗钞》于大正十四年（1925）出版。该书卷末附词一卷，共十三阕。《日本填词史话》共载其词近二十首，主要来自《霞庵诗钞》与杂志《新新文诗》。其词擅长描绘都市乡村之风光，词风清新洒脱，近于柳屯田。

鹧鸪天

湖楼早起

镜面微茫天始明。有人早起倚窗棂。一奁鬟雾如香腻，半岸兰风吹气清。　　疏磬罢，淡烟生。天妃祠畔水盈盈。露荷珠碎风零乱，疑是湘灵鼓瑟声。

东风第一枝

澋上问梅

远水拖蓝，遥峰泼黛，一堤芳草粘履。柳招青眼游人，径向白须祠宇。天开别境，把疏影、暗香撑住。更断桥、流水黄昏，似替玉人遮护。　　倩谁续、宋家丽赋，无客唱、何郎逸句。天寒翠袖相依，月明缟衣欲妒。清欢易断，忽野笛、声飞鸥渡。梦醒时、斗转参横，仿佛倩魂归去。

风入松

漫上

珠帘十二上银钩。春事未全休。钿车争趁东风陌，斗新妆、韶丽芳柔。折得红花一朵,代他翠玉搔头。　晚烟渐抹远山幽。黛色带眉愁。游人影散斜阳里，但歌声、不渡江流。烛影摇红何处，香云深护琼楼。

清平乐

罅烟轻袅。帘卷池塘晓。底事美人偏起早。昨夜荷花开了。　杏衫不耐招凉。菱华谁与催妆。生怕田田鱼戏，搅他叶底鸳鸯。

奥田抱生（1860—？）

奥田抱生，名晋，字式卿，通称一夫，别号莺桥槎客，名古屋人，当地老儒奥田大观之子。幼承家学，后到东京从森春涛学诗，未几而因病回归故里。曾校刊西田直养的《日本金石年表》。今见其词五阕，发表于《新新文诗》杂志。

归自谣

三叉洲有感

香不定。秋入苹花风弄影。如眉月小江心映。　画船当日春梦醒。难为听，那边箫鼓，那边磬。

霜天晓角

北条村里见氏遗墟

江山灵绝。此地生人杰。当时金瓯伤缺。如绪乱如河决。　四郡无战血。二总从剪灭。剩有海潮呜咽。镜浦月芙峰雪。

高野竹隐（1862—1921）

高野竹隐，名清雄，字铁生，号修箫仙侣、白马山人，填词几乎均署修箫仙侣。名古屋人。曾从佐藤牧山治经史。二十一岁时，随其师上京，翌年在《新文诗》杂志发表题为《热海温泉寺古松歌》七古一首，用笔矫健，一洗当时诗坛森春涛派的绮靡之风，名震诗坛。或即以此为契机，竹隐与槐南订交。明治十七年（1884），偶尔因病回名古屋的竹隐寄书槐南，槐南赋《贺新凉》两阕作为回信，竹隐即次韵二首作答。是为竹隐填词之始。槐南惊讶于竹隐的词笔，以为“倚声之学，本朝从未有讲究之者。君以天才夙悟，能唱金玉之音。如读顾贞观寄吴汉槎词，凄婉独绝，一字动摇不得。所愧原唱粗率，深有负于知己”（《新文诗》别集二十四）。从此，槐南更加用力于填词一道。竹隐亦在二人的角逐中词艺精进。明治二十年（1887），竹隐前往伊势神宫任低级职员，二人的词坛角力亦终止。竹隐在伊势任职达十一年之久。在此期间，与森川竹磎订交。此后，两人多有诗词唱和。竹隐后往北海道札幌中学担任汉文教员三年，四十岁时离开札幌，前往前桥中学任教，其后又往冈山及鹿儿岛任教。五十多岁时，移居京都，数年后去世。一生不愿趋炎附势，坎坷不遇。临终前嘱咐不要出版自己的诗稿，因此其诗文并未结集刊行，未发表于刊物的作品大都散佚。竹隐学识渊博，其诗矫健沉厚，带有奇逸之气，成为明治、大正之交的大家。但因其诗不迎合世俗，故当时诗名不显。其词则同森槐南、森川竹磎并称为日本明治词坛“三雄”。早年词境清幽淡雅，颇有“山水清音”，晚年则追慕姜夔，孤寂、清雅成为其词的本色。今人张珍怀《日本三家词笺注》据《日本填词史话》选录其词八十六首。另，竹隐有论词绝句五首，表达对苏轼、岳飞、陈其年、朱竹垞、蒋士铨等几位词家的追慕之意。其词亦有豪放之作，然而夏承焘先生称“其和槐南《贺新凉》《百字令》诸作，乃勉为奔放激烈，实非本色”(《域外词选》)。

贺新凉

依槐南词宗见赠韵奉酬，兼寄怀石埭先辈

一事关心者。似悬旌、摇摇遥向，小湖吟社。还想夔华开文室，一十三行写罢。旖旎处、凌波如画。得意移将画眉笔，是仙郎、妙句和成寡。为文苑，添佳话。　　寄来深感白司马。古梁州、慈恩寺里，凄凉泣下。感梦他时应续记，记个莺春雁夜。更同醉、荷香满榭。料又梦楼劳别梦，愿殷勤、为道相思也。待秋水，蒲帆挂。

念奴娇

茉莉

韵传天竺，算西方南国，偏多彼美。见惯司空都恼杀，依况司香仙史。同调杨妃荔枝亦产南土，前身奈女抚丽一名素奈，瘦处婵娟矣。横陈玉体，钿钗堕也声腻。　　端是媚夜销魂，半屏鬟影，偷搅风轮碎。倩得琴心凉伫月，香漾一行纤指。九里花田，三生情种，出落风流子。含胎豆蔻，可能憨态如此。

摸鱼儿

长夏景物清旷，悠然有会，赋此阕。

爱层层、傍山依水，笠青蓑绿遥映。年年不负烟波兴，一任殢人多病。长松影。现丈六如来，顿入清凉境。芭蕉阴静。又几日温风，藕花无数，开到鹭鸶顶。　　无人问，拍遍阑干尽凭。

寂寥梧竹幽径。有时醉卧陶潜石，散发天风吹醒。琴心冷。谱渔笛蘋洲，抵似江南景。看来也胜。趁暝色前林，乱鸦流水，烟际一声磬。

声声慢

舟自七里滩至厚田

滩名仿佛，七里空江，高踪谁是同俦。愧我征衫久客，赢得归舟。青山迎送堪画，似当年、汐社风流。沿古岸、有黄芦苦竹，好着羊裘。　　渡水钟声乍近，和寒潮呜咽，搅乱闲愁。谁写孤篷听雨，欹枕惊秋。梦回鸡鸣犬吠，正渔娃、出汲潮头。喜系缆，酹一杯、残月江楼。

高阳台

舟自七里濑至厚田

渔火长芦，昏钟古岸，关河何似愁长。十里蘋花，镜中缭绕山光。澄烟织暝愁难散，滴孤篷、昨夜深凉。倦征途，人怪山闲，山笑人忙。　　船头笑岸临风帻，问孤舟宽窄，可棹苍茫。我欲归仙，飘然吹到蓬阆。归来游戏人间住，算吹箫、载酒何妨。更灯前，莫看吴钩，化作柔肠。

燕山亭

重怀森槐南在香山

豆雨初晴，竹屋一灯，悄地怀人而坐。明月半庭，白露横空，新雁几声啼过。树杪凉生，仿佛见、银云低堕。仙朵。有粉桂娟筠，翠捎香妥。　　大谢小谢风流，想屐滑苔蹊，筇扶路左。斜拥翠鬟，笑写乌丝，仙姝练裙风鞞。伫月听松，尽旬日、淹留也可。高卧。闲谱入、天箫有我。

东风第一枝

感旧

风障琴心，蝶妨铃索，兰舟去也天远。第三空忆青溪，小姑眉黛较浅。梢头豆蔻，渐春透、轻松纤软。怎忍俊、十五盈盈，拜月下阶羞见。　　香未了、定情故扇。钗折断、斗心玉燕。纵令再唤莺莺，隔水语音遂换。灯帘飘雪，仿佛想、伊州低按。问笑桃、重觅门中，可有去年人面。

水龙吟

题石埭词宗所藏女史绿春画兰

瀛风吹下仙姿，多情一派潇湘水。瑶妃佩后，灵均纫处，倩魂消矣。肠断崔徽，银钩自署，风流小字。问谁修眉谱，谁修兰谱，檀郎鬓、吴霜坠。　　多少楚天闲恨，又悠悠、几番秋意。算同心者，再生缘也，玉池仙史。供养斋头，温存重见，莲花博士。敢淖污泥中，香熏墨染，有湘烟翠。

水龙吟

夜泊有感

斜阳衔去斜湾，寒山一面钟声暝。归渔何处，篝灯未点，唱声更永。忽笛声飞，渐风声紧，月波无定。况遥空乱雁，声声似怨，分离也、一行影。　　无计凭他酒盏，易消魂、词人常性。潮欺梦浅，霜欺鬓薄，寒欺酒醒。十载飘零，更番触热，衣衫顿冷。看银涛卷雪，澄辉历乱，泻篷窗顶。

水龙吟

结城公墓下作

岭头一片青苍，一坯留取南朝土。大都能尔，人生忠义，来今去古。折戟沉沙，勤王两字，神呵鬼护。算东南王气，怎生消尽，剩半夜、鱼龙怒。　仿佛当年战血，血淋漓、杜鹃啼诉。枫林月黑，涛声卷入，悲风恨。料得明朝，山头应见，阵云凝聚。是英雄未死，忠魂毅魄，趁潮来去。

水调歌头

天风吹散发，倚剑啸清秋。功名一念销尽，况又古今愁。漫学宋悲潘恨，休效郊寒岛瘦，恐白少年头。我欲乘槎去，招手海边鸥。　吹铁笛，龙起舞，笑相酬。大呼李白何处，天姥梦游不。杯浸琉璃千顷，月照山河一片，万古此沧州。何似控黄鹤，飞过汉阳楼。

满江红

自题看剑引杯小照

山碧河黄，使千古、英雄难活。是一片、从天忠义，铸成心铁。留得人间遗爱物，声名敢没沙场骨。想军门、提出倚青天，三军别。　苔花散，心花灭。成败恨，应难说。向高台击筑，满衿清血。酒热为君撑起看，寒光三尺肠如雪。甚奸雄、魂死一灯前，冤声蔑。

百字令

槐南词宗见示此调六阕，依韵如数酬之，并付拍正。亦只藉君杯酒浇我磊块，未知合节否。

酒酣而往，敢三分割据，曹刘三国。天下英雄君与我，谁管沉沙折戟。破帽青衫，长安大道，落拓何人惜。悲歌半夜，苍茫如墨天色。　　恍然而醒灯前，翻然而悟，顿觉心缘寂。凭借陈编镇奇气，易传玄经无极。欲慰穷途，除非豪客，吹裂龟兹笛。珊瑚碎也，请君一再休击。

前调

燕居而坐，甚才人东洛，美人南国。用世之心犹未已，膂力颇能弓戟。往古来今，功名两字，天为吾人惜。抛来作达，渡江聊复春色。　　且看百戏鱼龙，红灯闹热，旋复归空寂。廿六年华尘与土，对此苍茫之极。花鸟关心，江湖侧耳，遥听高楼笛。呜呜相倚，红牙可取而击。

东风第一枝

槐南小史此调绝妙，效颦率填，题词后耳。

细草吹香，浓烟着水，缘潮痕腻轻暖。乌篷乍放横斜，春讯忍教忽漫。忙呼艇子，拥茶灶、笔床临岸。记美人、多爱鬑鬑，系缆白须祠畔。　　才子索、缟衣宜懒。伧父讯、白鸥不管。自经石帚留题，几人竹扉再款。消魂欲绝，小红唱、归来歌缓。杳月波、遥笛扁舟，入破一声吹散。

满江红

遣闷

滚滚长江，流不尽、乾坤日夜。秋更老、萧萧落木，西风如洒。决眦山河入飞雁，挥弦和者从来寡。谢江湖、对酒论兵人，应休罢。　　徒慷慨，乍叱咤。龙虎变，风云化。笑纷纷作事，尘埃野马。大抵称为时杰者，临风一睨皆堪骂。试渔阳、节拍第三挝，声声下。

一萼红

花花絮絮，已荡尽矣。愔愔新绿，斜阳生寒，黯然怀抱，有述于言。

趱春残。看花花无影，絮絮荡成烟。南浦新愁，西园余恨，全在笋后樱前。记那夜、衣香消歇，但生疏、扇影晚风怜。睡起帘栊，不随春去，也有些寒。　　闲里光阴几度，受风花磨炼，似被春瞒。送尽斜阳，绿阴阴里，群蛙私诉园官。俊游处、是伊旧路，倚阑干、又接一声鹃。惹得水天幽思，吹堕吟边。

金缕曲

黄梅雨断，清景怡然。泛舟小泊于鸥矶鹭渚之间，有解于怀，为歌此阕。

一片斜阳里。仅舟离、垂杨古岸，已遗人世。瘦白一鸥前导我，旧日盟寻绿水。稳称个、渔樵活计。铁网珊瑚何日下，只长竿、时拂沧波底。寄高兴，当如是。　　当年可有芦中士。试一曲、挐音徐觅，伊人不死。怀抱古来抛得处，都系者边幽邃。也不许、一尘飞至。容与去寻烟际语，早菰蒲、向晚成秋味。凉露洗，冷萤尾。

少年游

七夕

西风已在阁西头。半夜响帘钩。小别依依，新欢草草，交下几般愁。　　炉香袅尽烛微收。风露尽温柔。织女惊回，东床坦腹，沉醉看牵牛。

朝中措

森川竹磎清明日从金城至势南访余，有词见示，赋此解即正焉。金城一名杨柳城，竹磎有《花影填词图》。

绿杨城郭起新烟。谁吊柳屯田。一路晓风残月，酒醒约略当年。　　春风省识，销魂花影，横压词坛。一曲春愁未醒，红楼明月喧传。

西子妆

中秋后二夕，泛舟于莺江，秋声颤树，凉蟾着水，倚棹四顾，有遗世独立之慨，乃依梦窗自度腔歌之。

笛细逋风，籁虚生水，一片清光分付。白苹花外秋将近，向西风、拟寻烟语。早飘秋句。顾身在、蓬壶常住。底江山，是洪荒剩局，渔樵闲觑。　　空回顾。明月千年，秋更无今古。只嫌身迹太孤清，击空明、乘风而去。前身认取。已吹入、泠然琴趣。渐潮平两岸，钟沉万树。

东风第一枝

雪香亭访梅，残雪在坡，素娥乍来，仿佛乎冰壶濯魄矣，为赋此解。

弄玉清游，飞琼薄谪，广寒宫里同住。共伊修到黄昏，玉照不迷芳树。瑶簪冻折，想欲与、柳花低诉。怕柳花、轻薄飘飘，独惹月明凝聚。　　人静也、翠禽传语。风起也、玉龙飞舞。茫茫雪北香南，照见此情千古。风流授简，再修得、小红箫谱。待冷心、香醒吟身，环佩觅伊归处。

扬州慢

荷钱

泉府那时，篆缪红字，《有正味斋集·满江红》“咏荷钱”词：“背面纵横红字篆。”似防趁浪花飘。借鸳鸯护梦，赚鹭蜷鸶翘。铸初就、青苹风簸，碧鸥波洗，平展鲛绡。饯刘郎，初别多时，抛在溪凹。　　断肠暗卜，怕烟波、归路迢遥。记骤雨歌催，明珠一斛，兑换须抛。喜少伴些铜臭，陂塘买、要养稚苗。付莲侬多贮，摇红来驻兰桡。

满庭芳（并序）

回望骑鹤楼于竹树之杪，香云，缥缈在隐约间。真樊榭老人所谓“梅花雪拥阁如巢”也。

修竹千竿，苍松数干，隔花别是清幽。鹤巢高倚，认我啸边楼。不道花寒鹤瘦，想今夜、梦悉风流。关心但、神清魄濯，不许说罗浮。　　孤舟。如待我，山移水底，星带枝头。叹白云更懒，明月孤修。纵有春风自到，空山里、冰雪谁俦。还何似、西岩雪沁，渔梦冷香兜。

百字令（并序）

空香透月，山水澄映，孤舟溯洄，真有冰壶濯魄之想焉。用樊榭老人严濑夜泊韵谱之。

壶中摇曳，想梁鸿夫妇，尚存高躅。更欲修箫招白石，为选临流烟竹。久矣清音，寂然山水，谁肯仙游续。风流千古，水云一衲同宿。　　高寒何似梅花，鸥衣同白，迎我怜幽独。舟向拙翁泊处放，冷惹一灯岩屋。一籁沉空，万花撑月，凝聚波心绿。几生休问，前身照遍香谷。

水调歌头

次韵酬竹磎

千古昆明劫，咄咄逼人来。惟看万丈光焰，上历信雄哉。不是文章李杜，不是虚空楼阁，仙佛妄相猜。或者向山上，涌起一蓬莱。　　怳独立,苍茫里,壮怀开。天教陶谢同死,似未惜渠才。笑把一胸块磊，投向洪炉熔铸，广厦万间材。词至愧翘望，灰眼闭频揩。

本田种竹（1862—1907）

本田种竹，名秀，字实卿，通称幸之助，别号梦花居士，阿波（今德岛县）人。幼年师从冈本斯文、桥本晚翠，后移居京都，就学于江马天江、赖支峰等人，诗文造诣更深。明治十七年（1884）到东京，先后担任过文部省、内务省官房秘书，同时也为《万朝报》《日本新闻》等报刊的文艺栏供稿。明治二十五年（1892）开始任教于东京美术学校。明治三十二年（1899）西游中国，先后到过北京、保定、江南一带以及湖南省。其间曾拜访俞樾，并持其《戊戌游草》诗集请教。明治三十九年（1906）组织“自然吟社”。种竹与森槐南、国分青厓并称“明治诗坛三大家”，青年时代即负诗名，善作怀古诗，尝自号怀古田舍主人，人称怀古博士，一度倾心填词，与竹隐、槐南、竹磎等词人交流切磋。其诗宗王渔阳，清新隽丽，词藻富赡，其词亦似之。著有《怀古田舍诗存》《戊戌游草》《梅花百种》等。今仅见其词三阕，发表于《鸥梦新志》杂志。

大江东去

鸿台怀古

鬼雄何在，剩悬崖绝壁，高三千尺。古木凄烟狐昼叫，废瓦埋残城洫。黄叶萧寺，白茅荒墓，甲帐笙歌息。花犹啼露，土中遗镞苦蚀。　　犹想夜半衔枚，千兵乱水，烟压寒江黑。太惜丸泥空恃险，将卒皆惊风鹤。百雉金汤，一朝荆棘，不听岚山曲。里见氏所爱笙名曰“岚山”。日落天空，只闻松籁哀激。

孤鸾

吊手胡奈墓

竹边门小，忆幽谷佳人，天寒心悄。茅屋牵萝，汲井一瓶春晓。荆钗尽添蓬鬓，削胭脂、镜奁慵扫。何处多情年少，偶越墙来挑。　　叹瓜田、谁酿疑心了。耐寸断柔肠，诉天悲懊。怜名珠埋土，尚月魂窈窕。落叶苍苔古墓，悼空山、画眉啼鸟。不见那人染甲，凤仙花方老。

森槐南（1863—1911）

森槐南，名公泰，字大来，通称泰二郎，号秋波禅侣，填词时常署此号，又别号槐南小史、菊如澹人。生于尾张（今名古屋），明治诗坛三大宗匠之一森春涛之子。曾师从鹫津毅堂、三岛中洲等。槐南十九岁开始入仕，历任枢密院属、图书寮编辑官、式部官等职。二十七岁时得伊藤博文赏识，擢升为内阁二等秘书。三十六岁辞官。后任东京专门学校（早稻田大学前身）、东京帝国大学讲师，讲授汉诗、词曲等。明治四十二年（1909）秋，朝鲜安重根在哈尔滨刺杀伊藤博文，槐南同行，被击中，留下隐患，年余后去世。槐南善诗工词，被誉为“明治汉诗坛第一人”。自幼聪慧，十三岁以七绝《雪朝早起》名噪诗坛，十六岁即在刊物上发表词作《南歌子·春夕》，又作传奇《补天石》，并就正于其时任驻日公使馆参赞的黄遵宪。黄遵宪大为称赞，称其为“东京才子”，填词之才不可限量，他日当为日本“首屈一指”的词人，其后果然。槐南填词的黄金时期是二十余岁至擢升高位前。其间，随着与高野竹隐、森川竹磎、北条鸥所、孙君异、黄吟梅等中日两国词人的酬唱，甚至是角力，槐南热情高涨，佳构迭出。而身居高位后，则词笔零落。槐南乐于奖掖后进，又育人得法，门下弟子众多，成为明治诗坛后劲。明治三十二年（1889），森春涛去世，槐南主持其生前创办的星社，一时才俊云集，成为诗坛中心。明治三十七年（1904），槐南与门人大久保湘南创办随鸥诗社，振兴汉诗。生平著述颇丰，有《唐诗选评释》《古诗平仄编》《词曲概论》《槐南集》等。《槐南集》中有词一卷，共九十四阕。今人张珍怀《日本三家词笺注》删去集中三阕，又增补集中未收词四阕，共收其词九十五阕。槐南亦有词论，发表于明治十九年（1886）的《新新文诗》杂志。其论词分南北两派，特别推崇豪放之作，改变了日本词坛由田能村竹田鼓吹的以婉约词笔写相思风月的局面。其词作则如夏承焘先生所称：“日本词人为苏辛派词，当无出槐南右者，而其秾丽绵密之作，亦不在晏幾道、秦观之下。”（《域外词选》）

满江红

海天花月总沧桑图

落叶如鸦，白门外、秋飙萧瑟。咽不断、南朝残照，暮潮如昔。败苑青芜萤闪澹，故宫蔓草虫啾唧。一声声、寒雁渡江来，哀笳急。　英雄血，刀锋涩。儿女泪，青衫湿。叹兴亡转瞬，有谁怜惜。月怨花嗔人不管，春荒秋瘦天难必。剩伤心、一片秣陵烟，空陈迹。

水调歌头

文章固小技，歌哭亦无端。非借他人杯酒，何以沥胸肝。毕竟其微焉者，稍觉可怜而已，到此急长叹。精神空费破，心血自摧残。　　论填词，板敲断，笛吹酸。声裂哀怨第四，犹道动人难。摩垒晓风残月，接武琼楼玉宇，酒醒不胜寒。谱就烛将灺，泪影蚀乌阑。

满江红

秋怀次韵

菊悴兰憔，正触目、伤心时节。矫首望、前山落照，乱鸦如叶。似此恨人惊不已，去他懒妇闲无发。况满阶、促织一钩丝，声声绝。　　谈时事，书空咄。笑轻薄，身名灭。算传人一代，无非奇烈。仰屋漫传穷士著，过河徒作枯鱼泣。悔半生、弹尽马卿琴，冯谖铗。

浣溪沙

雪夜梦醒

清夜沉沉梦乍醒。沉香火冷有微星。凭谁指点索银瓶。　　翠袖讶摇明月帐，金钗恍叩玉真扃。梅花香雪韵空庭。

贺新凉

甲申六月中浣，接高野竹隐书，赋此代简。

何物无情否。便销魂、人间一样，别离时候。芳草含烟烟暗淡，那忍匆匆骊首。不能折、河桥新柳。悔我祖筵偏错过，但今宵、遥饯天涯酒。凄绝也，醒而后。　　半床灯火微如豆。独低徊、彷徨延伫，凝望更久。何处雁声传信到，以道恹恹依旧。憔悴色、客衫还又。一自扶持还故里，比从前、少个乡愁有。不忘者，知心友。

又

我亦难忘者。是风流、玉池仙子，冶春诗社。点染断桥杨柳色，又早双鬟唱罢。好眉黛、青山如画。同调追随两三辈，让夫子、和出阳春寡。好传做，旗亭话。　　几时扶病乘鞍马。古函关、萧萧驿路，夕阳西下。客舍沉吟思我处，便我正思君夜。共回首、小湖台榭。屈指半年人聚散，料尊躯、善保炎阳也。仆无恙，休牵挂。

满江红

秋兴

试望平原，看白骨、青磷无数。空葬送、南山落叶，北山风雨。断井颓垣废草合，玉鱼金碗荒萤护。更莹莹、啼眼似招人，幽兰露。　　何如怨，其如诉。更如泣，还如慕。是啾啾、鬼唱鲍家诗句。心血千年磨不灭，丘陵终古谁为主。剩悲凉、满目断肠秋，伤心暮。

国香慢

送黄吟梅归清国，即题其《东瀛游草》后。

草绿瀛洲。被春莺宛转，把梦勾留。当时别魂销矣，饯子江楼。犹道题襟墨淡，待重续、汉上风流。何思掉头去，浩浩乘风，泛泛如鸥。　　碧云飞不断，渡蓬莱清浅，万里周游。遗珠沧海，探遍明月当头。谩说瑶华载乘，让奇句、古锦囊收。如何独披卷，忽与梅花，吟断离愁。

台城路

乙酉七月三日纪事

江南人说伤心话，千村万村遭水。舶棹风前，黄梅雨后，节候常年如此。今番又是。见桥堕堤崩，决涛奔驷。惨祸滔天，众其鱼也可知耳。　　农夫呜咽暗哭，似哀鸿遍野，闻者酸鼻。唤女爷娘，寻亲姐妹，儿魄妻魂泥里。天乎忍矣。蓦荡尽田庐，漏生知几。便漏残生，也当饥饿死。

酹江月

题髯苏“大江东去”词后

我思坡老，铁绰板歌，是森然芒角。便把大江东去意，试问南飞乌鹊。斜月荧荧，明星烂烂，撑住曹瞒槊。人生知几，仰天长啸寥廓。　　渠固一世之雄，而今安在也，江山犹昨。君岂灰飞烟灭去，剩此文章卓荦。曲误谁知，词成自笑，杯影须眉落。小乔佳婿，向人频顾遮莫。

又

书柳七“晓风残月”词后

耆卿绝调，奉天家圣旨，蓬莱宫阙。报道宫娃争按拍，满殿歌云凝咽。红杏尚书，微云学士，让尔传新阕。重来谁识，晓风吹尽残月。　　犹似眄望华清，露寒仙掌，万古风流歇。词客遭逢如此耳，夜雨霖铃凄切。不是梧桐，依然杨柳，白尽梨园发。

更怜身后，酒醒寒食时节。

恋绣衾

阳历七夕戏赋

年时枉拜织女星。望流云、银浦杳冥。便一度、才相见，怅秋风、仙梦易醒。　　广寒宫阙嫦娥寡，怪红墙、私语恍听。敢今夕、先相见，被黄姑、偷乞鹊灵。

沁园春

丙戌上日漫填

肥马轻裘，鬓影衣香，尽态极妍。有王公侯伯，深闺贵戚，红尘一片，非雾非烟。紫阙朝正，朱门投刺，几阵香风吹醉旋。官梅笑，笑野梅花底，谁拜新年。　　青毡旧物依然。更断墨、零纨残简编。但乐章琴趣，酒中清课，花飞钏动，梦里初禅。衮衮诸公，寥寥知己，敢道春光如线牵。非吾分，甚美人筝影，扶上青天。

十二时

亡儿生日填此寄恨

小魂灵，夜梅坟下，呼汝无声埋矣。梦听得、呱呱啼起，八九屋头乌子。苦竹敲风，寒花写月，影在床疑是。猛一觉、欲唤无因，欲见不能，摇幌灯痕如水。　　在眼前，心头追忆，尽是彭殇一理。此日汝生，今宵我哭，一岁中间耳。十二时不断，斑斑是血是泪。　　又雨连，清明寒食，断鼓黄昏墟里。拜佛纸钱，哺儿麦饭，草树冥蒙寺。杜宇声不断，斑斑土花凝紫。

绮罗香

湖上望东照庙

庙树红疏，湖荷碧蘸，不问何朝今古。华表归来，鹤意合羞鸥鹭。叹城郭、亡国遗墟，闹京华、软红香土。只垂垂、镜里螺鬟，依然如画好烟雨。　　渔樵闲话往事，眼见销沉霸业，凄凉祠宇。当日烽烟，记是义军屯处。铅泪泻、卧棘铜驼，香火并、散花天女。剩池中、劫后残灰，做莲心更苦。

百字令

夜与客饮，酒酣兴王，走笔填词，自题小照后，以代《答宾戏》。

仆心如水，住如烟如梦、如秋诗国。偶尔引杯留小照，更飒须髯如戟。客曰豪哉，斯才佳矣，清瘦还堪惜。不知何苦，嗜诗仍甚于色。　　答道风月江山，人间万事，何景非萧寂。试架凭空楼一所，莽莽苍苍之极。外有愁城，中多乐地，醉按呜呜笛。此声堪听，请君燕筑同击。

又

梦为蝴蝶，赴大罗天上，众香之国。栉栉银云花四照，鸾御前驱凤戟。若木红腾，流霞紫夺，一擘蟠桃惜。三千年里，此时才见春色。　　讵想大小游仙，黄粱炊许，顷刻分喧寂。天乐飘飘犹在耳，惝恍离迷无极。忽悟空华，何如旷达，尽掣蛟龙笛。一声吹破，笑将如意砸击。

又

醒而狂者，只虫娘赘婿，蚁王槐国。不是乌衣门第旧，亦岂世家棨戟。文字撑肠，诗篇棘手，贻笑才人惜。裙红钗紫，个中聊且生色。　　若不选舞征歌，风流跌荡，颇觉欢场寂。休道妇人醇酒计，末路无聊之极。急管繁弦，竹啼兰笑，铁裂悲腔笛。英雄堪骂，不妨挝鼓三击。

百字令

与人论词，仍用前韵

填词一道，爱六朝金粉，花庭芜国。正者鸭头春水绿，变者奇峰攒戟。惟性能灵，有神言语，雕琢心肝惜。精微孤诣，绘来声影香色。　　无奈说梦痴人，茫然不解，一任风流寂。天遣扶桑生吾辈，出语何伤狂极。笑煞荒伧，原无夙慧，信口吹村笛。一般天水，北宗南派排击。

百字令

用前韵，再题玉池道人画梅。

玉池仙馆，蓦空明幻出，白梅花国。老树横斜霜骨劲，如铁苔枝交戟。何逊风流，林逋眷属，无鹤曾何惜。扬州一夜，二分明月添色。　　梦被翠羽呼回，淡灯凝定，忽学僧枯寂。一种曼陀香亦妙，捉麈夜谈清极。泼墨生云，散花如雨，嘱客休拈笛。笑披娟素，砚冰铿然应击。

百字令

墨水酒楼，邂逅梦楼话雨校书，仍叠前韵。

梦楼听雨，算相思初种，豆红南国。平日自夸年少气，倒拔倚天长戟。为雨全消，且毋多酌，酒涴罗裙惜。鬓边花笑，背灯偷晕黄色。 谁料墨水楼台，重相逢处，不比那宵寂。扇影衣香纷四座，中有目成情极。侬也回肠，卿还胆怯，聒耳筝琶笛。人前回避，暗中松钏微击。

沁园春

丁亥五月二十六日，新桥千岁楼，姚志梁招饮，酒间率填。

地是新桥，客多故人，君且衔杯。更乐莫乐兮，歌裙杂坐，仙乎仙者，舞袖纷催。香泽微闻，玉山将倒，休道春归不复来。风光冶，便百花虽尽，此宴还开。 况看残药翻阶。愧荡子、菖蒲仆岂才。只枨枨触绪，隔帘弦索，星星记梦，夹巷楼台。月榭筝征，风廊笛逐，毕竟贤于博弈哉。酣嬉极，恕狂奴故态，纵酒追陪。

沁园春

孙圣与次韵见寄，再用前韵。

屈指人生，每听清歌，举几酒杯。算少年裙屐，醉醒难记，中年丝竹，哀乐闲催。篪短吹愁，铗长弹泪，不独花销英气来。无聊赖，但知音相遇，一笑颜开。 休思月地云阶。肉食者、何曾解爱才。料与其痛饮，混荆卿市，不如东蹈，登鲁连台。握手论交，拈毫换舌，肯觅蓬莱仙药哉。谈心曲，待玉池楼榭，吟侣同陪。

沁园春（并序）

君异再和寄示，豪宕激楚，可斫地而歌。顾命意悲恻，如不胜抑郁无聊者。再迭前韵，用以慰藉，情见于词。

果倦游耶，乃尔牢愁，盍倒百杯。猛耳酣心热，悲歌筑破，蜡明灰灭，清泪铅催。狂便能醒，欢常入梦，是雨潇潇曾听来。回肠处，又新声翻也，水阁帘开。　淋铃依旧鸣阶，尽今日、郎当当日才。记风怀左右，陈娥卫艳，萍踪南北，吴市燕台。东海尘生，瀛洲草老，郁郁真居谁土哉。无同调，愧粗豪似我，尊酒重陪。

沁园春

读《历下游志》书后，五迭前韵。

苍莽中原，磊落此人，日三百杯。或赠黄金钏，酬青玉案，拍红牙板，唱绿腰催。掉舌坚城，拄颐修剑，便见山东形胜来。前贤迹，问碧霞宫侧，白雪楼开。　迟回下上梯阶。合更慕、愚山一代才。定浩歌沧海，气摇山岳，妙诗平地，神悟楼台。忽向扶桑，飘然而往，九点齐烟何小哉。麻姑笑，笑地行仙到，玉女领陪。

长相思

题石埭扇头画梅，赠圣与别。

画梅花。赋梅花。一样消魂翠袖纱。暮寒无竹遮。　别梅花。忆梅花。五月临头雨又斜。满城吹笛家。

沁园春

君异归计已决，无物为赆，六迭前韵以志别。

我唱骊歌，君有刚肠，蓦地掷杯。果决然归矣，断鸿南下，黯然销者，残照西催。小住为佳，前言休戏，后约明年来不来。

相思处，盼千秋一日，怀抱难开。　　沉吟独立庭阶。奈自别江郎消尽才。任门前月堕，幽坊冷市，湖阴烟闭，舞榭歌台。契合三生，情深一往，世上那知其故哉。云天阔，又联诗换酒，魂梦遥陪。

酷相思

雨中有念

燕子轻颦莺暗诉。更百舌、横塘路。正江水无情堪恨处。潮上也、流花去。潮落也、流春去。　　烟艇蒙蒙桃叶渡。剩杨柳、青青路。早休管飘零泥里絮。晨也听、潇潇雨。昏也听、潇潇雨。

卖花声

读孙君异题《岐阜提灯》词，依韵和之。

络纬织愁工。窗户玲珑。回廊西畔竹梢风。摇曳栖檐凉月影，铁马丁东。　　秋在碧花中。零落幽丛。依稀流出一萤红。瞥见那人团扇底，小髻蟠龙。

笛家

己丑重阳黎公使宴集，席上作。

秋水长天，碧云红树，望中风物，夕阳迤逦明如绘。万家烟霁，九日尊倾，珠帘画栋，冠裳高会。节使风流，坐宾潇洒，翰墨因缘在。擘华笺，侧乌帽，翠袖笑嫣款待。　　我辈。醉拼今日，销魂悦魄，钿笛银筝，肉跃神飞，酒池歌海。那更阵阵紫云回舞，颤颤小黄花戴。礼乎能宽，谑兮须善，狂笑持螃蟹。粗豪甚，又谁知，窃较十眉娇态。

金缕曲

一夕酒酣耳热，有怀宁斋，倚声以寄。

春梦抛空罢。销尽我、零愁碎苦，向杯多谢。莫酹刘伶坟上土，到底人间世也。免不得、絮飞萍化。为尔一歌将进酒，较汪伦、潭水情多寡。君所谓，谪仙亚。　　琼楼赊酒无人借。十日饮、尘中大乐，卜何辞夜。夜雨星冈还秉烛，信道平生善骂。才博得、酒人声价。蝴蝶忽然飘不见，满天涯、芳草青随马。醉而别，漫悲诧。

满江红

昨夜鸣阶，扑簌簌、一庵黄叶。呼不出、殇魂灰冷，纸钱如蝶。赤子无知何事罪，青枫还洒谁人血。瘦夫妻、彳亍哭临风，酸眸裂。　　偎娘抱，投怀月。凭爷抚，垂眉发。四年间赚我，笑容嫣瞥。纵使成人徒自苦，可知处世吾元拙。默焚香、祝尔早升天，烟萦结。

沁园春

玉池馆席上赠清国姚石泉锡光、徐鸣九钧溥。

澒洞乾坤，沧海横流，白日欲趖。叹职方图里，吐蕃突厥，羁縻州外，德法英俄。万里氛烟，三年战垒，赢得沉沙折戟多。望威旅，正不知何国，楼舰频过。　　任他铁券山河。猛骤雨飘风可奈何。且早防强敌，长城饮马，休思前衅，同室操戈。有客观风，凭谁回日，渺渺愁予三岛波。春光好，蓦伤心溅泪，花鸟知么。

贺新凉

题上村《卖剑诗稿》，即送其赴北清。

卖剑归休者。是坤舆、春农销甲，太平时也。虎掷龙拏强食弱，宇宙争雄竞霸。况怪雨、盲风东亚。悬着中梁闻鸣啸，把佳人、尽换千金马。谁更敢，忍心舍。　读君诗卷灯将灺。看霜空、如虹白气，斗牛间射。此去燕台酣被酒，击筑悲声一下。望蒙鞑、旷原平野。白骨黄沙空耕战，莽山河、奉赠无人谢。须斫地，浩歌写。

金井秋蘋（1864—1905）

金井秋蘋，名雄，字飞卿，别号秋蘋，又号画眉娇客，上野国（今群马县）人。祖父乌洲善南画，风靡一时，父金洞则以书法驰名。秋蘋幼承家学，曾在庆应义塾、大学预备门等处学习。明治十七年（1884）留学德国，入柏林大学，长达九年，修国家学与理财学等科目。明治三十五年（1902）曾到江苏常熟竢质学堂附设的东文学舍任总教习。留德时与晚清潘飞声相交甚笃，二人诗酒征逐，时有唱和，秋蘋填词或即受其影响。秋蘋与永阪石埭、本田种竹、永井禾原等人亦有交往。有《秋蘋遗稿》。存词十三首，见《秋蘋遗稿》。

水调歌头

寄怀潘兰史光禄在番禺

交友遍天下，最忆是潘郎。临毫才思坌涌，议论挟风霜。已有屠龙本事，又解雕虫小技，名姓噪词场。犹记柏城夕，同醉酒千觞。　经年别，劳梦寐，叹参商。虽然聚散前定，此恨不寻常。好在珠江画舫，孰与墨堤霞障，待尔细评量。一苇是蓬岛，何日着仙航。

田边碧堂（1864—1931）

田边碧堂，名华，字秋谷，别号红稻道人，备中玉岛人。曾从森春涛、森槐南父子学诗，长于七绝，风格清丽洒脱。中年投身政界，曾几度当选为众议员，晚年复归诗坛。有七绝诗集《碧堂绝句》《凌沧集》《衣云集》等。又深造南画。今见其词一阕，发表于明治十一年（1878）一月的《新文诗》杂志，格调清新，凄婉动人。

极相思

王孙不返魂赊。忍负好韶华。泪珠红透，栏干一角，白是梨花。　人远春残花也落，趁黄昏、弄笛谁家。燕酣莺懒，风颦雨恨，愁绝天涯。

北条鸥所（1867—1905）

北条鸥所，名直方，字方大，别号碧海舍人、狎鸥生、石鸥等，东京人。曾从岛田重礼学习汉学，又从森春涛学诗；后入东京外国语学校学习中国语，教师有张滋昉、关桂林等人。鸥所一边向前辈学习，转益多师，一边与森槐南、高野竹隐等诗词切磋，未及弱冠已在杂志上发表诗词作品，声名鹊起。明治十九年（1886）至二十年（1887），曾携笔西游禹域，其中在沪上与众多文化名流以诗唱和，有何桂笙、黄协埙、王韬、袁祖志、毕以堮等，作品多刊载于《申报》，成为一时佳话。归国后曾任司法省大审院书记长。鸥所工诗，兼善填词，尤长于小令，有《花间》佳处，又好以古人诗句入词。《日本填词史话》载其词近二十首，来源于明治前期的《新文诗》《新新文诗》《古今诗文详解》等杂志。

醉落魄

春夜

江南一别。多风正是愁时节。今宵酒醒何凄绝。楚管谁家，吹上黄昏月。　这月曾经光皎洁。那人瘦影春寒彻。梨花雪后酴醾雪。浅梦重帘，多病都休说。

相见欢

闺词二题

泪痕忍裹鲛绡。做珠抛。报道小桃红落、镜生潮。　怎耐得。一枝笛。可怜宵。蝶影花魂入梦、共飘摇。

又

惺忪入梦偏惊。絮吹萦。道是点灯时也、那堪情。　晚梅落。风线约。雨丝轻。隔个帘儿听得、不分明。

减字木兰花

春夕

一枝楚管。吹到梨花凄欲断。今夕轻寒。月送香云落画栏。　西厢酒醒。悄地珠帘春有影。无限缠绵。柳弱于人剧可怜。

双调南歌子

春雨词

芳草萋萋绿，离情脉脉间。东风一霎太无端。吹得晚梅花瘦小栏干。　　翠黛愁将蹙，红琴闷不弹。悄听帘外雨潺潺。燕子堂深只管说春寒。

又

金鸭香犹袅，珠帘晚不钩。一奁秋水懒梳头。闲对海棠赢得几分愁。　　料峭余寒重，凄凄院落幽。浓春真个似残秋。十日雨丝风片锁妆楼。

昭君怨

秋夕咏怀

昨日荷亭水榭。今夜秋风月下。伴我苦吟声。乱蛩鸣。　　历历白榆如雨。旁有青鸾孤舞。天上也愁多。淡星河。

寻芳草

暮雪

不是一天暮。却都是、冻云封住。乍飘飘、谢女吟边絮。已吹上、东墙树。　　且好唤丫环，把帘卷、细寻佳句。正何来小犬、阶前路。排几点、梅花去。

森川竹磎（1869—1917）

森川竹磎，名键藏，字云卿，号竹磎，别号鬓丝禅侣、听秋仙馆主人等，东京人。生于德川幕府藩臣世家，为下总藩主森川氏之后裔。竹磎自幼随父学习汉文典籍，天资聪颖，才气惊人。年十六，师从名儒沟口桂岩，年十七又入马杉云外门下。年十八即与同门创办鸥梦吟社，编刊杂志《鸥梦新志》。当时森春涛、森槐南父子主编的《新文诗》及其续编《新新文诗》比较流行，时常刊登填词作品。或受此影响，竹磎酷爱填词，在《鸥梦新志》设置“诗余”一栏，所刊多为自己的词作。但竹磎喜爱填词受到云外反对，于是私下求教于清廷驻日使馆官员。二十岁时，其师云外去世，转投森春涛门下，与森槐南成为师兄弟。槐南非常欣赏竹磎的才具，对其词艺多有指点，二人亦时有唱和。竹磎亦通过槐南与竹隐订为莫逆之交，并时常酬唱。由于德川幕府的封藩制度因明治维新而废止，竹磎家道中落，但其以遗民自居，不愿出仕，因此生计日拙。二十八岁时，移居至偏僻的大久保村，筑草堂名“鹃台”。后经营种禽场，以供衣食。明治四十四年（1911），槐南去世，竹磎接手其创办的杂志《随鸥集》，并增设填词专栏，使日本填词得到短暂复兴。大正初因与《随鸥集》主将土居香国在编辑上产生分歧，又创办《诗苑》，开始连载森槐南的遗著及高野竹隐的《楚辞讲义》等。竹磎一生致力于填词，以“词星”自命。交游广阔，除槐南、竹隐外，还有小川岐山、落合东郭、久保天随、山本鸳梁、关泽霞庵、田边碧堂等。竹磎一生填词六百余阕，为日本史上填词最多的词家，但其平生所作诗词大多未编辑专集，多有散佚。生前曾自编诗文集《得闲集》二卷，收词二十一阕；诗词集《小浪淘集》，收词四阕；诗词集《壬辰出游集》一卷，收词二十五阕。今人张珍怀《日本三家词笺注》据《日本填词史话》选录其词近百阕。其词多写个人身世、爱情、家园景物等，多学南宋一派，词风承蒋竹山、朱竹垞，情真景真，出自肺腑。其豪放之作，亦有苏辛遗风。竹磎又参照杜文澜《词律校勘记》、徐本立《词律拾遗》、《钦定词谱》，多方校订，著成《词律大成》二十卷，附《大曲》一卷。此书收录八百四十三调，一千六百九十六体，超越万树《词律》、《钦定词谱》，成为当时最大的词谱。此书连载于《诗苑》杂志，因《诗苑》停刊，连载到第八卷而止，其余的原稿下落不明。

极相思

本意

深闺昼静魂赊。辜负好韶华。泪珠难绝，栏杆一角，情绪如麻。　　人远花飞春也尽，趁黄昏、弄笛谁家。雨潜梅子，风吹柳絮，愁绝天涯。

酷相思

竹里残莺愁暗诉。更鹦鹉、帘前语。记庭院、深深鹃叫处。一声也、催春去。两声也、催春去。　　春梦依稀前度渡。又罗绮、吹尘路。奈难拾、心欢飘似絮。香消也、潇潇雨。魂消也、潇潇雨。

疏影

同槐南先生分白石道人自度腔，用其原韵，题宁斋《出门小草》后。

收珠拾玉。好出门一笑，何处投宿。郭外人家，残腊无多，梅花笑倚修竹。招邀谩说青山远，二十里、朝昏南北。想红尘、紫陌迎年，那似个侬幽独。　　古寺凄然吊古，马蹄正踏雪，池涨新绿。更曳吟筇，追趁新晴，访遍疏篱茅屋。情深一往酣嬉极，又唱出、竹枝新曲。最可怜、客里招魂，顿觉泪华盈幅。姜夔此调该句为六字句，《日本三家词笺注》据词意在“泪”字后补“华”字。今从之。

金缕曲

宁斋将归乡，诸同人为饯于江上。余以病不能赴，因谱此解以寄，即送其行。

杨柳青青色。更莺花、满城如锦，节将寒食。微雨夜来新霁了，绿水溶溶似拭。恰染出、早樱红湿。蝶板莺簧春若许，好风光、谁忍成虚掷。君底事，别离急。　　当时欢笑相逢夕。那解道、西窗话雨，别时凄恻。肠断关山千里路，纵听鹃啼鸩泣。鹧鸪也、唤君留得。未必不如归去好，想凄然、驻马空长忆。回首望，暮云碧。

如此江山

遣怀即自题小照

封侯于我元无分，斯人岂非穷士。小技文章，虚名到老，只恐无闻而已。风流歇矣。恨人物如今，欲呼难起。乌鹊南飞，江山千古只如此。　悲夫天地逆旅，算人生百岁，如梦如寄。一世之雄，今安在也，飘尽平生涕泪。风尘万事。叹天下滔滔，是谁知己。对酒须歌，苦心无益耳。

解佩令

竹磎题壁

无鱼也好。无车也好。有千竿、修竹便好。修竹千竿，看绿玉、琅玕围绕。没些儿俗纷相恼。　前磎秋早。后磎秋早。惹清愁、一片还早。静里填词，拟竹屋竹山精巧。更竹垞新调。

莺啼序

自题《花影填词图》

东风一番入柳，并梅花放入。更吹送、廿四番番，一年春事如许。惹牵了、蜂酣蝶闹，无端听到啼鹃诉。好风光，多恨词人，那堪孤负。　减字偷声，未足满意，又移宫换羽。便豪宕、秾艳双宜，北宗南派排谱。太风流、红牙板拍，任雄快、铜弦琶鼓。此情怀，无限酣嬉，共何人语。　新愁沁骨，旧恨萦怀，总笔头写取。最不耐、雨丝风片，草长莺乱，寒食清明，落花飞絮。人遥水远，山重云迭，灯前月下相思候，正香消、酒醒魂销处。今非昨是，兼将好梦心欢，短长任意成句。　周郎去矣，世少知音，叹阿谁顾误。只有个、鸳梁才子，竹隐词人，那更秋波，有情禅侣。晨星落落，词坛寂寂，由来斯道无人讲，把无双事业捐如土。须知我辈前身，敢是词星，向天问与。

红情

春将去矣，残红渐尽，新绿方浓，恨芳时之不永，叹流年之太速。真渺渺兮我怀也。便倚白石道人自度腔，用玉田生调名，赋仙吕宫二曲。

清明寒食。总梦中过了，番番春色。恨雨顰风，落尽残花几怜惜。况是无聊意绪，搭阑角、垂杨无力。看昨日、蜂蝶园林，俄做绿阴国。　　莺默。杜鹃泣。只燕子引雏，颉颃斜直。砌苔欲积。那更池塘草深碧。寂寞空檐四面，蛛网罩、剩红余白。便问讯、今夜月，怎生照得。

绿意

帘纹水洁。似那时院落，一番明月。因甚如今，满地斜阳，迷了飞来蝴蝶。新阴欲染禽声绿，早渐近、黄梅时节。看不多、游迹湖山，只许梦魂飞越。　　此段清幽趣味，把词兴懒废，消遣无物。待去商量，花信惟余，魏紫姚黄堪说。休言放到蔷薇好，纵不恶、霎时飘瞥。便尚有、一种风情，应是比前全别。

沁园春

次高野竹隐见寄词韵，却寄

有小森髯，酒干百川，才倾万流。便诗兼今古，神惊鬼泣，词填长短，菊笑兰愁。口忌论钱，心嫌议政，只为斯文不敢休。平生事，把温柔作锁，敦厚为钩。　　休言地远天悠。盍来伴、当年旧鹭鸥。定刘郎重到，桃千树发，诗人多在，气一时投。狼藉杯盘，留连光景，湖上亭台江上楼。情长久，怕离多会少，除梦中游。

又

仆更如何，歌即近狂，曲素不工。肯谩然呼汝，稼轩身替，胡为称我，槐史调同。仆答云何，君其莫误，知否侬才在下中。唯乘兴，几展笺呵笔，晕碧裁红。　　光阴若此匆匆。早燕燕、归来去者鸿。有故人书到，衷心诚切，新词和就，兴会奚空。翠羽禽寒，落梅花白，今夜高楼三面风。吹箫处，把君词度与，明月帘栊。

兰陵王

秋夜

西风急。万里长空一碧。眉如月，斜挂树梢，烂烂明星欲相迫。虫声满地湿。端的。娟娟露滴。阑干外，疑有雨来，正是秋声响萧槭。　　思量百年国。恁暮哭朝啼，哀怨之极。省来摇落真凄恻。问楚馆秦楼，美人才子，今宵合把睛泪拭。对灯火呜唈。　　寻觅。又长忆。乍浏亮凄清，谁弄横笛。声声入破飞金石。欲使老猿啸，使潜蛟泣。声收风死，漏悄悄，烛影黑。

三台

立春日对雪赋

见迎春风景皎洁，满天雪花飘舞。粉蝶儿、千万忽飞来，漫天地、何来轻絮。丝丝弱、冻柳垂银缕。问玉梅、幽香何许。竹无力、闲学横陈，似得意、着花枯树。　　乍青山鬟影老也，碧水带纹明处。小雀子、栖止定谁边，黑影认、归鸦无语。皑皑里、夺得黄昏去。冷冷地、疏钟声度。扑窗软、似听沙爬，上阑轻、却疑花雨。　　正微吟闲酌薄酒，怯寒紧遮朱户。怕暗中、沁入嫩兰心，又应把、乔迁莺误。如今便、领略风流趣。算几人、能弄词赋。定谁是、摇棹骑驴，墨江上、小西湖路。

雨霖铃

雨夜用柳七韵

秋心凄切。问今宵苦，怎生消歇。窗前戚戚无限，霖铃雨响，飕飕风发。铁马丁东，更惹得、蛩语呜咽。奈脉脉、如水新寒，仄耳还听笛声阔。　　而今恨比年时别。恁不堪、独度销魂节。思量梦到何处，闲院落、海棠秋月。梦也难成，生怕单衾独枕虚设。却不要、人识闲愁，只与残灯说。

满江红

壬辰岁晚作（其四）

吾泪枯时，猛回首、十年一霎。记当时、土封成处，霜严残腊。其貌在前情那耐，遗言入耳心偏怯。叹依然、碌碌旧青衫，难成业。　　母已老，身心乏。妹未嫁，鬟簪插。更弟还人大，转凭书榻。只道生涯犹淡泊，不堪心事殊纷杂。问甚时、能理一家中，情和洽。

戚氏

游后乐园，是水户候旧园

夏初天，日涉成趣古园林。老树萧森，嫩阴葱蒨，昼凄然。闲关。是谁边，残莺声似导人先。依稀里外湖景，此身仿佛傍孤山。鹤子无影，林家人去，更谁羽化登仙。急褰衣去也，林树深处，应别堪怜。　　苔滑石径难干。衣上露滴，气味似秋寒。深林里小桥横架，古水潺湲。自何年，五步一景翱翻，十步一境推迁。忽闻飒飒，隔竹声来，知有飞瀑悬泉。　　取次风光改，陂地一带，镜现人前。滚滚泉清水碧，看游鲦圉圉戏轻涟。爱他几片茭菱，几团荇藻，还有新荷展。正俗情、浑绝风尘远，今日里身隔人间。一霎时感慨无端，念当日、霸业竟云烟。独低徊处，斜阳影冷，照到无言。

望汉月

明月明月明月，今夜一轮清彻。候虫心里易惊秋，鸣向新凉时节。　　暗愁千万绪，独自倚阑消歇。天上团圆镇如许，怎照遍、人间离别。

满江红

癸巳岁晚填词五阕（其五）

身世茫茫，向月地、花天落拓。二十五、年华如梦，绕枝乌鹊。词国朝廷关甚小，诗坛星斗看来灼。好强如、个里淡生涯，槃之乐。　　赠无处，溱洧芍。系不住，阳春脚。把不平分付，绮言罗谑。多病多愁长若许，知音知己寻难着。便问天、天也悄无言，空寥廓。

东风第一枝

春雪

二月春风，一天密雪，白敷满地飞絮。散时欲下无凭，落不做堆又散，粘枝贴朵，乍开遍、梅花千树。猛惹得、惊煞莺儿，总向者番无语。　　看陌上、柳花起舞，愁浦口、草痕难住。未妨燕子归来，要把翠帘紧护。余寒犹力，又早近、黄昏时序。最使人、生怕花期，容易被伊迟暮。

喜迁莺

花朝雨中

东风无力，借细雨酿成，百花生日。轻暖方松，余寒才褪，又把韶光吹湿。红看牡丹芽绽，白是玉兰唇坼。小池水，早溶溶蘸到，草翘抽碧。　　春色，堪怜惜。行乐自今，好著风流迹。炷一炉香，溅三杯酒，祝向众香之国。燕未归来梁上，莺独潜窥帘隙。画正静，只鹅黄千缕，□□□□。

采桑子

东风庭院春如梦，花气迷蒙。柳意迷蒙。嫩日晴熏草色烘。　　娇寒痴暖将人殢，莺语惺松。燕语惺松。倦绣无言倚画栊。

角招

春雪

陌头柳。如今不耐藏鸦，正共人瘦。晚烟笼远岫。暮色满前，无限僝僽。消凝未久。听过雁、声声飞后。碧海青天只有。依然月影荒荒，照凄凉时候。　　依旧。被愁拖逗。萧萧永夜，无计能消受。不知今夜又。梦觅魂寻，因何厮守。空阶叶走。讶玉珮、何人来否。到底眠还不就。独相伴、灭明灯，丁东漏。

满江红

乙未岁晚赋（其三）

十丈红尘，长安市、竟难免俗。向郭外、清幽田地，我居新卜。不易于居移要早，无心出世辞须速。奈廿年、惯住此园林，离情促。　　曾手种，梧桐木。又亲洗，琅玕竹。算明年三月，与谁摇绿。红杏花前新燕并，翠杨丝里啼莺独。讶主人、何处锁词寮，东风扑。时余将移居。

蝶恋花

和竹隐

庭院深深深几许。一缕沉烟，一桁疏帘暮。昨夜东风今夜雨。养花兼养愁情绪。　　病里春心依旧苦。苦费思量，又把相思数。杨柳陌头芳草渚。怕伊佳约无端误。

满江红

丙申岁晚赋五阕（其二）

三月东风，趁燕子、移居负郭。市声隔、枳篱茅舍，雨村烟落。杨柳陌头春骀荡，杜鹃声里花荣灼。拟范家、杂兴赋田园，安而乐。　　罗可设，门前雀。粮可饱，庭前鹤。是虽尤幽雅，亦偏离索。岑寂独居慈母老，萧闲偕隐山妻若。算夫君、百岁草堂词，雕虫错。

望海潮

九十九湾头，用柳七钱塘韵。

奇哉名胜，依然沙漠，都来隔断繁华。檐角晒蓑，窗前补网，无多小小渔家。堤岸积平沙。渺茫眼前阔，千里无涯。浩荡心情，澹疏生计纷绝奢。　　秋来海气清嘉。看飞潮啮石，逆浪开花。斜阳影寒，西风响急，桡歌不认吴娃。千舻轧遥牙。渔父认归处，一片飞霞。到此情怀伥骋，归去说人夸。

水调歌头

八月二十三日，浓州大水，忆前年西游，此日在岐阜，惨然歌商调一曲。

水浸美浓国，闻说使人惊。金华山动，黄流混混与天平。失却千村万落，泛尽儿童老弱，生死不分明。一半葬鱼腹，谁肯吊其灵。　　果何罪，仰天哭，甚无情。回头历历，去年此日记曾经。三十六湾秋冷，十八楼头夜静，乌鬼获鱼鸣。相见无人地，一片月光青。

满江红

题槐南先生罢官诗后

鳖躄风尘，二十载、宦场刀笔。今休矣、酒天诗地，此才堪惜。到底难驯聊复尔，未闻致仕如斯急。彼何为、毁誉一时来，妄还极。　　知己者，求难得。知己感，多于织。叹世间余子，看朱成碧。不过党人争利害，岂知文字关家国。亦争如、大雅独扶轮，风流客。

曲游春

题田边碧堂《西湖春泛图》。弁阳老人云："平时游舫，至午时则尽入里湖，抵暮始出，断桥小驻而归，非习于游者不知也。"

雨后东风暖，泛画船来去，游赏春国。镜水溶溶，蘸淡妆浓抹，黛眉山碧。雅爱香尘隔。不忍向、西泠而入。怕一时、万顷平湖，闲却不多春色。　　绣陌。垂杨烟密。着燕剪莺梭，随意相织。闲倚兰桡，望关心情绪，钿车踪迹。吹送红楼笛。问可有、绮怀消得。乍晚钟、夕照南屏，塔尖暝逼。

望云间

送张袖海归清国，前段集陶彭泽《归去来辞》中字。

归去来兮，心在去留，言兮归去来兮。即心为形役，惆怅而悲。实觉昨非今是，吾生已矣何之。引壶觞自酌，乐以消忧，天命奚疑。　　人间富贵，世上风云，莫言际会无机。槎泛蓬莱清浅，人老当时。知有待君猿鹤，何堪似此分离。揭来只怕，月明千里，后夜相思。

玉女迎春花慢

次彭巽吾韵

轻暖轻暖，时光润、阵阵细风丝雨。早是梅花欲语，暗里幽香吞吐。东皇辛苦，正岁岁、去来无误。思量明日，深染浅熏，草茵杨缕。　　听泥滑滑春禽，和琴韵、一弄蒙于雾。那耐魂儿动也，惹得飘飘不住。问他知否，细诉于、雕笼鹦鹉。要问伊家，借得两翅飞去。

久保天随（1875—1935）

久保天随，名得二，号天随，以号行。又号墨龙、青琴、兜城山人、虚白轩、秋碧吟庐主人等，信浓（今属长野县）人。明治三十二年（1899）毕业于日本东京大学汉学科。以评论、随笔等活跃于文坛，从事中国文学研究与翻译。大正九年（1920），为宫内省图书编修官。大正十二年（1923），为大东文华学院教授。昭和二年（1927），获文学博士学位。次年，博士论文《支那戏曲研究》由弘道馆刊行。昭和四年（1929），任“台北帝国大学”（1945年光复后更名为台湾大学）教授。昭和九年（1934）病逝于台北，其藏书存于台湾大学久保文库。天随少年时即与森川竹磎相交，二人“谊兼师友，亲侔兄弟”，大概亦因此而染指填词，并从事词学研究，最早将词体纳入中国文学史视野中，对词的经典化起到了积极的推动作用。与当时的词家况周颐、徐珂等有书信往来。天随汉学根底深厚，汉诗造诣很高，填词则“不过单纯是爱好之余技罢了”（神田喜一郎《日本填词史话》）。其词散见于《鸥梦新志》与《诗苑》杂志。况周颐称其诗“端庄杂流丽，刚健含婀娜”，其词风亦近似之。著述甚富，达一百七十余种。著有诗文集《秋碧吟庐诗稿》《虚白轩文稿》《尘中放言》，研究论著《支那文学史》《日本儒学史》《支那戏曲研究》等。

大江东去

鸿台怀古

千兵乱水，疾驱入、大雾江天昏黑。都尉心骄空恃险，鹤唳半宵何急。部伍逃营，枭雄授首，霸气千年息。而今沙土，残矛遗镞摧蚀。　　谩教竖子成名，宁非战罪，试问城池迹。红叶夕阳金碧古，形胜依然崖壁。风学喊声，云欺旆影，今古当场剧。龙愁鼍愤，暮潮呜咽哀激。

铃木豹轩（1878—1963）

铃木豹轩，名虎雄，越后人。其祖父铃木文台、父亲铃木惕轩均为当时著名的汉学家。明治三十三年（1900）毕业于东京大学汉学科，与久保天随并称东大汉学科诗人“双璧”。大学毕业后，任职于东京新闻社和台湾日日新闻社，又执教于东京师范学校。明治三十七年（1904）受聘于京都帝国大学，任文学科副教授。大正五年（1916）到中国留学两年，专攻汉学。大正八年（1919）年，升任京都帝国大学教授。同年，获博士学位。晚年获授文化勋章。其汉学研究卓有成就，著有《中国诗论史》《中国文学研究》《赋史大要》《业间录》等。豹轩善诗，主格调派，与久保天随主性灵相对，有《豹轩诗钞》。存词八首，均作于留学中国期间，见《业间录》中的《香草庐词》。词风迥异于森槐南一派，近于况周颐。

忆秦娥

对月怀人

春楼月。烟笼玉树花如雪。花如雪。帘前话别，共呕心血。　　寒空月桂纤尘绝。如今偏悔轻离别。轻离别。月圆人远，天涯呜咽。

念奴娇

汴京怀古

朔天深碧，叶声干、凄紧西风时节。杳渺湖边，只剩得、昔日龙宫半壁。断雁迷云，斜阳无力，芦荻花喷雪。残僧烧烛，宣和遗事犹说。　　万乘天子轻狂，狭邪微服，启奸臣间发。花石山成民怨起，金虏公然栖阙。南渡衣冠，不知谁更，似鄂王忠烈。西湖酣梦，两宫枉泣边月。

朝鲜词

王运（1049—1094）

王运，即高丽宣宗，高丽文宗次子、顺宗之弟。初名蒸祈，字继夫。高丽顺宗元年（1083）即位，是为宣宗，在位十一年。宣宗生活的时代，高丽处在辽、宋争斗的夹缝之中，一方面备受辽国的凌辱，被迫称臣纳币，奉辽国年号，另一方面又利用一切可能的机会，与北宋朝廷通使，接受宋文化的菁华，故政治局势异常蹙迫，政治作为非常有限。存词一首，见《高丽史·世家·宣宗》。《贺圣朝》，原名《添声杨柳枝》，欧阳修更名为《贺圣朝影》，贺铸继而改为《太平时》。《宋史·乐志》列入“小石调”，双调四十字，每个七字句必衬三字，构成“前七后三”的平衡节奏，平添了几分从容、妩媚的韵律感。此词极写流泻于眼、心、唇、齿间的“现世欢愉”，又多了些许北宋小令词特有的“看破”与“豁达”的人生况味。

贺圣朝影

露冷风高秋夜清。月华明。披香殿里欲三更。沸歌声。　扰扰人生都似幻，莫贪荣。好将美醁满金觥。畅欢情。

金克己（1150？—1209？）

金克己，号老峰，庆州（今属庆北道庆州市）人。登第后，无意入仕，唯与逸人韵士相聚，吟咏山林，流连诗酒。与李仁老等号称“海左七贤”。后召入翰林，为“文章大手笔”，咸推“一代宗匠”。高丽神宗六年（1203）尹东植奉使贺金章宗寿，克己随行。其诗为“丽朝十二家”之一，受黄庭坚影响，运思极巧，属词危险，清旷俊壮，当推“溶溶大家数”（《星湖僿说》语）。著有《金居士集》一百三十卷，多佚。其词现存四首，均见《新增东国舆地胜览》，分别吟咏全罗右道罗州锦城山、平安道平壤多景楼、平安道嘉山郡的景观。其词依白居易《望江南》所树立的“抒情模式”，端重奇伟的景致，一例铺排开去，显得俯仰有致，瑰玮雄奇，比尹绍宗吟咏锦城山龙兴寺的名句“兴龙寺外浮佳气，开界院前生白烟”更加雄奇。《东人诗话》评金克己诗多“豪壮挺杰”之语，其实也可借来概括其词风格特色。

望江南

江南乐，灵岳莫高焉。幽谷虎曾跑石去，古湫龙亦抱珠眠。月夜降群仙。　　高不极，一握去青天。松寺晚钟传绝壑，柳村寒杵隔孤烟。鸟道上钩连。

玉楼春

多景楼

家园寂寞春将半。随分春光犹烂漫。烟浓柳弱短长垂，雨歇花繁红紫间。　　禁中忆昔同游玩。涕泪交零肠欲断。唯将尺素写幽怀，忘却疏狂诗酒伴。

锦堂春

翠黛迴浮暮岭，青眸轻剪秋波。珠帘十里笙歌地，漂梗幸闲过。　　潘岳乍烦掷果，谢鲲宁避投梭。凉烟细雨西楼上，争奈别愁何。

采桑子

鳌头转处黄金阙，偶落人间。凤辇追欢。一眼琼田万顷宽。　　长风忽起吹高浪，翻涌银山。日已三竿。晓气凄微送嫩寒。

李奎报（1168—1241）

李奎报，始名仁氐，因梦奎星报瑞，遂更名奎报，字春卿，号白云居士、止轩、三酷好（酒、诗、琴）先生，黄骊（今属京畿道骊州市）人。幼聪颖，九岁能属文。经史百家佛书，无不遍阅，一览辄记，以为驰词摛藻之具。高丽明宗二十年（宋绍熙元年，1190）登第，十年不调。后累官知门下省事、户部书判、集贤殿大学士、判礼副事、金紫光禄大夫、门下侍郎平章事、修文殿大学士、监修国史、翰林院事、太子太保，以老致仕。卒，谥文顺。性放旷，不事生产，肆酒自适，颇类“古渊明之徒”。作诗文不蹈前人畦径，汪洋恣肆，一时高文大册，皆出其手，咸目为“丽朝文章之冠”。尤嗜诗，虽病中亦不废吟咏，曾作《诗癖篇》以见志。特重设意运气，豪迈雄赡，名列“丽朝十二家”。而所著不蓄一纸，经嗣子李涵收拾，编为《东国李相国集》，据说不过万分之一而已。存词十二首，均见《东国李相国集》，能从苏、黄词入手，大则须弥，小则芥子，舒卷自如，可谓大家风范。

望江南令

衿州客舍，次孙舍人留题词韵。

衿州好，春景一何奇。芍药娇多工媚妩，海棠眠重正欹垂。把酒惜芳时。　皋壤沃，膏润赖潭池。俗习虽同齐土缓，居民多似老台熙。饥饱卜安危。

渔家傲

登家园，遥听乐声，即作词。

鳞错万家遥可按。玉楼高处褰罗幔。应是筵开红锦烂。方望断。唯闻风送金丝慢。　缅想倡儿揎露腕。娇颜捧酒流微盼。日脚垂欹人不散。遮老汉。灰心煽起那堪乱。

浪淘沙

重九日无聊，有空空上人、卢同年来访，小酌泛菊。因有感，作词一首。

黄菊趁前期。已满东篱。无人也与泛金卮。赖有诗朋来见访，小酌开眉。　　伊昔少年时。醉插芳枝。狂歌乱舞任人欺。往事追思只自怅，似梦疑非。

清平乐

六月一日，朴学士暄设华筵会客，并邀予参赴。酒酣，作词一首赠之。

虚台豁榭。自足清风，未知朱夏。广厦虚豁，足容百人，华侈不可胜言。不分豪门亦呼我。宴席绮包罗裹。　　可怜两个红妆。皓齿笑劝玉觞。感极敢辞芳酒，唯愁归路扶将。

临江仙

希禅师方丈观棋

夜静红灯香落灺，蚍头兔势纵横。但闻玉字响纹枰。谁饶谁胜，山月渐西倾。　　十九条中千万态，世间兴废分明。个中一换几人生。仙柯欲烂，回首忽相惊。

望江南令

笼中鸟词

笼中鸟，竟日几千回。纵有一鸣唇舌在，那堪四触羽毛摧。馁食益哀哀。　　天上路，回首梦悠哉。再浴凤池犹有意，新栖乌府岂无媒。且复待时来。

慧谌（1178—1234）

慧谌，本名崔寔，字永乙，号无衣子，罗州和顺（今属全南道罗州市）人。早年丧父，刻苦学习，高丽神宗四年（1201）司马试及第。不久，母亲去世，赴“高丽禅之中兴祖师”佛日普照国师知讷（1158—1210）所驻曹溪山祭祀亡母，拜在知讷门下，专意修禅学佛。是为“曹溪禅修社”第二祖。高丽高宗三年（1216）被推为“大禅师”，高宗二十一年（1234）甲午六月二十六日示寂，赠谥“真觉国师”。著有《真觉国师语录》《无衣子诗集》。现存词三阕，均见《真觉国师语录》。其词从身边草木风物悟入，落叶有声，清泉淙淙，风动幡动，悟在自身，在在可见“道在天下”的禅味与机锋。

更漏子

秋风急，秋霜苦。岁月看看向暮。群木落，山叶黄。松筠独苍苍。　　人间世。能几岁。忽忽光阴电逝。须猛省，细思量。无来一梦场。

渔家傲

渔父辞

一叶片舟一竿竹。一蓑一笛外无畜。直下垂纶钩不曲。何捞摝。但看负命鱼相触。　　海上烟岑翠簇簇。洲边霜橘香馥馥。醉月酣云饱心腹。知自足。何曾梦见闻荣辱。

又

脱落尘缘与绳墨。腾腾兀兀度朝夕。独是一身无四壁。随所适，自西自东自南北。　　落落晴天荡空寂。茫茫烟水漾虚碧。天水混然成一色。望何极。更兼秋月芦花白。

崔滋（1188—1260）

崔滋，初名宗裕，又名安，字树德，号东山叟，海州（今朝鲜黄海南道海州市）人。被世人誉为“海东孔子”的文德公崔冲（984—1068）之后裔。高丽康宗朝（1212—1213）登第，沉沦下僚甚久。后得李奎报赏识，以为可继典文翰，有司凡十试，五魁五副，名列第一。又试吏才，授给田都监录事、正言、尚州牧等，剖决如神，有政声。累官知御史台事、中书舍人、中书平章事、守太师、同中书门下平章事、判吏部事。卒，谥文清。著有《崔文忠公家集》十卷，不传。另著诗话《补闲集》，流传极广。存词一首，见《东文选》卷一零四《致语》。其诗文华丽富赡，时人誉为“金鼎太平之味”。其词亦模拟歌妓口吻，从元宵佳节的种种喜庆物象入手，以非常感性的笔触和富贵的字面，写出了太平盛世的气象。

献仙桃

三五夜观灯，神州撒红莲万斛，一千年结实，仙母献碧桃七枚。恭惟主上殿下，缵禹俭勤，跻汤圣敬。朝廷清明无弊，既安且宁，国家闲暇及时，式燕以乐。八音克谐无相夺，百戏皆呈亦未休，庆观惟新，欢声竞沸。妾等愧无伶枝，滥诣教坊，凤感箫韶跄跄来于舞殿，鹤从蓬岛，肃肃歌于汉池。口号。

五色云间燕鹿鸣，蟠桃初摘露香清。旧经仙劫浑肌碧，新醉皇恩半颊赪。　风雨那催金结实，乾坤不管玉攒英。偷尝一颗犹千岁，况荐盘中个个盈。

李承休（1224—1300）

李承休，字休休，号动安居士，嘉利（今属庆尚北道星州郡）人。高丽高宗朝（1214—1259）后期文科及第，无意仕途，归隐头陀山，读书自娱。重臣李深教力荐其为书状官，奉使元朝。高丽忠烈王二十四年（1298）擢翰林侍读、左谏议大夫、知制诰，后升右司谏、殿中御史、判秘书事，官至密直副使、监察大夫、翰林学士承旨。以老致仕，复归头陀山，撰作《帝王韵纪》《内典录》等。有《动安居士集》。存词一首，见《动安居士集》卷二，以“五星联珠”天象贯联极目所见的各种富丽景观，一一铺叙，从容啴缓，却能写出中兴气象。

临江仙

庆原李侍中扈驾，游衫廊城，作《临江仙令》，以庆中兴之兆。承休谨依韵课成一首，奉呈。

水绕山回成别境，昌基谚亦相传。龙飞凤舞共差然。中容千岫矮，外控一江弦。　　四海五湖波正渌，澄澄一点无烟。重瞳舜日正中天。联珠星报瑞，定鼎业增年。是时五星联珠，故云。

崔执钧（生卒年不详）

崔执钧，字号、里贯、行迹不详。李齐贤《栎翁稗说》称其为近世人，并言其“工于集句，虽长篇险韵，走笔立成，观者绝倒”。其行年当略早于李齐贤。存词一首，见徐居正《东文选》卷八，系读史之作。

剔银灯

昨夜细看蜀志。笑曹操孙权刘备。用尽机关，徒劳心力，只得三分天地。屈指细寻思，何似刘伶一醉。　　人世都无百岁。少痴骏、老尪悴。只有中间，些子年少，忍把浮名牵系。虽一品与千钟，问白发、如何回避。

李齐贤（1287—1367）

李齐贤，初名之公，字仲思，号益斋、实斋、栎翁，庆州（今庆尚北道庆州市）人。检校佥议政丞、临海君李瑱之子。早年拜白颐正门下习经史。高丽忠烈王二十七年（1301），魁成均试，时十五岁，紧接着又中两科。二十二岁，选文艺、春秋馆。忠肃王元年（1314），高丽忠宣王让位于忠肃王，以太尉衔随侍忠宣王移居燕京，长达二十六年。构万卷堂，聚书无算。与姚燧、赵孟頫、阎复等中原文人往来，所学益进，积极向高丽推介朱子之学、赵孟頫书法。曾以成均馆祭酒衔奉使西蜀，又曾陪伴忠宣王进香江南，更跋涉万里，前往吐蕃地区看望贬谪朵思麻三年的忠宣王。其足迹几乎走遍大半个中国。忠惠王二年（1341）返国，任世子王昕的师傅。王昕即位，是为忠穆王。高丽忠穆王四年（1348）奉使元廷。愍恭王即位，拜右政丞，推行善政，收效显著，人无贵贱，皆口称“益斋”，其见重于时如此。所著《益斋乱稿》，各体诗文，皆本色味厚，时人目为范文。卷十为《长短句》，计一百余阕，体性风格，上追东坡，备述众体，字字句句，皆谐音律，法度森严，而又舒闲容与，咸推“东国乐府第一人”。其《巫山一段云》分别咏潇湘八景、松都八景，各作两遍，共计三十二首，皆清新富丽，工于描摹，开启了高丽、朝鲜词坛数百年的赓续潮。李穑有诗赞曰：“益老文章迥出群，驰烟走海势沄沄。松都八景牢笼尽，只是巫山一段云。”（《牧隐诗稿》卷七）可谓曲尽其妙。

沁园春

将之成都

堪笑书生，谬算狂谋，所就几何。谓一朝遭遇，云龙风虎，五湖归去，月艇烟蓑。人事多乖，君恩难报，争奈光阴随逝波。缘何事，背乡关万里，又向岷峨。　幸今天下如家。顾去日无多来日多。好轻裘快马，穷探壮观，驰山走海，总入清哦。安用平生，突黔席暖，空使毛群欺卧驼。休肠断，听阳关第四，倒卷金荷。

江神子

七夕冒雨到九店

银河秋畔鹊桥仙。每年年。好因缘。倦客胡为，此日却离筵。千里故乡今更远，肠正断，眼空穿。　　夜寒茅店不成眠。一灯前。雨声边。寄语天孙，新巧欲谁传。懒拙只宜闲处着，寻旧路，卧林泉。

鹧鸪天

过新乐县

宿雨连明半未晴。跨鞍聊复问前程。野田立鹤何山意，驲柳鸣蜩是处声。　　千古事，百年情。浮云起灭月亏盈。诗成却对青山笑，毕竟功名怎么生。

鹧鸪天

九月八日寄松京故旧。追录。

客里良辰屡已孤。菊花明日共谁娱。闭门暮色迷红草，欹枕秋声度碧梧。　　三尺喙，数茎须。独吟诗句当歌呼。故园依旧龙山会，剩肯尊前说我无。

鹧鸪天

饮麦酒。其法不笃不压，插竹筒甕中，座客以次就而吸之。傍置杯水，量所饮多少，挹注其中，酒若不尽，其味不喻。

未用真珠滴夜风。碧筒醇酎气相通。舌头金液凝初满，眼底黄云陷欲空。　　香不断，味难穷。更添春露吸长虹。饮中妙诀人如问，会得吹笙便可工。

鹧鸪天

扬州平山堂。今为八哈师所居。

乐府曾知有此堂。路人犹解说欧阳。堂前杨柳经摇落，壁上龙蛇逸杳茫。　　云澹伫，月荒凉。感今怀古欲沾裳。胡僧可是无情物，毳衲蒙头入睡乡。

鹧鸪天

鹤林寺

夹道修篁接断山。小桥流水走平田。云间无处寻黄鹤，雪里何人闻杜鹃。　　夸富贵，慕神仙。到头还是梦悠然。僧窗半日闲中味，只有诗人得秘传。皆山中故事。

太常引

暮行

栖鸦去尽远山青。看暝色、入林坰。灯火小于萤。人不见、苔扉半扃。　　照鞍凉月，满衣白露，系马睡寒厅。今夜候明星。又何处、长亭短亭。

浣溪沙

早行

旅枕生寒夜惨凄。半庭明月露凄迷。疲僮梦语马频嘶。　　人世几时能少壮，宦游何处计东西。起来聊欲舞荒鸡。

浣溪沙

黄帝铸鼎原

见说轩皇此炼丹。乘龙一去杳难攀。鼎湖流水自清闲。　　空把遗弓号地上，不蒙留药在人间。古今无计驻朱颜。

大江东去

过华阴

三峰奇绝，尽披露、一掬天悭风物。闻说翰林曾过此，长啸苍松翠壁。八表游神，三杯通道，驴背须如雪。尘埃俗眼，岂知天上人杰。　　犹想居士胸中，倚天千丈气，星虹间发。缥杳仙踪何处问，箭筈天光明灭。安得联翩，云裾霞珮，共散麒麟发。花间玉井，一尊轰醉秋月。

蝶恋花

汉武帝茂陵

石室天坛封禅了。青鸟含书，细报长生道。宝鼎光沉仙掌倒。茂陵斜日空秋草。　　百岁真同昏与晓。羽化何人，一见蓬莱岛。海上安期今亦老。从教吃尽如瓜枣。

人月圆

马嵬坡，效吴彦高

五云绣岭明珠殿，飞燕倚新妆。小颦中有，渔阳胡马，惊破霓裳。　　海棠正好，东风无赖，狼藉春光。明眸皓齿，如今何在，空断人肠。

水调歌头

过大散关

行尽碧溪曲，渐到乱山中。山中白日无色，虎啸谷生风。万仞崩崖叠嶂，千岁枯藤怪树，岚翠自蒙蒙。我马汗如雨，修径转层空。　　登绝顶，览元化，意难穷。群峰半落天外，灭没度秋鸿。男子平生大志，造物当年真巧，相对孰为雄。老去卧丘壑，说此诧儿童。

水调歌头

望华山

天地赋奇特，千古壮西州。三峰屹起相对，长剑凛清秋。铁锁高垂翠壁，玉井冷涵银汉，知在五云头。造物可无物，掌迹宛然留。　　记重瞳，崇祀秩，答神休。真诚若契真境，青鸟引丹楼。我欲乘风归去，只恐烟霞深处，幽绝使人愁。一啸蹇驴背，潘阆亦风流。

菩萨蛮

舟中夜宿

西风吹雨鸣江树。一边残照青山暮。系缆近渔家。船头人语哗。　　白鱼兼白酒。径到无何有。自喜卧沧洲。那知是宦游。

菩萨蛮

舟次青神

长江日落烟波绿。移舟渐近青山曲。隔竹一灯明。随风百丈轻。　　夜深篷底宿。暗浪鸣琴筑。梦与白鸥盟。朝来莫漫惊。

洞仙歌

杜子美草堂

百花潭上，但荒烟秋草。犹想君家屋乌好。记当年、远道华发归来，妻子冷、短褐天吴颠倒。　卜居少尘事，留得囊钱，买酒寻花被春恼。造物亦何心，枉了贤才，长羁旅、浪生虚老。却不解、消磨尽诗名，百代下、令人暗伤怀抱。

满江红

相如驷马桥

汉代文章，谁独步、上林词客。游曾倦、家徒四壁，气吞七泽。华表留言朝禁闼，使星动彩归乡国。笑向来、父老到如今，知豪杰。　人世事，真难测。君亦尔，将谁责。顾金多禄厚，顿忘畴昔。琴上早期心共赤，镜中忍使头先白。能不改、只有蜀江边，青山色。

木兰花慢

书李将军家壁

将军真好士，识半面、足吾生。况西自岷峨，北来燕赵，并辔论情。相牵挽、归故里，有门前稚子候渊明。对酒欢酣四坐，挑灯话到三更。　高歌伐木鸟嘤嘤。怀抱向君倾。任客路光阴，欲停归骑，更尽飞觥。人间世、逢与别，似浮云聚散月亏盈。但使金躯健在，白头会得寻盟。

巫山一段云

潇湘八景

平沙落雁

玉塞多缯缴，金河欠稻粱。兄兄弟弟自成行。万里到潇湘。　远水澄拖练，平沙白耀霜。波头人散近斜阳。欲下更悠扬。

又

远浦归帆

南浦寒潮急，西岑落日催。云帆片片趁风开。远映碧山来。　出没轻鸥舞，奔腾阵马回。船头浪吐雪花堆。画鼓殷春雷。

又

潇湘夜雨

潮落蒹葭浦，烟沉橘柚洲。黄陵祠下雨声秋。无限古今愁。　漠漠迷渔火，萧萧滞客舟。个中谁与共清幽。唯有一沙鸥。

又

洞庭秋月

万里天浮水，三秋露洗空。冰轮辗上海门东。弄影碧波中。　荡荡开银阙，亭亭插玉虹。云帆便欲挂西风。直到广寒宫。

又

江天暮雪

风紧云容惨，天寒雪势严。筛寒洒白弄纤纤。万屋尽堆盐。　远浦回渔棹，孤村落酒帘。三更霁色妒银蟾。更约挂疏帘。

又

烟寺暮钟

楚甸秋霖卷，湘岑暮霭浓。一春容罢一春容。何许日沉钟。　摇月传空谷，随风渡远峰。溪桥有客倚寒筇。一径入云松。

又

山市晴岚

远岫螺千点，长溪玉一围。日高山店未开扉。岚翠落残霏。　隐隐楼台远，蒙蒙草树微。市桥曾记买鱼归。一望却疑非。

又

渔村落照

远岫留残照，微波映断霞。竹篱茅舍是渔家。一径傍林斜。　绿岸双双鹭，青山点点鸦。时闻笑语隔芦花。白酒换鱼虾。

巫山一段云

松都八景

紫洞寻僧

傍石过清浅，穿林上翠微。逢人何更问僧扉，午梵出烟霏。　草露沾芒屦，松花点葛衣。鬓丝禅榻坐忘机。山鸟谩催归。

又

青郊送客

芳草城东路，疏松野外坡。春风是处别离多，祖帐簇鸣珂。　村暖鸡呼屋，沙晴燕掠波。临分立马更婆娑。一曲渭城歌。

又

北山烟雨

万壑烟光动，千林雨气通。五冠西畔九龙东。水墨古屏风。　岩树浓凝翠，溪花乱泛红。断虹残照有无中。一鸟没长空。

又

西江风雪

过海风凄紧，连云雪杳茫。落花飘絮满江乡。偷放一春狂。　渔市开门早，征帆入浦忙。酒楼何处咽丝篁。愁杀孟襄阳。

又

白岳晴云

莒杏春风后，茅茨野水头。晴云弄色霭林丘。雨意未能休。　京县民无赋，郊田岁有秋。明朝去学种瓜侯。身事寄菟裘。

又

黄桥晚照

隐见溪流转，纵横野垄分。隔林人语远堪闻。村径绿如裙。　鸢集蜈山树，鸦投鹄岭云。来牛去马更纷纷。城郭日初曛。

又

长湍石壁

插水云根耸，横空黛壁开。鱼龙吹浪转隅隈。百里绿徘徊。　月浸玻璃色，花分锦绣堆。画船载酒管弦催。一日绕千回。

又

朴渊瀑布

日照群峰秀，云蒸一洞深。人言玉辇昔登临。盘石在潭心。　白练飞千尺，青铜彻万寻。月明笙鹤下遥岑。吹送水龙吟。

闵思平（1295—1359）

闵思平，字坦夫，号及庵，骊兴（今属京畿道骊州市）人。高丽忠肃王时（1314—1330）进士及第。历官艺文春秋馆修撰、应教、大司成、监察大夫、赞成事商议会议都监事，封骊兴君。卒，谥文温。著有《及庵先生诗集》。存词四首，均见《及庵诗集》卷四。其词抒写友情，温厚纯粹，充溢着文人的书卷气。

梦仙乡

奉送许存抚使

关东寒食，碧松沙路。翠盖映、玫瑰红雨。杖节作高游。迎候拥芳洲。　　河内居民借寇，心犹未彻。香案下、来含鸡舌。一笑对天颜。鱼水更同欢。

朝中措

奉和益斋

每闻天子忆郊扉。何日赋言归。矫首寻常南望，古诗谩咏星稀。　　春回谷口，烟沉钓濑，水满春机。溪友贻书催我，野花几度残菲。

又

独怜春色到闲扉。何事忽忙归。莫遣家僮来扫，渐愁地上花稀。　　如今更觉，悠悠世事，苒苒天机。来岁岂无佳节，可辞烂醉芳菲。

李穀（1298—1351）

李穀，初名芸白，字仲父，号稼亭，韩山（今属忠南道舒川郡）人。李齐贤、权溥之门人。高丽忠肃王四年（1317）中举子科。后高中征东省乡试第一，遂擢制科，以二甲及第。奏授国史院检阅，与元朝文士交游论学，所造益进。为文高古典雅，诸人不以外国人视之。奉《兴学诏》还国，不久又返元廷，扈从元顺帝幸上都。回国，拜密直副使，累升知司事，进政堂文学，封韩山君。不久，任职元廷。以颁朔回国，与李齐贤合作增修《编年纲目》及高丽忠烈、忠宣、忠肃三朝《实录》。由元廷授奉议大夫、征东行中书省左右司郎中。卒于燕京。谥文顺,享韩山文献书院。善诗文,精深平淡,悠游不迫,格律严整。著有《稼亭集》二十卷。存词十首,均见《稼亭集》卷二十。以《巫山一段云》另咏蔚州八景,山海连绵,跃然纸上,生动传神,能仿益斋而翻出一层,可说是以词笔描绘本土风景的成功范例。

巫山一段云

次郑仲孚蔚州八咏

大和楼

铁骑排江岸,红旗出郭门。邀头来此送宾轩。宾从亦何繁。　水色摇歌扇,花香扑酒尊。但无过客闹晨昏。淳朴好山村。

又

藏春坞

是处花多少,君家酒有无。人间红紫已难留。曾见衬庭隅。　世事将头白,余生业舌柔。携壶日日渡溪流。藜杖不须扶。

又

平远阁

有客登仙阁,何人棹酒船。宦游不觉到天边。江路草芊芊。　极浦低红日,孤村起碧烟。离情诗思共悠然。岁月似奔川。

又

望海台

自昔闻浮海，吾今信望洋。有时风静镜磨光。一色际穷苍。　　绝岛知谁到，孤帆为底忙。从教日本是殊方。三万里农桑。

又

白莲岩

宝龕明珠颗，铢衣雾縠纹。白莲嘉瑞岂虚言。时有异香闻。　　客枕凉如水，禅灯耿破昏。谁言儒释不同论。到此任朝曛。

又

碧波亭

山雨花浮水，江晴月满汀。古人诗眼此为亭。谁敢换新铭。　　去国心犹赤，忧时鬓尚青。渔歌政欲共君听。惊起翠毛零。

又

开云浦

地胜仙游密，云开世路通。依稀罗代两仙翁。曾见画图中。　　舞月婆娑白，簪花烂熳红。欲寻遗迹杳难穷。须唤半帆风。

又

隐月峰

玉叶收银汉，冰轮溢桂华。高峰碍月故峨峨。不待影欹斜。　　逸兴逢清夜，高吟愧落霞。恒娥窃药不归家。风露湿纤阿。

郑誧（1309—1345）

郑誧，字仲孚，号雪谷。清州（今属忠清北道清州市）人。清州郑氏，为显宦巨族，故自幼熟读儒书。高丽忠肃王十三年（1326）中进士第，时年十八岁。后以艺文修撰身份出使元廷。深受忠淑王宠爱，甫一回国，即擢为左司谏。在忠惠王朝，屡屡上诉恶政，反被诬，流放边地。流放期满，即投奔元廷，惜壮志未酬，郁郁以终，年仅三十七岁，时人哀之。擅长诗文、书法，著有《雪谷集》等。存词十一首，均见《雪谷集》。前人评郑氏诗歌简古，其词亦从晚唐词疏朗一派发展而来，多由眼前所见之景，展开审美观察，激发艺术想象，意象生动逼真，纤细入微，而又逶迤写来，从容不迫。

浣溪沙

昨夜香闺见玉莲。飘摇巾帔若神仙。拟将歌舞重留连。　旧恨新愁浓似酒，相逢即别奈何天。知心唯有使君贤。

又

莫笑先生酷爱莲。此花风韵属诗仙。那堪风雨竟连连。　曲渚方塘添晚景，红妆翠盖媚秋天。巢龟真个过吾贤。

临江仙

代人作

萧史吹笙天上去，白云空锁秦城。春风回首涕纵横。至今明月夕，犹想凤凰鸣。　聚散诚知皆有数，奈何怀抱难平。人生此别最关情。夜阑闻玉笛，浑是断肠声。

巫山一段云

蔚州八景

大和楼

丹槛临官道，苍波隔寺门。喧阗车骑送归轩。歌吹日来繁。　细雨花生树，春风酒满尊。古今离恨月黄昏。渔唱起前村。

又

平远阁

阁外临江寺，门前渡海船。千年遗怨柳堤边。芳草绿芊芊。　画栋辉朝日，朱栏泛暮烟。游人登览意茫然。满眼好山川。

又

藏春坞

骤雨驱春去，群花扫地无。东君疑是此间留。红白满山隅。　隔水歌声远，连船酒味柔。谁言太守不风流。醉倩翠蛾扶。

又

望海台

绝壁凌晴汉，高台控太洋。遥看水色接天光。百里共苍苍。　石室知秋早，松扉报晓忙。幽人呼客瞰东方。红日上扶桑。

又

碧波亭

迭石欹秋岸，丛篁卧晚汀。舟人云是碧波亭。碑坏已无铭。　　雨过沙痕白，烟消水色青。当时歌调不堪听。倚棹涕空零。俚里有《碧波亭曲》。

又

白莲岩

松岭丹青色，苔岩绘绣纹。白衣遗像兀无言。灵感谩前闻。　　泛壑风声壮，连空海气昏。悠悠心事共谁论。搔首日西曛。

又

开云浦

映岛云光暖，连江水脉通。人言昔日处容翁。生长碧波中。　　草带罗裙绿，花留醉面红。佯狂玩世意无穷。恒舞度春风。

又

隐月峰

天近明河影，峰高隐月华。扶筇远上碧嵯峨。细路入云斜。　　古树含秋色，空岩拂晚霞。深林知有梵王家。钟鼓隔山阿。

元天赐（1334—1416？）

元天赐，字子正，号耘谷，原州（今属江原道原州市）人。隐居原州雉岳山中，终生不仕。著有《耘谷行录》。存词六首，见《耘谷行录》卷一、卷六。其词皆山人之语，一派白云精神，摆脱名利，略无挂碍。

鹧鸪天

南溪柳下追凉，作《鹧鸪天》，忆契内张、赵二公。

夹岸垂杨弄影微。追凉尽日却忘归。身闲乐土知今是，迹寄名场悟昨非。　　收暮霭，转斜晖。倚筇时复一凄悕。故人化作松间土，谁识吾行与世违。

鹧鸪天

白鸥词

江海无涯浩荡春。随波逐浪自由身。浮云态度元无定，白云精神固未驯。　　心绝累，格离尘。淡烟疏雨伴渔人。平生我亦忘机者，莫负前盟日相亲。

阮郎归

名

一区山郡水云清。溪声绕古城。临流可以濯尘缨。幽禽相送迎。　　思许子，久留京。喜闻传美名。愿君安好速回程。林泉无变更。

蝶恋花

处

客里应难爰得所。乡思凄然,梦绕秋莲渚。日暮长安愁几许。羡他孤鸟高飞去。　　我亦凉凉无伴侣。闲寂幽居,只有山禽语。忽忆前游多意绪。悠悠往事寻无处。

鹧鸪天

送竹溪轩信回禅者游江浙词（并序）

三韩无学、本寂二师，皆懒翁门之秀者也，翁信而待之异于众。及懒翁示寂之后，一国禅流，敬而致礼，尊荣无对。上人投于二师为弟子，而于懒翁，义当门孙也。盖其学道修习，从可知矣。今欲远游江浙，飞锡而去，其意无他，切欲参访明师，亦归敬懒翁旧游之地也。若用其有余力之智行，历参天下善知识，则必于无所得处有所得矣。作短歌以赆行云。

布袜青藤意趣深。欲参天下大丛林。只条杖抹千峰影，一片云含万里心。　　无孔笛，没弦琴。必应今去遇知音。要看普济曾游处，须向平山古道寻。

金九容（1338—1384）

金九容，字敬之，号惕若斋，别号六友堂，安东（今属庆尚北道安东市）人。十六岁中进士，仕途顺遂，累官三司左尹、左司议大夫、成均馆大司成。著有《惕若斋学吟集》。存词七首，均见《惕若斋学吟集》卷下。代人之作，情深意切，有花间风味。

长相思

代人

松山青。胜山青。两地相望知几程。难堪送别情。　　独归京。未归京。别后伤心梦不成。满窗寒月明。

巫山一段云

送李直门下出按西海

药砌吟诗句，薇垣倒酒杯。一年无事好开怀。送别恨难裁。　　揽辔匡时略，埋轮济世材。风流临海莫徘徊。恐有铁肠催。

朝中措

骊江

人间万事到头空。春梦百年中。一卧江堧无赖，相从明月清风。　采山钓水，鲜美满案，贤圣盈钟。独酌独吟终日，平生甘作村翁。

徐居正（1420—1488）

徐居正，字刚中，号四佳亭，大邱（今大邱市）人。朝鲜世宗二十六年（1444）文科及第。世祖二年（1456）拔英试状元。历任集贤殿博士、副修撰、左赞成，为朝鲜历史尚首次同时担任弘文馆、艺文馆二馆大提学的人物。世宗以后任六曹判书。曾作为使节赴北京。后因功封佐理功臣三等，封达成君。卒，谥文忠。学识渊博，著述宏富，编著有《东文选》《笔苑杂记》《新选东国舆地胜览》《太平闲话滑稽传》《四佳亭集》《东人诗话》等。存词九首，均见《四佳集》。

满江红

效颦

尺五城南，形胜地、畜眼未有。自太古、尾星分野，巨鳌孕秀。宅都定鼎金汤坚，分裂元非丽济旧。兰桨桂棹，风流行乐，汉江口。　鹢首飞，鼍面吼。琉璃钟，琥珀酒。使佳会安得，天长地久。江山是壶中物外，人物非王前卢后。明日参商，南北何处，空搔首。

巫山一段云

次益斋李先生《潇湘八景》。吾同年金子固得益老手书八景《巫山一段云》体，装为一轴，求诗缙绅，又求于次韵。聊复效颦耳。

远浦归帆

牛岑寒日落，极浦晚潮催。十幅籧篨劈浪开。长风稳送来。　远随归雁去,暝带暮鸦回。慎勿行过滟滪堆。惊涛吼作雷。

又

平沙落雁

塞北迷风雪，江南足稻粱。书空咄咄自成行。一一下沅湘。　秋水碧于酒,晚沙明似霜。由来行止喜随阳。得意恣飞扬。

又

洞庭秋月

玉斧修何日，冰轮辗上空。银河清浅漏丁东。人倚小楼中。　冷影惊飞鹊,寒光射属虹。长天如扫海无风。身在水晶宫。

又

潇湘夜雨

萧疏篁竹雨，淅沥荻芦洲。晚泊黄陵祠下秋。声声惹起愁。　三湘何处客,万里未归舟。篷底沉沉夜更幽。多情双白鸥。

又

山市晴岚

山来青未了，水绕绿成围。红槿花间白板扉。溟蒙霭翠霏。　楼台迷远近，水墨转稀微。拟向市桥买酒归。遥看近又非。

又

江天暮雪

晚云痴作冷，骤雪势矜严。银界茫茫玉屑纤。撒空时学盐。　买鱼寻白屋，赊酒问青帘。薄暮欲归山吐蟾。登楼不下帘。

又

烟寺暮钟

树木招提古，烟云罨画浓。鸦鬟妆点媚山容。薄暮一声钟。　隔壁连狮吼，穿林撼鹫峰。僧归行脚迷短筇。残月耿疏松。

又

渔村落照

葡萄新涨水，踯躅晚蒸霞。隐映渔村八九家。三竿红日斜。　沙头拳宿鹭，林表闪昏鸦。晚泊孤舟芦荻花。秋深足蟹虾。

李承召（1422—1484）

李承召，字胤保，号三滩，阳城（今属忠清北道阳城郡）人。生而颖异，读书过目成诵，拟试程文，侪辈莫及。朝鲜世宗二十年

(1438）中进士，时年十七岁。世宗二十九年（1447）春中文科，又发解南省殿试，均获第一，拜集贤殿副修撰。历副校理、应教、直提学、世子辅德、艺文馆提学、忠清道观察使、礼曹参判，官至礼曹判书、吏曹判书，议政府左参赞。卒，谥文简。为人天资温醇，廉简恭谨，美须髯，少言语，与人接，如春风满座，人感珠玉在侧，多称“金玉君子”。不事产业，死之日，家无余财。学问精深，凡经史、礼乐、兵刑、天文、阴阳、医药之书，无不通晓，而日以史书自娱。其文典雅精纯，为一时之冠，咸以为“以文章鸣国家之盛”。曾与申叔舟、姜希孟等合编《国朝五礼典》。有《三滩先生集》，今传。存《巫山一段云》八首，均见《三滩先生集》卷九，系次韵李齐贤潇湘八景韵之作，以逼真而传神的景物描写，神韵生动，词律精严，意象灵动，微妙的主观感情常常不经意间流泻于笔端，精巧之至。

巫山一段云

次益斋《潇湘八景》诗韵

远浦归帆

远水兼天净，长风特地催。蒲帆晚带落霞开。飞影过江来。　　更逐寒潮上，还随返照回。船头惊雁起沙堆。劈浪响如雷。

又

平沙落雁

逐候飞南北，谋身岂稻粱。相呼万里不离行。随意下清湘。　　江阔涵秋影，天清拂晓霜。长洲沙暖好秋阳。遵渚任飘扬。

又

洞庭秋月

皛皛波横练，溶溶月上空。水天一色迷西东。滉漾玻璃中。　　云际飞明镜，江心卧彩虹。岳阳楼上倚清风。疑入蕊珠宫。

又

潇湘夜雨

云接苍梧野，雨昏白鹭洲。湘灵鼓瑟满江秋。谁与伴牢愁。　露泣千竿竹，烟沉一叶舟。蓬窗月黑转悠悠。波上有鸣鸥。

又

山市晴岚

霭霭千林暗，悠悠一水围。轻烟引素幂岩扉。共作翠岚霏。　　暂逐溪风度，深埋野径微。何人市上醉扶归。不管是耶非。

又

江天暮雪

日落云俱黑，风吹气转严。初看洒幕雨廉纤。变作撒空盐。　　排搜江楼槛，飘萧酒店帘。清光却胜广寒蟾。透入水精帘。

又

烟寺晚钟

远水依山尽，轻烟幂树浓。忽惊雷吼撼秋容。萧寺晚来钟。　　飞响摇寒月，残声殷断峰。谁携绿玉一枝筇。去入云间松。

又

渔村落照

山迴衔红日，川明映彩霞。柴门面水几人家。渔艇自横斜。　影乱群飞雁，光翻尺去鸦。撑舟撒网浪生花。转觉富鱼虾。

姜希孟（1424—1483）

姜希孟，字景醇，号私淑斋、菊坞、云松居士、万松岗，晋州（今属庆尚南道晋州市）人。姜氏数代为丽末鲜初重臣，皆以文章鸣世：祖姜淮伯（1357—1402）高丽时曾任礼曹判书、政堂文学兼大司宪，入朝鲜朝，任东北面都巡问使；父姜硕德（1395—1459）知敦宁府（即宗室、外戚管理机构）事；兄姜希颜（1417—1464）善诗书画，世称“三绝”。希孟自幼喜读书，聪慧异常。朝鲜世宗二十九年（1447）中文科第一，时年二十三岁，拜宗簿主簿，转礼曹左郎，历礼曹正郎、兵曹正郎、吏曹参议、中枢院副使、世子宾客、礼曹判书。世宗大王设拔英、登俊科以试文臣，希孟中拔英第三、登俊第二。王曰：“予有臣三第一：韩继禧微妙第一，卢思慎豁达第一，姜希孟刚明第一。”王病，希孟入侍，日夜不离左右。文宗即位，愈依仗希孟，凡遇诽谤诬陷希孟的书状，文宗必予以驳斥，至书“予不疑卿，卿不疑我”，以示信任。卒，谥文良。有《私淑斋集》。徐居正为《私淑斋集》作序，称其能“集通亭（淮伯之号）之端丽、戴愍（硕德谥号）之简洁、仁斋（希颜之号）之冲澹而一之”，故为文精深古雅，操笔立就，而其诗亦精致兴雅，简洁娴静。其《巫山一段云·潇湘八景》是重见李齐贤手翰时创作的。面对父亲先前的珍藏，他并不倾向于一味地抒发对于父亲的缅怀之情，而是通过创作高品质的作品来寄托追怀父亲的真挚感情，故这组词在明丽的景物描写时，往往会在不经意间，点染一两笔偏暗的色调，似别有一番怀抱。

巫山一段云

潇湘八景

先君戴愍公雅好书画，家累百余件，必令希孟收藏齐帙。其中奇爱者，益斋文忠公所作潇湘八景《巫山一段云》八首，乃其手翰也。希孟间请得于何所，公曰：“得之文忠公远孙李公嘻。”此实真迹也，希孟虽在童丱，未尝不钦慕其文章翰墨之妙。及戴愍捐馆，而所藏书画，散失殆尽。其后廿四年，琴轩金子固氏送一古笺轴求诗，乃其《八景》轴也。噫！手泽尚新，忍观诸？敢依韵敬次云。

远浦归帆

咽咽汀潮上，蓬蓬鼍鼓催。湖平风热众帆开。隐然镜光来。　缥渺鸥边阔，微茫烟际回。群樯系缆白沙堆。江殷地中雷。

又

平沙落雁

冥路通云汉，低飞为稻粱。排空点点字千行。去意在三湘。　沙远平铺雪，芦深冷着霜。惊寒千阵向衡阳。作势抑还扬。

又

洞庭秋月

云物扫银汉，露华凝碧穹。衡湘万里混西东。暗淡有无中。　海角迷金晕，乾端射白虹。冰轮辗上驾长风。今彻碧云空。

又

潇湘夜雨

云烟藏海峤，风雨满汀洲。水国蒹葭响晚秋。灯前万里愁。　寒声闻竹岸，遥火认渔舟。五夜不眠蓬底幽。哀鸣三两鸥。

又

山市晴岚

远岫青如髻，轻岚白作围。茅茨何处掩柴扉。空翠落霏霏。　野径通林细，溪桥跨岸微。诚教摩诘画图归。真趣也应非。

又

江天暮雪

顽云垂地暗，密雪挟风严。薄暮擎寒竹枝纤。摆亚落轻盐。　蓑重回渔棹，村孤夸酒帘。江楼霁景带寒蟾。倚醉唤钩帘。

又

烟寺暮钟

树密招提隐，烟沉紫翠浓。鲸音忽撼暮山容。三十六声钟。　役役悲尘世，悠悠望翠峰。偶然深省倚孤筇。暝色入苍松。

又

渔村落照

山远衔斜日，江澄漾彩霞。渔人相聚自成家。篱落整还斜。　桥断明秋水，林高返暮鸦。阿翁收网入芦花。谈笑说鱼虾。

鱼世谦（1430—1500）

鱼世谦，字子益，号西川，江陵（今属江原道江陵市）人，后移籍咸从。集贤殿直提学鱼变甲（1381—1435）之孙、礼曹参判鱼孝瞻（1405—1475）之子。朝鲜世祖五年（1459）以吏文学官出使明朝，睿宗元年（1469）封咸从君。十年后以奏闻使再次赴明。历全罗道观察使、工曹判书、京畿道观察使、汉城府判尹、户曹判书、兵曹判书、弘文馆大提学、左参赞、右赞成、左赞成、右议政、左议政。谥文贞。天资确实，清白自守，气量宏阔，性耽经史，故阴阳、风水之说，确然不动其心，物论推为“宰相之器”。曾与成伣（1439—1504）一起改撰《霜花店》《履霜曲》《北殿》等乐。为文务求畅达，不事锻炼。作诗清俊通侻，适性自然。有《西川先生集》。鱼氏宗亲将此集与其祖鱼变甲《绵谷先生文集》、父鱼孝瞻《龟川先生文集》合编为《咸从世稿》。存词十九首，均见《西川先生集》。其中，《巫山一段云》八首系次益斋八景者，另作二首咏榆关驿，颇见巧思。其余词作或渲染庙堂高会，或描摹日常闲情，或抒发文人情怀，用字平易，思理顺畅，平淡之中透出些许遥深感慨和经世取向，可回味再三。

巫山一段云

榆关驿二首

榆塞狼烟息，关河驿路平。倦投孤馆一含情。白日欲西倾。　　槐带年前子，松留雪后贞。相将沽酒暂停行。更起问前程。

又

作客何多日，离怀甚不平。长途无处洗尘情。对酒杯自倾。　　有母今违养，为臣只欲贞。五云宫阙近前行。春色满回程。

临江仙

元日宴功臣

天机衮衮催时节，一年万事俱新。五色云中拱圣神。千官齐舞蹈，仙乐动韶钧。　　鹿鸣鱼藻筵初秩，与宴俱是勋亲。九酝瀹肌花映春。鱼水一堂上，万类入同仁。

浣溪沙

落花叹

日日春风吹不休。酒醒一夕生春愁。何人独自上南楼。　　飘然白雪杂红雨，随风散尽谁得收。只有香魂浮玉舟。

玉楼春

醉吟

百岁一身曾错料。渔矶苔没未归钓。萧萧华发已千茎，揽得菱花羞自照。　　老妇稍黠前致笑。杜康颇觉曾同调。须臾春色上天庭，拟拍孙登发长啸。

清平乐

绿荫

风花万点。愁人方掩苒。酒醒一夜香魂敛。万树红消绿染。　　儿童未识春归。走觅南垣北扉。屋头莺啼自在，阴深不见黄衣。

南柯子

送朴性之赴京师。长短句。

皇祚三千岁，中原十二州。江河日夜向东流。万古朝宗衮衮、何时休。　　辽海堪招鹤，燕山有变彪。此间真作丈夫游。直指蓬莱宫阙、五云浮。

渔家傲

才艺当时谁独步。轩身直上青云路。何幸瑶台看玉树。正堪慕。若为相逐驱风露。　　一夕翻然留不住。乘槎却向银河渡。玉帝开颜一回顾。披云雾。前星耀彩天无雨。

临江仙

短句不堪酬远别，风吹落日悠悠。传杯马上看吴钩。醉中成一笑，投袂不曾留。　　白羽腰间光照日，鸣驺逸气横秋。塞垣千里黑云收。想将游刃手，能副九重忧。

定风波

塞下那无士荷戈。羽林熊虎亦应多。莫谓书生无适用，到却，洪君今日果如何。　　我亦少年游六镇，也识，豺狼难制俗难和。子有胸中文无业。须记，狂夫三唱定风波。

金宗直（1431—1492）

金宗直，字季昷，又作孝盥，号占毕斋，善山（今属庆尚北道龟尾市）人。朝鲜端宗元年（1453）进士及第，世祖五年（1459）文科及第。历任都承旨、吏曹参判、工曹参判、汉城府尹、知中枢府事等官职。谥文简。学问渊博，作育人才，门下济济多士，一时尊为岭南学派之宗师。同时，作为朝中重臣，公推为士林派的首领，对朝政发挥着至关重要的影响力。勤于著述，著《占毕斋集》《青丘风雅》《游头流录》《堂后日记》《彝尊录》等，编撰《增修东国舆地胜览》《东文粹》《一善志》等。其文廉悍，冠绝一时，号为大手笔。其诗典雅酝藉，笔触如画。存词四首，俱见《占毕斋集》卷七。其词或写景，或应酬，皆雅丽含蓄，具儒者风度。

忆秦娥

端午观秋千

秋千架。佳人游戏倾台榭。倾台榭。翠翘花胜，倏高倏下。　　王孙却被无情恼，踌躇墙外香罗帕。香罗帕。归家心醉，终宵喏喏。

水调歌头

喜雨

春旱，牟麦尽槁，水种愆期。四月初三日，予遣郡人朴由信往祷于圣母庙，又令童子呼蜥蜴，数日得雨。以志喜。

苍虬久幽蛰，赤羽欲烧春。东陂西埭俱涸，畦垄但黄尘。五月十日不雨，无麦无禾可惧，念此损精神。二簋虽云薄，王母眷明禋。　　却喜今朝云，势好澹平匀。回头方丈山下，雨脚正纷纶。满眼桑麻葱蒨，四野锄耰如织，生意一般新。我有芳尊酒，自酌庆丘民。

满江红

晋州教坊歌谣，献吴观察使伯昌。

凤岫菁川，人道有、神仙遗迹。今又见、乔乡冕服，象先旌节。原隰风声驰海上，琼楼唤点蓬莱籍。便欢情、如许水增深，山增碧。　　秋日净，秋霄寂。期易失，时难得。尽洞房清敞，芳尊明月。云雨未排台下梦，鸳鸯已晕机中织。愿星轩、流憩一霎儿，娱今夕。

金时习（1435—1493）

金时习，字悦卿，号梅月堂、东峰、清寒子、碧山、赘世翁，江陵（今属江原道江陵市）人。自幼聪颖过人，五岁能文，被誉为神童。二十岁，方读书山中，听闻鲁王被迫逊位、世祖篡权成功，即闭户三日不出，失声痛哭，尽焚藏书，佯狂遁世。嗣削发为僧，法号雪岑。坚拒朝廷的征召，是为“生六臣”之一。朝鲜成宗十二年（1481），蓄发还俗，作文祭祖，娶妇生子，以报祖德。每值月圆之夜，必诵《离骚》，读毕辄哭。卒，谥清简。李珥《金时习传》称其貌寝身短，却豪迈英发，简率无威仪，劲直不容人过。其诗不过余事，然格高思妙，遣兴述怀，放情肆笔，迥出常情。有《梅月堂诗集》。存词十四首，俱见《梅月堂诗集》。其词一如其为人，清迈脱俗，无蔬笋气。

念奴娇

山中看月

小窗静倚看青山，远碧蛾眉新画。烟淡云收光欲滴，更看冰轮倒挂。篆香初熏，茶烟欲起，景致多萧洒。幽人多爱，好山佳境心快。　　人世风波须臾，推迁如梦，使人多劳惫。错了千般那个悟，些子风流闲话。百尺尘埃，□□难逢，如此清凉界。须知这里，几般伎俩摧败。

满江红

春兴

草暖花香，春山寂、乌啼岩树。溪云起、藤萝蔓处，涧声作雨。石径高低苔藓古，竹房深锁清香炷。也不管、浮世乍悲欢，令他苦。　　朝霞衬，入庭户。山月挂，穿廊庑。独行狂歌发，倚筇看圃。松下栖迟意自适，葛巾萧散衣褴褛。须记取、待漏五更寒，人无数。

天仙子

灯下

山室无人春夜永。销尽兰膏花吐影。银屏纸帐自无风，心地惺。人初静。红艳翦来还耿耿。　　睡觉漏声全未省。月在西峰星斗冷。整衣撞却四更钟，沉短绠。汲寒井。炉火试翦龙凤饼。

如梦令

秋思

庭畔黄叶交坠。只有涧边松翠。寂寞倚栏杆,独捻紫箫横吹。无语。无语。月落参横不寐。

浣溪沙

有感

天上双轮似掷梭。倚栏情绪奈然何。知心唯有碧江波。　　人事一年欢意少，风光百岁苦心多。不如孤啸一长歌。

更漏子

灯下

斗杓横，银河淡。淅淅风帘相撼。孤枕冷，素屏寒。夜深更漏残。　　剔灯花，挑玉蕊。静里闲敲棋子。松撼撼，竹萧萧。博山香雾消。

石州慢

寒松亭

十里寒声，萧飒高低，吹我耳侧。疑闻帝居红云，奏彼钧天广乐。生平豪气，如今添却遨游，沧波万顷何辽廓。都是一胸襟，尽教伊吞吐。　　舒缩。洼尊斫石，团圆都是，旧时踪迹。万古相传，一任风磨苔剥。流年如许，跳丸岁月蹉跎，前人视我今犹昔。慷慨发长歌，满沙汀飞鸭。

满庭芳

华表柱

人世繁华，倏如星转，暂时笑语悲欢。千年城郭，民物递凋残。常见红尘万丈，令人老、苦乐千般。唯华表，撑空独立，长阅古今颜。　　纵横城里道，榆柳荫傍，行旅盘桓。逢乡人指点，何代幡竿。牛砺角、樵章击火，苔花晕、碧点成斑。辽东客，何年化鹤，来语叹人间。

八声甘州

白沙汀

海无垠、沙汀白晴光，蒙蒙射残辉。见双双白鸥，浮沉波际，咬嘎争飞。何处渔舟未返，长笛一声归。不管人间世，心事相违。　　我本风流宕客，谢浮生毁誉，得失几微。探江湖风月，到处更依依。望那边、沧波万顷，顾这般、身影泪沾衣。韶光暮、底心献赋，独侍丹墀。

江城子

洞山馆

海滨孤馆接沧溟。倚风棂。望蓬瀛。浩渺沧波，数点白鸥轻。物外沉浮渠似我，渠不竞，我忘形。　　异乡千里影伶俜。鬓星星。眼青青。怪底乾坤，身世一长亭。若见安期烦寄语，千日酒，与君顷。

洪贵达（1438—1504）

洪贵达，字兼善，号虚白堂，缶溪（今属庆尚北道军威郡）人，出生于咸昌羊积里（今属庆尚北道尚州市咸昌邑）。幼有异质，聪敏好学，家贫无书，从人借读，熟读成诵乃还之。朝鲜世祖五年（1459）解国子，三年后对亲策登第，主司皆喜，曰："他日传吾家衣钵者必此人也。"徐居正尤推赏。累官至都承旨、大提学、户曹判书、左参赞。与金宗直、成伣、曹伟为道义交，时称四君子。燕山君征其孙女入宫，坐书札不恭敬语，迭遭流放，在流配途中被绞杀。后世平反，追谥文匡。起自寒素，力学践行，位至宰辅，而性坦夷宽大，平生未尝与人有怍色。为文丽而健，有法度，善叙事，一时碑铭墓志，皆出其手。其诗雅健典古，具轩冕气度。编撰《续国朝宝鉴》《历代明鉴》。著《虚白先生集》。存词四首，均见《虚白先生集》卷二。其词以醇儒眼光，观物抒情，神闲气定，放旷自适，而深厚内敛，近乎曾点气象。

巫山一段云

次朴艮甫《巫山一段云》

青山将落日，红树即深秋。江南江北晚烟收。雁落白沙洲。　有约沧波上，无心紫陌游。唐虞天地一巢由。身世两悠悠。

艮甫之居，环以青山，园中又多嘉植，秋来红叶如烧。其洞口一里许，两水东西来，合而为大江，南注于海。洲中白沙如雪，鸥鹭鸿雁之所翔集。艮甫骨相清高，胸次洒落，有以安贫贱而不愿乎其外，仿佛有箕颍之遗风。余故云云。

踏莎行

寄丁不骞

岁月跳丸，功名累卵。悠悠坚白吾不管。去年寻红□翠人，半随落花飞絮散。　　握来臂损，扫来发短。令人□马出门懒。欲呼春酒偿春色，雀罗门外人来断。

临江仙

洞山馆

跌宕平生吾与点，年年心事暮春。文园今作卧吟身。懒逐看花伴，愁将劝酒人。　　寂寂帘帷度长日，负他桃李芳辰。招呼更负古仙真。佳期嗟已失，后会问谁因。

俞好仁（1445—1494）

俞好仁，字克己，号林溪，别号灊溪，高灵（今属庆尚北道高灵郡）人。金宗直的门人。朝鲜成宗五年（1474）文科及第，历工曹佐郎，后久居经幄，又掌弘文馆。参与编撰《东国舆地胜览》。在成宗朝（1470—1494），以文章最受恩宠。屡以亲老乞养，由修撰而除居昌，由校理而守义城。成宗曾密谕义城监司曰：“好仁，予之友也，为亲屈百里，善视之。”再乞就近养亲，成宗问都承旨金应箕：“俞好仁真可用才也，若许归养，则其才可惜，不许亦不可也。已令该曹考例，何以为之？”对曰：“前者曹伟、杨熙止皆以亲老乞郡归养。”成宗说：“虽非品秩相当，亦可超授巨郡也。”即出任陕川郡守。成宗素喜其诗文，每岁必索阅所作，辄褒美赐俞母食物。诗、文、书法俱佳，号称“三绝”。尤工于诗，格律雅古。著有《灊溪集》。存词二首，均见《灊溪集》卷四。其词发思古之幽情，寄托遥深，颇可再三讽诵。

虞美人

浔阳江头送客词

荻花枫叶西风冷。万古行人影。伤鸿戢翼过沧溟。汩汩红尘、是事不堪听。　　潮生潮落江千顷。满眼浮生境。天涯羁迹两飘萍。一曲离歌、叵耐鬓星星。

虞美人

金庾信墓

吉祥山拥红云朵。天遣金童堕。万灵鼓鞴铸英豪。烈二雄图磅礴、妥金鳌。　　轩天撼地今无迹。蔓草西兄麓。祁连三丈夕阳边。一掬东溟回首、几桑田。

丁寿昆（1452—1487）

丁寿昆，字不骞，罗州（今属全罗南道罗州市）人。朝鲜成宗三年（1472）科举及第，累官成均馆学谕、博士、监察，承文院校理。又沉迷道教修炼，为朝鲜道教内丹派的代表性人物。聪明强记，有文名，惜早殁，时人哀之。存词二首，分别见于洪贵达《虚白先生集》卷二及其弟丁寿冈《月轩集》卷五，皆为酬赠之作，寄情山水，放旷自适，似是看穿，实则深情款款，别有一番怀抱。

踏莎行

次兼善

紫燕衔巢，仓庚伏卵。韶光撩乱问谁管。年年不改旧繁华，上林千树红霞散。　　泉石兴长，貂蝉意短。不堪束带随行懒。

一场春梦到江南，起看天末碧云断。

清平乐

寄舍弟不崩永安幕

鸰原怅望。落落神斜放。云白天高横万嶂。不断情怀漾漾。　　先春岭上丰碑。至今守在蛮夷。校尉纶巾长啸，将军羽扇吟诗。

李婷（1454—1488）

李婷，字子美，号风月亭。朝鲜成宗大王的长兄。天姿秀美，聪颖异常，世祖钟爱，养于宫中，凡射御书数，无不亲为指教。七岁封月山君，及长，封月山大君。仁粹王大妃疾弥留，忧勤侍药，废寝忘食，终日遑遑，遂成沉痾。雅性冲澹，耽嗜书史，所藏子集，动至数百家，各揽其菁而掇其华，犹以为不足。凡闻有新书隐编，必亟亟购求、抄录，篝灯夜读，或至达曙。发为词章，精醇清婉，格律自高，颇有魏晋风。著有《风月亭集》。存词六首，或奉和御制，或恭送亲友，皆情真意切，韵强律稳，语古意远。至于状物写怀，自出机杼，不蹈袭古人遗辙，别有风致，读之隽永。

献仙桃

奉赓御制赋《献仙桃》曲宴

阊阖云开漏日光。蓬莱天近望苍苍。承恩侍客欢情洽，度曲佳人舞袖长。　　王母献桃瞻殿里，东韩阅乐近螭旁。宴中斯枝还为颂，休问唐家记曲娘。

巫山一段云

贡串春潮

波涌千层雪，风喧万众车。桃花小雨乱纷纷。春浪已腾奔。　雷辊夫差国，云翻海若村。千年浪忆楚臣魂。何处恨堪论。

又

广德朝岚

朝旭笼寒谷，晴岚隔野村。人家何处似桃源。翠色映柴门。　桑柘迷深洞，松杉失故园。前溪后岭暗无痕。疑是雾黄昏。

画堂春

画竹

丹青写出岁寒枝。胸中造化谁知。虚堂粉壁影离离。长日便宜。　飒爽秋声几处，森阴雨脚何时。会看高节不曾移。相对襟期。

又

画兰

猗猗独秀烟林深。紫花暖弄春阴。可怜馨气亦相侵。谁是知音。　不种天生烂熳，非根地产萧森。千年莫忆楚臣心。纫珮难寻。

虞美人

送浪翁游松都

伤心故国繁华地。登临应垂泪。荒城野草自茫茫。政是行人、今古一销肠。　　苏王气千年灭。往事浮云歇。何时风雨洗心愁。只有长湍、烟浪向西流。

曹伟（1454—1503）

曹伟，字太虚，号梅溪，昌宁（今属庆尚南道昌宁郡）人。金宗直弟子。七岁有能诗声，神气出人。朝鲜成宗三年（1472）中司马两试，后擢文科，拜承正文字。成宗别选少年儒臣赐暇读书，以为日后大用，入首选。历弘文正字、博士、校理议政府检详、户曹参判、忠清道观察使、汉城左尹、同知中枢府事。与俞好仁同受成宗宠爱，屡屡不次迁擢，时人荣之。燕山君四年（1498）奉使明朝，返程途中以金宗直文集事流放义州，再配顺天，死于贬所。后世平反，谥文庄。宏材博识，深研儒学，为性理学之宗师。为文最丽，成宗大王赏爱不置。其诗清警可喜，时作非凡尘语。有《梅溪集》。存词七首，均见《梅溪集》卷三。其词多抒写文人闲雅之致，清新可读。

忆秦娥

中秋对月怀旧，寄叔强。

中秋月。暮云飞尽清辉彻。清辉彻。江南汉北，茅檐魏阙。　　年年月色今宵别。共看千里应愁绝。应愁绝。銮坡旧约，不堪重说。

水龙吟

秋日书怀

水国萧瑟秋风，晓霜摇落桥头柳。斜阳巷陌，寒烟聚落，初过重九。栀子微黄，枫林正赤，菊花时候。恨良辰荏苒，佳期寂寞，空唤仆、敲茶臼。　　万里天高一雁，望关山、几番搔首。霜螯雪缕，江鳐海蛎，南烹可口。到处唯应，看天恋阙，停云怀友。更何时任逐，鸡豚社口，醉邻家酒。

点绛唇

清明出游城南

寒食清明，绿杨芳草无情绪。小桃和雨。开遍村村树。　　欲祓闲愁，跨马垂鞭去。城南路。隔林人语，伫立斜阳暮。

沁园春

春日言怀

少日桑弧，北略幽并，南穷汉巴。翱翔缑岭，骖鸾驾鹤，夷犹玄圃，饮露餐霞。右执安期，左招子晋，不数玄卿与道华。瑶池侍宴，香浮猊座，酒满金荷。　　那知老蹉跎。奈曳尾、泥沙伴坎蛙。正夷陵城里，夜闻鸣雁，关山路上，魂断梅花。目极神州，心驰故国，两鬓春来雪半加。商量了，竟林泉有约，风月无涯。

阮郎归

春晚

小园烟景日迟迟。扬空花片飞。杜鹃苦导不如归。思归双泪垂。　　肠断处，靠栏时。惜春无限思。落红无数委尘泥。绿阴梅子肥。

摸鱼儿

新筑小室

结茅斋、仅能容膝，短椽堪庇风雨。绿阴葱蒨成帷幕，正在百花深处。开小户。瞰海阔、天低隐隐丹丘路。算来阿堵。只白水青山，朝烟暮霭，明灭互吞吐。　　身如寄，塞北江南且住。何须分别乡土。黄冈暂谪峨眉老，后日雪堂谁主。潘郎古。今寂寞、无人酬和风骚句。闲中细数。有坠砌繁红，萦帘飘素，一毯篆烟缕。

李湜（1458—1488）

李湜，字浪翁，号四雨亭。世宗大王之孙，封富林君。能诗善歌，著有《四雨亭集》。

虞美人

中秋对月怀旧，寄叔强。

梧桐叶落银床冷。雨过林亭静。老夫无事只吟诗。小妓多情、临镜照蛾眉。　　何人和我伤秋句。独倚庭前树。竹扉呕轧为风开。疑是故人、寻我入门来。

玉楼春

秋闺夜情

玉阶一夜蛩声咽。月入珠帘光更洁。深闺美女翦刀催，塞远征夫音信绝。　屏山半掩风灯灭。脉脉幽怀谁与说。梧桐露滴静无人，千里断鸿愁未歇。

金驲孙（1464—1498）

金驲孙，字季云，号濯缨、少微山人，金海（今属庆尚南道金海市）人。金宗直弟子。朝鲜成宗十七年（1486）中进士，次年任晋州学。后入史馆，与修《成宗实录》。曾数度使明，而行色萧然，囊橐尽载书籍。燕山君乱政，起史祸，与权五福、李穆、许磐等多人同时遭戮。中宗反正，伸其冤狱，追赠都承旨，谥文愍。兄弟三人皆学富五车，高仕清显。因金宗直言其才非诗所长，故专攻史笔，为文浩渺灏噩，以文章鸣一时，咸以为“东国之昌黎”。有《濯缨集》。存词一首，见《濯缨集》卷五，抒壮士离别之情，自是一方面惺惺相惜，另一方面不免雄视阔步，字句间真气弥漫，笔力扛鼎。

满江红

吾同年友铁城李君子伯，比持服才外除，执政者即补子伯朔方幕僚之缺。子伯以其大夫人在堂，余日苦短，欲伸己志自乞，而又为其所格，郁郁不得志。将赴幕，觐其王母于岭南，迤逦向东北，特蒙上许。其行也，其朋友追而送之江之浒，叹子伯之贤，宜处侍从谏争之地，而远屈外阃，为公私交惜，咸刺刺焉。季云笑而告子伯曰：“以壮游而言，弧矢无定；由性命而观，往来有数。较事业，则文武无分别；视君亲，则恩义有轻重。夫天下至广，此心至大，而身系一方，此中山川，尚未遍观。吾焉为匏瓜也哉。过海之句，已吟于寇忠愍未相之前；挈母之拜，已梦于胡澹庵未疏之先。浮生世事，自有前定，不可逃也。中唐骚人，莫不佐幕；盛宋真儒，皆能谈兵。射不穿札者，亦能制胜；修斋诵经者，非独无策耳。亲生我身而贡之君，君制我命而进退有义，战阵无勇，以为非孝，则男儿事亲，岂全在晨昏堂塾之间哉！朝廷于北狄，边圉谨严，主客形势，兵民利病，揣摩筹划，而补主帅之不逮，一面重责，君得自任矣。青油幕下，横槊吐虹，黄云塞上，解甲晏眠，使朝廷无北顾之忧。然后瓜时受代，归报倚门，翩翩彩衣，得苍颜之一破，可矣！吾观子伯风树余怀，恤恤乎苦无所适，而又有将母之谂，故序以告之。送李评事子伯胤赴平安兵营，赋《满江红》侑别。

画戟森在眼，正宜伟笔收拾。江山风土，奚囊里括。万里从军天有意，幢巾城上春云结。望白山黑水吊兴亡，诗几阕。　一盏酒，三年别。杨柳条，无情绿。对晚湖握手，西阳易夕。白日长安回首杳，先春岭上流遐瞩。记旧游朋伴隔暮云，空相忆。

金安国（1478—1543）

金安国，字国卿，号慕斋，义城（今属庆尚北道义城郡）人。七岁读书，至“孝哉闵子骞”一节，慨然自任。十三岁通经史，过目成诵。朝鲜燕山君九年（1503）中进士第一、生员试第一，考官以为一人不可兼魁，遂置生员第二。十年后中文科第二。仕途通显，官至左赞成。精研程朱理学，兼善天文、农学。曾出使明朝，购归《朱子大全》《伊洛渊源》诸书，喜赋诗云：“满载风光与霁月，东归应尤契人心。”屡掌文衡，致力于发现与培育人才。谥文敬，配享仁宗庙庭。其诗文不事浮华，不畏险韵。有《慕斋先生集》。存词三首，均见《慕斋先生集》卷七，虽为唱和之词，但能从宇宙意识的高度审视人生，故清旷超举，舒卷自如。

浣溪沙

次申参议光汉小词三首韵。题尹友衡衡之快分亭。

柳拥松遮是子庐。月升清夜影扶疏。主人邀客詑仙居。　宇宙一身无系着，白云舒卷任空虚。笑斟尊绿意何如。

虞美人

铿锵溪韵萦山麓。日奏瑶琴曲。小亭谁构此中间。得丧升沉何物、扰肠肝。　　披襟林下风来快。明月当檐挂。乌瓯新茗啜无多。清露三更、孤雁叫空过。

临江仙

世路浮名添白发，晚年收我天君。东华步步起青云。闲翁方独卧，长啸度朝曛。　　红白盈阶香送罚，年年醒醉三春。眼看尘事逐时新。一帘风雨闹，高枕伴幽人。

申光汉（1484—1555）

申光汉，字汉之，又字时晦，号企斋、骆峰、青城洞主，高灵（今属庆尚北道高灵郡）人。大文豪申叔舟之孙。幼年失怙，鞠养于父母之婢，年十八犹不知书，屡为奴仆讥笑，遂折节读书，学问猛进，文藻泉涌，不二年即大魁礼闱。久在经幄，极得宠爱。历任弘文馆大提学、艺文馆大提学、礼曹判书、左参赞、左赞成。曾因赵光祖之死而闲居十五年，一室图书，无所营求。及还朝，以相位典文衡，时论风从。七十岁上笺乞退。卒于家，谥文简。身长九尺，仪容甚伟，气醇质直，风采凝重，望之俨如泰山乔岳。但拙于行政，久居相位，而作为甚少。精研经史，尤留意经世致用之学。为文必以韩愈为范，沦涟荡潏，不求奇而自有奇趣。作诗宗杜甫、黄庭坚，气浑而雄，律赡而富，峻洁流走。著有《企斋集》。存词四十一首，见于《企斋集》《企斋别集》。其词多为迎送明使期间的唱和之作，能顺承明使原作的题材、格律、声韵，再推开一层，眼前之景打入内心之思，巧妙地融为一体，表现了儒者旷远湛然的澄明之境。而偶尔叙写闲情，流丽之中不时露出一丝谐趣，读来别具风味。

蝶恋花

次副使《蝶恋花》韵。残春风雨，用云冈《惜暮春》词。

楼头客子春心小。蝶恨花愁,草草都忘了。芳信不传云杳杳。美人谁与开孤笑。　　庭院沉沉春欲晓。万事思量,未见年还少。愁似缫车千绪绕。无端卷幔东风峭。

又

终朝庭院廉纤雨。帘外小桃,借问人何去。海上三山隔岛屿。瑶英识我归来思。　　芳草萋萋迷去路。无数云鸿,迩来飞不度。惆怅别愁难尽处。风花总是伤心树。

忆王孙

次韵

无端花絮晓随风。送尽春归我又东。雨后岚光翠欲浓。寄征鸿。家在山前万柳中。

菩萨蛮

次韵

若到晓钟春已过。春光此日伤兼暮。谁送断肠声。黄鹂知客情。　　山花娇靥湿。似带伤春泣。绿酒泻杯心。卷帘空抱琴。

谒金门

次韵

对花月。病后还抛旧药。忽忆去年垂柳陌。子规声未歇。　　千里残春孤客。愁见花红头白。不有小槽春酒滴。青衫那禁湿。

玉楼春

次韵

海棠含露胭脂湿。小雨霏微欺晚日。伤春人复卷帘看，目断萋萋芳草色。　　谁吹嘹亮江城笛。应惜风花飘锦席。金龟何处酒须赊,莫把菁华空枉掷。敝邦音调有异,不惯此作。然盛意不可虚负,录呈求教,伏希斤正。

玉楼春

次韵

来时浦柳未吹絮。归日山花皆落去。眼前人事却多违，黯黯离愁天易暮。　　逐妇鸠鸣初霁雨。蓟门迢递迷烟树。分明他日寄相思，水碧山青相送处。

蝶恋花

次正使《蝶恋花》韵。肃宁道中，和云冈《惜春词》。

锦绣山前逢细雨。送客黄鹂,似诉风光暮。白马翩翩归底处。骄嘶缓踏垂杨路。　　篱外幽花含夕露。粉蝶飞来,翅湿多情绪。娅姹何人门里语。去年崔子今归去。

又

残醉厌厌成小梦。胡蝶翩翩,飞绕闲花弄。觉后无端愁思重。匆匆却把年光送。　　又是暮春天气朗。杨柳吹绵,黄鸟交相哢。欲寄深情谁与控。蔷薇花映风帘动。

虞美人

闻莺有感

上林花落春将老。曾记一声晓。堪怜今日小山中。垂柳荫浓、啼罢又东风。　　绵蛮声里初回梦。并坐花纸重。眼前光景去年同。白发孤臣、唯恨酒尊空。

浣溪沙

快分亭长短句，为尹上舍作

采木为椽结草庐。柴门烟锁槿篱疏。个中云是主人居。　　笑傲孤亭真快分，夜深山月卷帘虚。有谁知道我何如。

虞美人

校生谣

鲁城从古弦歌地。时雨看方至。关雎不是咏周公。却到振振、谁使任斯功。　　琪花琼树蓬莱岛。曾掌丝纶草。东人何处保深仁。留与甘棠、长作召公春。

更漏子

寒夜吟

短檠明，寒夜永。独照白头衰境。眼花烂，书卷昏。有心谁与言。　　孤飞雁，鸣求侣。更向汀洲甚处。雪皎皎，月娟娟。空留忆戴船。

满江红

戏赠歌妓满园红。吾东方人，益斋外无作歌词者，试为之尔。

春满名园，是何处、西山南麓。正繁英初绽，嫩条新绿。一阵东风吹雨过，眼前芳意知谁属。出短篱、愁绝倩人看，开还落。　盈杯酒，红侵玉。傍江路，青遥续。惜世间聚散，乱人心曲。劝尔殷勤千万寿，那忍负此灯前约。怨别离、酸苦定何时，明朝隔。

长相思

花未开。笑未开。客思冥冥小雨来。重帘新燕回。　别瑶台。梦瑶台。凡骨仙姿自有才。凤凰那得媒。

念奴娇

抱州送春

边城春暮，更狂风急雨，客思撩乱。午醉微醺人欲睡，独掩杏花山馆。燕语檐间，烟霞梦觉，起拓斜窗半。雕阑倚处，触情景物难看。　离别能使销魂，韶华将去，挂长绳谁绊。花自飘零风亦摆，不道柔肠更断。芳信绵绵，明心炯炯，愿作联珠贯。那知异日，念兹都入眉攒。

夏初临

踯躅初残，黄梅才熟，客窗细雨毵毵。帘额低垂，营巢燕语呢喃。依稀梦到江南。赏青帘、丽日方酣。遽然吟倚，绿阴重阑，鬓发鬖鬖。　追欢人去，旧事悲凉，山长水渺，客思无堪。金尊绿酎，未成杯面轻添。见旧诗、衔在楣间，字漫难谙。带愁憨。

欲写芳笺，家在湘潭。吾东人鲜有作词者，益斋后，无复继者。仆久病无聊，忽承玉堂直学士辱示所制三词，且谓求正。此事古闻而今始见之，奉读再三，不觉沉痾去体。观其词意高古，格律森严，虽置古人作中，不多让焉，况敢有所评议耶？且其所赋，实皆先得病夫未道之怀。谨依来韵和之，此亦相长之意也。

南柯子

辞山后作

猿鹤愁长夜，风光待主人。空将白发首回频。何物浮名能绊、自由身。　　寂寞谁相赏，纷华竟胥沦。岩居一日拂尘中。学士碧山应许、更焚鱼。

鹧鸪天

秋夜

衰病关心事更多。不眠聊复整乌纱。静看虚幌风摇犀，时听疏梧月堕鸦。　　垂领发，亚枝花。萧骚烂熳对流霞。故园明日重阳会，三一招寻有几家。

武陵春

次季任公词韵

春晚骆峰人卧病，花落入房栊。白首频搔觅句慵。有信一帘风。　　没道连朝春雨好，庭院绿将浓。消尽芳菲别恨重。宁睡拥、锦衾红。

沈彦光（1487—1540）

沈彦光，字士炯，号渔村，三陟（今属江原道三陟市）人。朝鲜中宗八年（1513）登第，仕途显贵，历吏曹判书、工曹判书、右参赞。卒，谥文恭。著有《渔村集》。存词三首，俱见《渔村集》卷五。

满江红

寄南人，用叙苦怀。

参商两地，问谁遣、乍离乍合。长相思、白雪天南，黄云海北。半夜哀鸣何处雁。凭轩侧耳情无极。书幌守孤耿，一枕梦，三更月。　开寒窗，已明日。酒数行，泪数掬。信辔各分歧，怀抱脉脉。十步九顾南乡山，头陀螺髻供遐瞩。记香儿去时，夕阳淡，晴云白。

临江仙

柳暗花明三月尾，满园魏紫鞓红。春眠十里香云浓。幽怀谁共语，远目送归鸿。　离意瓓珊何所似，天孙河鼓西东。鹊桥七夕要相从。与君因未了，良晤属秋风。

郑球（1490—？）

郑球，字大鸣，号乖隐。东莱（今属釜山市）人。朝鲜中宗五年（1510）登第，历检阅、司谏。遭逢“己卯士祸”，遂隐居不出。著有《乖隐遗稿》。存词三十二首，分别见《乖隐遗稿》卷一、卷二。曾两度和陈与义《无住词》，尤其是《杂兴效陈简斋〈无住词〉十八首》，极见功力。

法驾导引

述怀

功名路，功名路，芹曝献吾君。炼石补天无五色，空回白首望卿云。叫阖谁能闻。

又

睡起

睡初觉，睡初觉，窗影竹阴摇。说与虎头描此景，恨无鲛客一端绡。午漏政迢迢。

又

遣兴

天漠漠，天漠漠，尘世几经秋。欲放渔船鸥鸟外，无心宦海泛虚舟。岁月水东流。

点绛唇

幽居

牢落幽居，终南山下汉江左。玄关深锁。莫使煎膏火。　　风月无边，嗒尔吾忘我。不知那。独吟无和。山矗芙蓉朵。

玉楼春

井华饮

皓月玲珑初出岭。幽人睡觉安心境。石窦活泉泼泼寒，波澜不起涵天影。　　欲取精华洗汤鼎。莫使人面先窥井。浇我清虚藜苋肠，蔗根佳处味方永。

虞美人

牡丹

浓熏臭味闻天香。国色称花王。自然富贵擅佳丽。芍药海棠靡靡、作舆卫。　　艳阳云日天如醉。妃子春方睡。风搔雨沐生新彩。须占繁华终始、镇长在。

临江仙

万年松

亭亭落落岁寒期，凛凛作丈人行。受命于天应独正。托根寒士家，羞与大夫竞。　　风霜摇落不关渠，劲节横空老哽。傲视秋冬肃杀柄。独能全大材，竟柱明堂政。

渔家傲

夕望

落景西郊澹欲收。暮云南岭聚还浮。半壁返照在树头。闪川流。昏鸦阵阵择栖投。　　乔木扶疏影倒摎。原陵渐没耿林丘。北岳佳气写客愁。更幽幽。茫茫天地几春秋。

清平乐

雨滴竹林

宿酲初醒。棐几午窗明。雨滴琅玕风打惊。唤起笙箫鹤翎。　　累累贯素珠鸣。铿铿掷地金声。默鼓天机时动，性情感发诗成。

定风波

独酌

春寒料峭砭人肌。亲煮圣人一中之。引子麻黄乌药并，橄榄，辛甜俊味总相宜。　吃尽三瓯通大道，醺感，龙钟病骨燥肠滋。陶铸一身天地了，独酌，风流莫遣俗儿知。

忆秦娥

芍药

春骀荡。数丛芍药东阶上。东阶上。繁华佳丽，可供幽赏。　绛纱素练随风飐。兴酣手拨床头酿。床头酿。一尊终日，细斟相向。

菩萨蛮

篱菊

三径黄花实已知。宿缘未尽一段奇。隐逸两相逢。金兰臭味同。　声利不吾累。风霜胡汝悴。九月发新萼。重阳寻旧约。

南柯子

纸帐

胧胧窗影度，稍稍日光窥。木枕蒲团病骨欹。防风遮冷黏悬、数幅垂。　恐妨虚白集，呼仆卷毋迟。却嫌夜气梏亡夷。欲将万束溪藤、昼亦披。

浣溪沙

终南山

几席轩窗作友朋。朝朝爽气郁层层。风流丘壑兴堪乘。　　恋恋襟怀同子美，岁寒心事到霜冰。穷通胡奈问无应。

南柯子

匣镜

鉴心非鉴貌,明古复明今。双凤孤鸾安足琛。空教红粉妆成、色尘侵。　　得失宜为戒，兴亡亦可监。金背表清还可钦。怕来偏照星星、白发添。

临江仙

逆水船

我将万斛龙骧舸，溯水浮江保天。渺渺邮程隔八千。曲曲悭滩碍，敢期利涉川。　　层层逆浪雷车掣，淹滞盘旋不前。弥弥漫漫鳌极边。遮莫徐徐棹，觇风欲借便。

临江仙

泛驾马

有马渥洼天骥种，龙膺虎脊权奇。卢胡踶啮脘羁靰。千金谁画债，不直病驽资。　　伯乐傥能烦一盼，价增倍倍如坻。朝刷昆仑暮燕岐。展渠追电足，群骏共驱驰。

临江仙

绝弦琴

峄顶梧桐材中用，偏沾雨露恩光。我怜斫付国工良。商量均尺度，制作一琴张。　世上顾无钟子耳，为谁鼓奏峨洋。阳春白雪谩铿锵。知音终莫待，弦绝匣中藏。

清平乐

绝弦琴管城子

强记多聪。文会日想从。系出神明物莫同。不惜拔毛策功。　九丘八索庞鸿。三谟二典雍容。嘉乃勋庸封赏，黑头作管城公。

浣溪沙

砚

万物生成尽在天。箕畴五福寿居先。圣人不觉恸颜渊。　即墨管城峣易缺，计年日月最可怜。渠伊与我钝俱坚。

申潜（1491—1554）

申潜，字元亮，号灵川子，高灵（今属庆尚北道高灵郡）人。朝鲜中宗八年（1513）中进士，历官艺文馆校阅、司饔院主簿、泰仁县监、杆城郡守、尚州牧使。其作品收入《高灵世稿续编》。存词二首，见《高灵世稿续编》卷二《冠山录》，皆为怀申淮（字清卿）的谑戏之作，流露出自家人特有的调侃与包容。

玉楼春

戏次清卿

楚台襄王沉不寤。十重金屏朝后暮。锦瑟泛弹楼月明，玉斝稳送阶花雨。　　人生少年能几时，世间离别令人老。细马争蹄相顾笑，挥鞭直入城东路。此首闻清卿抵洪州，得伎钟情，将别，不忍，仍载来于京，故戏之也。

又

丹心耿耿侣神寤。岂不有朝伤此暮。昔年朱阁宠生娇，今日深闺泪自雨。　　问君何事忘我多，玉颜每怨愁中老。湖西女儿虽妩媚，春情荡荡如歧路。此首戏清卿旧姬怨得新人而忘己也。

郑士龙（1491—1570）

郑士龙，字云卿，号湖荫，东莱（今属釜山市）人。朝鲜中宗七年（1512）别试文科，以丙科状元及第。两年后，赐暇读书。中宗十一年（1516），在文科重试中中状元。历任礼曹判书、工曹判书、大提学、判中枢府事。郑士龙在中宗时期曾两度出使明朝，留下了《朝天录》及《甲辰朝天录》。又曾参与迎送明使龚用卿（号云冈）一行，多所唱和，龚用卿还为其《湖阴杂稿》作序一篇。诗文造诣颇深，尤擅言律诗，与申光汉并称双璧。著有《湖阴杂稿》。存词八首，见《湖阴杂稿》卷三、卷五。其词多为应酬奉和之作，或风雅，或谐趣，均可见出其真性情。

南乡子

效龚云冈小词

春去大无情。几处香轮辗晚晴。帘幕受风花絮乱，轻轻。坐抚流年暗自惊。　梁燕垒初营。傍主呢喃意不平。牢落一番怀旧思，盈盈。分付佳人捻玉笙。

蝶恋花

惜春。作《蝶恋花》一阕，录奉松冈。

春序忙忙如过鸟。万点红飘，搅乱人多少。只遣狂风惊树杪。园林暗换清阴绕。　胜赏由来天所恼。我辈登临，安得随时了。独掩帘帷情悄悄。彩毫梦断啼莺晓。

蝶恋花

松冈见和，复迭前韵

无奈尽情花里鸟。啼送闲愁，意绪春偏少。把玩流光还属杪。香轮放辗青芜绕。　试着罗衣翻懊恼。剩得东阳，几许腰围了。默算浮生都悄悄。曲栏倚遍清钟晓。

点绛唇

效《点绛唇》，录奉松冈

深院萧萧，红稀绿暗俱无奈。晚来羸卧。高柳莺相和。　想见山居，无事诗为课。堪传播。愿书崖左。勿使游尘涴。

桃源忆故人

效秦淮海《桃源忆故人》小词

韶华如客暗中换。忙序令人堪惋。无赖百花撩乱。万点随风散。　空闺锁别深罗幔。音断玉关春半。莺燕不来谁伴。自倚瑶笙按。

踏莎行

过眼飞花，可人新绿。成功欲去趋功续。不堪孤闷饯春华，酒和愁阵婴新曲。　绣幕笙歌，金堤荡侠。属欢未觉年光促。豪家岂久得春偏，不如颜巷常知足。

李滉（1501—1570）

李滉，字景浩，又字季浩，号退溪、退陶，礼安（今属庆尚北道安东市）人。朝鲜中宗二十九年（1534）登第，历任大司成、艺文馆检阅、公州判官、功曹判书、礼曹判书、右赞成、大提学。厌倦朝廷纷争，多次以老病恳辞。致仕定居故乡，建书院，著书立说，作育人才。卒，谥文纯。在朱熹哲学的基础上，发展出至为影响深远的退溪学派，为儒学泰斗。著《退溪集》《心经释录》《四端七情论》等。存词三首，标示“和松冈乐府三首”，见《退溪别集》卷三，顺承赵士秀原作意趣，以诗为词，反映了极深厚的儒家修养和精湛的诗学功底。

武陵春

屋角鸠鸣春雨细，起晚倚窗栊。满目烟花一万重。好是几番风。　阵阵吹红香不断，庭院政薰浓。惆怅闲吟望远空。淡淡日斜红。

忆秦娥

逢佳节。楼台锦绣春三月。春三月。情亲远送，适秦归越。　　柳条攀尽离肠绝。征衫雨泪斑斑血。斑斑血。夜来天上，只看银阙。

点绛唇

春暮芳园，百红千紫珍禽韵。路长家远。缥缈愁情慢。　　绿草满庭，弱柳枝枝嫩。临觞晚。酒难消悯。此意凭谁问。

赵士秀（1502—1558）

赵士秀，字季任，号松冈，汉阳（今属首尔市）人。朝鲜中宗二十六年（1531）登第，累官至吏曹判书、户曹判书、工曹判书、知中枢府事、左参赞。曾任奏请使。卒，谥文贞。存词三首，均见李瀣《温溪先生遗稿》卷三。其词叙友情，抒离恨，旷怀澄迈，指出向上一路。

南乡子

把酒送君归。暮岳峻嶒雪路逶。莫向离筵歌一阕，含悲。不觉尊前暗泪垂。

又

玉漏永沉沉。恼念归人动孤吟。别酒欲冰心欲绝，知音。海内何人肯我寻。

西江月

浅酌难胜腊沍，深情可断荆金。白头何事谩伤神。日暮送君怀远。　　莫遣离弦柱促，便应儿女情多。相逢重会在何时。更待冰霜岁晏。

崔演（1503—1549）

崔演，字演之，号艮斋，江陵（今属江原道江陵市）人。朝鲜中宗二十年（1525）举司马两试，因擢第。由正字，迁检阅、典籍，旋入玉署。历任吏曹参判、兵曹参判、兵曹判书、知中枢府事。曾于明宗三年（1548）以冬至使赴燕京。以弟崔洵有才华，启请从行。还到龙湾，崔洵罹疾死，哭之伤神，次年二月卒于平壤馆舍。明宗震悼致祭，命官庀丧事，谥文襄。善诗文，中宗爱之，言其人有“英烈振凌云气”、其文“腾掷地材”，号“文章大手笔”。著有《艮斋集》。存词三十七首，分别见《艮斋集》卷二、卷六。以《巫山一段云》吟咏集胜亭十景、迎春堂八景、新都八景，萃取中、韩名家名句而成，处处争胜夺艳，而随文注释，一一点明出处，挥洒自如，绝无掉书袋的迂腐气。

巫山一段云

题集胜亭十咏

郡城晓角

纤月依林落，老杜诗："风林纤月落，荒鸡报晓催。"荒鸡报晓催。《晋书》："祖逖中夜闻荒鸡鸣，蹴刘琨觉，日：'此非恶声也。'因起舞。"王维诗："绛帻鸡人报晓筹。"江城画角数声来。老杜诗："鼓角动江城。"又："城阙秋生画角哀。"又，戎昱诗："楼上画角哀。"杜牧之《雁》诗："长门灯暗数声来。"孤枕梦初回。杜牧之诗："酒醒孤枕雁来初。"陆放翁诗："梦回一灯翳复明。"《韵海诗料》："关山忆梦回。" 远引风传急，唐人诗："风引漏声来枕上。"相和雁叫哀。老杜《闻笛》诗："风飘律吕相和切。"王荆公诗："寒塞霜浓候雁哀。"山斋早起碧窗开。《韵海》："寒气肃山斋。"老杜诗："春来常早起。"又："碧窗宿雾蒙蒙湿。"寒日上高台。韩文公诗："杲杲寒日生于东。"《韵海诗料》："乘月醉高台。"

又

山寺暮钟

远树秋容淡，古《选》诗："斜阳森远树。"《韵海诗料》："一雨洗秋容。"又："烟雨带秋容。"韩魏公诗："莫言老圃秋容淡。"遥岑暮色浓。韩文公诗："遥岑出寸碧。"后村诗："暮色苍然上野台。"招提隐隐万云重。释书："招提，菩萨，皆古佛号。故寺称招提。"老杜诗："已从招提游，更宿招提境。"宋人诗："云中隐隐见柴扃。"《韵海诗料》："高与乱云重。"鲸吼隔林钟。《文选·东都赋》："发鲸音，撞华钟。"王荆公诗："好风遥送隔林钟。" 夜静摇残月，东坡诗："夜静无风势转严。"李齐贤《烟寺暮钟》诗："摇月传空谷。"风飘度乱峰。白乐天诗："仙乐风飘处处闻。"李齐贤诗："随风度远峰。"寻僧准拟谢尘踪。老杜诗："春来准拟开怀久。"《韵海诗料》："羸牛步步踏尘踪。"莲社倘相从。晋义熙中，远公与十八贤同修净土，号白莲社。远师以书招渊明，渊明攒眉而去。《韵海诗料》："白云半亩镇相从。"

又

远林白烟

万井迷桑柘，李郎诗：“春风掩映千门柳，晓色凄凉万井烟。”谢朓诗：“桑柘起寒烟。”唐人诗：“一村桑柘一村雨。”《诗学大成·烟诗》：“桑柘凝寒色，松篁暗晚辉。”千村接树林。老杜诗：“千村万落生荆杞。”东坡诗：“树林幽翠满山谷。”白烟溶曳半晴阴。《诗学大成》：“溶曳笼江月。”欧阳公诗：“秋色半晴阴。”云壑窈而深。韩文公《盘谷序》：“窈而深，廓其有容。” 素练笼寒水，唐人诗：“山下晴烟匹练横。”老杜诗：“素练风霜起。”杜牧之诗：“烟笼寒水月笼沙。”《诗学大成》：“翠色笼寒浦。”轻绡罩远岑。《韵海诗料》：“出岫曳轻绡。”又，《烟》诗：“一幕似轻绡。”《诗学大成·烟诗》：“连绵罩远村。”又：“连村无远近，罩树有高低。”倚楼吟住日初沉。杜牧之诗：“何人为倚东楼住。”老杜诗：“山迥日初沉。”分暝失栖禽。王荆公诗：“岭云分暝与黄昏。”《诗学大成》：“向晚岳阳楼上望，长空无处认栖禽。”

又

长桥落照

远树衔红日，《诗学大成·斜阳诗》：“红影数分归远树。”又：“残影半含山。”李太白诗：“青山犹含半边日。”晴烟护白沙。《韵海诗料》：“风暖扫晴烟。”老杜诗：“白沙翠竹江村暮。”又：“龙堆隐白沙。”垂虹百尺卧江波。王荆公《垂虹桥》诗：“荧煌丹砂柱，璀璨黄金壁。”杜牧之赋：“长桥卧波，未云何龙。复道行空，不霁何虹。”苏舜钦诗：“水面沉沉卧彩虹。”《诗学大成》：“彩虹卧江流。”又：“虹腰宛转三百尺。”金柱界天斜。窦庠诗：“落照金成柱。”《成都记》：“相如过升仙桥，题柱。”王荆公诗：“暮霞随日界天斜。” 片影随蒲席，《诗学大成》：“片影随孤鹜。舟人编蒲席，为帆以泛风。”东坡诗：“来趁西风十幅蒲。”僧本粹诗：“数幅蒲帆破晓烟。”余辉带绮霞。东坡诗：“欲将诗句绊余辉。”《诗学大成·斜阳诗》：“余辉带落霞。”谢朓诗：“余霞散成绮。”林间闪闪数归鸦。老杜诗：“昏鸦已满林。”《诗学大成》：“林静归鸦晚。”《韵海诗料》：“林间残照聚归鸦。”王荆公诗：“鸦闪斜阳金背光。”王申之诗：“细数归鸦定暮春。”渔唱隔芦花。《诗学大成》：“晚来渔唱外，孤鹜伴霞飞。”韩宗愈诗：“十里平湖细雨过，一声长笛隔芦花。”

又

堂洞春花

迟日熏杨柳，《诗》："春日迟迟。"老杜诗："迟日江山丽。"陈简斋诗："暖日熏杨柳，浓春醉海棠。"条风动草莱。《史·律书》："条风，东北风也，言条治万物而出之。"王荆公诗："荣观流转动草莱。"桃源洞里百花开。晋大元中，武陵渔人溪行，忽逢桃花，林穷水尽，得一山。从小口入，行数十步，土地平旷。韩文公《桃源》诗："种桃处处惟开花，川原远近蒸红霞。"《韵海诗料》："春风任放百花开。"红紫锦千堆。韩文公诗："百般红紫斗芳菲。"《诗学大成》："红紫夸春态。"东坡《惜花》诗："吉祥寺中锦千堆。"不数河阳满，晋潘岳为河阳令，种桃李一县。人曰："河阳满县花。"《韵海诗料》："空看河阳满县花。"宁须羯鼓催。唐明皇取羯鼓，临轩纵击催花，曲名《春光好》。回顾柳杏皆发，笑曰："不唤我作天公，可乎？"蔡蒙斋诗："不用唐宫羯鼓催。"寻芳莫待委黄埃。杜牧之诗："自恨寻芳到已晚。"韩文公《李花》诗："力携一尊独就醉，不忍虚掷委黄埃。"留与好含杯。李白诗："山花向我笑，正好含杯时。"老杜诗："生前相遇且含杯。"《韵海诗料》："花下共含杯。"

又

鹤峰秋月

云淡星流火，孟浩然诗："微云淡河汉。"程伯淳诗："云淡风轻近午天。"《诗》："七月流火。"陈羽诗："碧空云尽火星流。"虹销雨洗秋。王勃《滕王阁序》："虹销雨霁。"韩文公诗："长安雨洗新秋出。"《韵海诗料》："翻看清露洗新秋。"扬辉清月上峰头。渊明诗："秋月扬明辉。"韩文公诗："清月出岭光入扉。"吴融诗："攀缘应上玉峰头。"桂影入帘钩。《酉阳杂俎》："月中有桂，高五百丈。"又云："月中蟾桂，地影也。空处，水影也。"《韵海诗料》："山月入帘钩。"陈简斋诗："桂影婆娑入帘钩。"彩彻三千界，王勃《滕王阁序》："彩彻云衢。"《诗学大成》："月明银色三千界。"梅月堂《月》诗："皎洁三千界。"光生十二楼。李太白诗："天上白玉京，十二楼五城。"《诗学大成·月诗》："人醉金风十二楼。"梅月堂《月》诗："婵娟十二楼。"会须携饮酒添筹。乐天诗："花枝当酒筹。"《诗学大成·月诗》："琼楼置酒剩添筹。"不用忆吴州。李太白诗："吴州如见月，千里幸相思。”

又

芦浦牧笛

野润烟光腻，老杜诗：“野润烟光薄，沙暄日色迟。”李太白诗：“烟光草色俱氤氛。”杜牧之《阿房宫赋》：“渭流涨腻。”风暄草色柔。王荆公诗：“陌上风暄草自熏。”韩文公诗：“草色遥看近却无。”陈简斋诗：“雨足郊原草木柔。”牧童横笛立芳洲。王秋江《牧童》诗：“短笛横吹牛倒骑。”《诗学大成》：“横笛声高下，归鞭影短长。”又：“横笛倒骑牛。”老杜诗：“杖藜徐步立芳洲。”声断暮江头。郭功甫诗：“鸟飞不尽暮天碧，渔歌声断芦花风。”老杜诗：“肠断春江欲尽头。”缓响连樵唱，魏野诗：“一曲樵歌声缓缓。”柳子厚诗：“野迥樵唱来。”余音答棹讴。东坡《赤壁赋》：“余音袅袅，不绝如缕。”曾南丰诗：“鸣弦叹余音。”老杜诗：“三杯歌棹讴。”《韵海诗料》：“波心发棹讴。”又诗：“远听棹郎讴。”归来牛背稳于舟。东坡诗：“我昔在田间，但知羊与牛。川平牛背稳，如驾万斛舟。”《诗学大成》：“牛背稳于舟。”王荆公诗：“日斜睡足黄牛背，不信人间有广舆。”返照在林丘。《初学记》：“日西落光返照，谓之返影，亦日返照。”老杜诗：“孤城返照红将敛。”又：“返照入江翻石壁。”又：“石门斜日到林丘。”

又

箭滩渔火

瞑色来山径，老杜诗：“瞑色延山径，高斋次水门。”寇国宝诗：“夕阳瞑色来千里，人语鸡声共一丘。”《孟子》：“山径之蹊间。”溪光动野扃。唐人诗：“溪光山色淡如烟。”老杜诗：“寒江动夜扉。”渔灯数点雨中青。《韵海》：“江远照渔灯。”又：“渔舟数点灯。”又：“数点水中星。”《诗学大成·渔灯诗》：“雨中光不灭。”又：“风雪一灯青。”闪烁讶流星。《诗学大成》：“闪烁光天际。”韩文公诗：“渔火灿星点。”黄山谷诗：“突如流星过。”《诗学大成·渔灯诗》：“荧煌疑腐草，来往讶流星。”浪飐看难定，《韵府》：“飐，职琰切，动也。”柳子厚诗：“惊风乱飐芙蓉水。”东坡诗：“青荧灭没转山前，浪飐风回岂复坚。”韩文公诗：“迷魂乱眼看不定。”风回影不停。风回，见上注。《诗学大成》：“倏烁影难停。”一声羌笛夜深听。赵嘏诗:“长笛一声人倚楼。”郑谷诗:“一声羌笛离亭晚。”注:“羌笛,胡人所吹之笛,三孔也。”宋人诗:“萧萧偏向夜深听。”惊雁起寒汀。王荆公诗:“一双新雁下寒汀。”

又

北山行雨

土润先流础,《礼记·月令》:“建未之月,土润溽暑,大雨时行。”《淮南子》:“山云蒸,柱础润,皆将雨之侯也。”东坡《雨》诗:“重云凄以合,微润先流础。”鸠鸣正熟梅。黄山谷诗:“晴鸠更唤雨鸠归。”《诗学大成·鸠诗》:“欲知云脚雨,先向屋头鸣。”《韵海诗料》:“鸣鸠唤雨来。”《风土记》:“今江湘、两浙四五月间,梅欲黄落,则水润土溽,柱础皆汗,蒸郁成雨,谓之‘梅雨’。三月谓‘迎梅’,五月谓‘送梅’。”老杜诗:“南京犀浦道,五月熟黄梅。湛湛长江去,冥冥细雨来。”顽云泼墨密难开。东坡《雨》诗:“满座顽云泼不开。”《诗学大成》:“泼墨浓云四望遮。”老杜《雨》诗:“茅茨疏易湿,云雾密难开。”飞雨度山来。东坡《暴雨》诗:“天外黑风吹海立,浙东飞雨过江来。” 光助施鞭电,韩文公诗:“雷电助光怪,气像难比侔。”《淮南子·诗》:“雷以电为鞭。”扬雄赋:“霹雳列缺,吐火施鞭。”司马温公《骤雨》诗:“雷公推车电施鞭,飞腾九泽舞百川。”《诗学大成》:“蛇掣电鞭明户牖,鳌喧雷鼓撼乾坤。”又:“云间列缺正施鞭。”威加失箸雷。汉高祖《大风歌》:“威加四海兮归故乡。”《三国志》:“蜀先主方食,忽雷震,失匕、箸,曰:‘一震之威,乃至此。’”东坡诗:“无限人间失箸人。”吟边心眼觉增恢。《韵海诗料》:“东风吹落在吟边。”陆放翁《望雨》诗:“那知先生狂,自倚心眼大。”知为好诗催。老杜诗:“片云头上黑,应是雨催诗。”《韵海诗料》:“片云知是急催诗。”陈简斋《雨》诗:“忽觉好诗生眼底。”

又

南川飞雪

天黑云容惨,老杜诗:“秋天漠漠向昏黑。”东坡诗:“竹坡雁起天为黑。”杜牧之诗:“云容水态还堪赏。”《韵海诗料》:“阴破冻云容。”又:“寒烟半惨容。”李齐贤《雪》诗:“风紧云容惨。”风严泽腹凝。《韵海诗料》:“刮面塞风严。”《礼记·月令》:“十二月,水泽腹坚。”《韵海诗料》:“风严泽腹凝。”又:“冰凝泽腹坚。”又:“冰泽腹初坚。”萦丛惹砌雪崩腾。秦韬玉《雪》诗：“惹砌任他妆粉似，素丛自学小梅娇。”韩文公《雪》诗：“崩腾相排拶。”王荆公诗：“江风吹浪雪崩腾。”粉屑满沟塍。李奎报《雪》诗：“痴女误疑筛粉屑。”王荆公诗：“旅生犹可暗沟塍。”《韵海诗料》：“暗溜满沟塍。”《韵府》：“塍，稻畦也。”　　浩荡银千界，韩文公《雪》诗：“浩荡乾坤合。”宋望之《雪》诗：“天地变成银世界。”《诗学大成》：“月明银色三千界。”模糊玉百层。白乐天《雪》诗：“平明山雪白模糊。”东坡《雪》诗：“模糊桧顶独多情。”王荆公《雪》诗：“十二楼台玉作层。”宋人《雪》诗：“天入虚楼倚百层。”三更报霁彩蟾升。东坡《雪》诗：“寒更报新霁，皎月悬半破。”李齐贤《雪》诗：“三更霁色送银蟾。”李商隐诗：“月姊曾闻下彩蟾。”注：“蟾，月中蟾蜍也。”剡棹兴堪乘。《晋史》：“王子猷居山阴，雪夜独命酌，因咏《招隐诗》，忽忆戴逵，便乘小舟，访之于剡溪，造门而返。或问之，对曰：‘乘兴而来，兴尽而返，何必见戴安道耶？’”老杜诗：“山阴夜雪兴难乘。”又：“东行万里堪乘兴。”又：“须向山阴上小舟。”

南柯子

离词，赠朴通礼忠元书状之行。

地到龙湾尽，天从鹤野连。辽阳西去路三千。访古离乡、初赋远游篇。　　渭舍霏朝雨，荆门起暮烟。临分搔首意茫然。却羡君行、先我着归鞭。余以冬至使将赴燕京，故末句及之。

忆秦娥

离词一阕，奉送朴昌邦佑令公完山之行。

南阳父。牛刀暂试完山府。完山府。湖南巨镇，没头文簿。　　穷冬风色萧萧暮。驱车遥向天涯路。天涯路。淡烟衰草，暮雨春树。

临江仙

雪。次远接使苏公三清诗韵香奁

黯黯江云初酿雪，银山玉界迷茫。艳歌一曲唱春阳。高堂生暖热，纤手撑瑶肠。　　缥缈三山银作阙，皑皑霁色连空。拥衾端坐小窗中。朝阳生眼缬，酒晕入颜红。

虞美人

月

琴弦未断肠先断,皓月明天汉。停弹搔首倚琼楼。千里吴州、相忆倍悠悠。　　征鸿叫月三声送。锦瑟临风弄。关山几处照人明。脉脉相思、无寐觉魂清。

玉楼春

梅

相思渺渺江南月。玉笛声高搔绿发。巡檐索笑揽长条，欲寄郎君愁正绝。　　孤标自与群芳别。雪月知心同净洁。相思一夜揽琼葩，为折南枝传玉札。

金麟厚（1510—1560）

金麟厚，字厚之，号河西，蔚山（今蔚山市）人。朝鲜中宗三十五年（1540）登第，历正字、博士、副修撰。遭逢乙巳士祸，称病归乡，潜研性理学。卒，谥文靖。著有《河西先生全集》。存词一首，见《河西先生全集》卷四。其词巧妙调动《诗经·鲁颂·泮水》的语汇，加以组合，另立命意，切合洪昰学官身份。

满江红

赠洪太虚县

湖海风流，洪太虚、一年踪迹。聊命驾、芹宫伴侣，玉堂僚属。秋日虚檐仍半暖，深尊大嚼开瑶席。更流传、丽藻借江山，留春色。　过里闬，临阡陌。谈往事，聊终夕。奈尊前见在，镜中非昔。两鬓虽惭烟树绿，双眸不减寒潭碧。几梅花夜月，每年年，怀嘉客。

黄俊良（1517—1563）

黄俊良，字仲举，号锦溪，平海（今属庆尚北道蔚珍郡）人。李退溪弟子。幼有异质，夙解文字，以“奇童”“神童”称。年十八，就试南省，考官击节称赏，由是每试辄在前列。朝鲜中宗三十二年（1537）中生员，越一年廷试，直赴会试，再二年以乙科第二人及第。权知成均馆学谕，调星州训导。此后，仕途畅达，累官至户曹佐郎、持平、新宁县监、丹阳郡守、星州牧使。牧星四年，政声卓著。以病革辞官归家，惜未及到家，卒于醴泉县驿。有《锦溪集》。存词十二首，均见《锦溪集外集》卷二。

蝶恋花

别后，又承天章俘问，寄谢。

山叠云深愁渺渺。关岭相思，咫尺令人老。握手传杯成一笑。天鸡忽报荒村晓。　风雪离怀江渭杳。目断魂销，自恨知音少。世事牵人须却扫。阻池丽景吟青草。

又

两地江山分楚越。客里风光,又逼青春节。郡阁闭门天欲雪。一行云篆舒愁结。　　日下天南成远别。缥缈音尘,各怪添华发。聚散匆匆欢电掣。谪仙谩忆吴州月。

巫山一段云

集胜亭十咏。次崔东原演，乃安上舍承宗亭。

郡城晓角

万落鸡鸣早,千山曙色催。江城画角逐风来。星汉正昭回。　　悲壮声非恶，和平听不哀。满怀幽兴拨难开。一啸上高台。

又

烟寺晚钟

乱岫高还下，青烟淡又浓。幽林绝壑拥千重。谁报夕阳钟。　　雷动惊残梦,风传度远峰。寻声祇社拟投踪。云径杳难从。

又

远林白烟

野色来虚阁，春光上远林。烟村十里弄轻阴。白气望中深。　　风引分千片,云和失半岑。画栏吟立意沉沉。飞割见归禽。

又

鸡桥落照

碧草眠晴野，长虹卧浅沙。溪风猎猎漾金波。红日半天斜。　　隐映连青霭，苍茫斗紫霞。谁挥彩笔落栖鸦。望眼欲生花。

又

堂洞春花

暖气回穷谷，和风振槁莱。妆林红紫照天开。烂熳锦成堆。　　芳信三春丽，神功一雨催。直愁衰谢散飞埃。留赏倒千杯。

又

鹤峰秋月

天豁孤亭夜，风高一雁秋。满规蟾彩涌岑头。珠箔为悬钩。　　佛氏迷银界，仙曹认玉楼。戏将杯酒当诗筹。惊鹭起沙洲。

又

芦浦牧笛

烟暖芦芽短，春香细草柔。短童横笛过前洲。泥足挂牛头。　　解唤诗翁梦，相和采女讴。世涛翻覆善沉舟。乐子老林丘。

又

箭滩渔火

山雨朝仍急，风窗夜不扃。渔灯散焰远荧青。天水混明星。　　金柱光争倒，红云影暂停。喧嚣人语隔林听。巨鲤跃沙汀。

又

北山行雨

浓翠阴垂柳，轻黄实着梅。远山衔日半边开。白雨过江来。　　膏润千畦稻，声轰一笑雷。此间诗界正恢恢。不待片云催。

又

江天暮雪

垂地寒云冻，连江积缟凝。漫空玉屑乱崩腾，填壑更盈塍。　　狡兔迷三窟，银山耸百层。夜窗还讶曙光外，诗兴正来乘。

宋寅（1517—1584）

宋寅，字明仲，号颐庵，砺良（今属全罗北道益山市）人。朝鲜中宗的驸马，官都总管，封砺原君。卒，谥文端。受儒学世家熏陶，幼习朱子之书，天资英秀，学问醇笃，游于词艺，而不专工，聊以寓意。所作诗文谈理铺事，简洁明了，写景抒怀，深靖闲雅，皆为有德之言、治世之音。著有《颐庵先生遗稿》。存词二首，见《颐庵先生遗稿》卷二歌词。其词均为题故妓上林春诗卷的歌词。小序交代原委，清晰明白，故发为歌词，专意刻画其身后名，构思巧妙，想象奇特。

踏莎行

题故妓上林春诗卷歌词二首（并序）

上林春，琴妓也，以国手称。少时为三魁申参判从护所眷，公尝有诗云：“第五桥头烟柳斜，晚来风日转清和。缃帘十二人如玉，青琐词臣信马过。”盖春居在广通桥傍也。及春之暮年，湖阴郑相公每吟此诗而加怜焉，为作图而留咏。一时斯文诸老，无不属和，遂成巨轴。春死而其女巫山云能传厥业。又宝此轴，求续题于搢绅间，间以示余。兹敢效颦云。

名擅梨园，才倾法部。上林物色人争睹。云从御畔广通桥，鸣琴白昼常扃户。　　翰苑推豪，青楼作主。三魁风致谁能伍。一时华藻写闲情，宁知好事还摹取。

南柯子

大手初留句,诸公继有题。美名高价更谁齐。笑杀湓江商妇、老空啼。　　玉轸今寥落，香奁亦惨凄。可怜兹卷竟提携。为报渠家传宝、当珠犀。

吴守盈（1521—1606）

吴守盈，字谦仲，号春塘，高敞（今属全罗北道高敞郡）人。朝鲜明宗十年（1555）中进士，官至龙蛟卫副护军。著有《春塘集》。存词六首，分别见《春塘集》卷一、卷三。其词多抒写文人闲雅意趣，句法平稳，词境放旷澹泊。

虞美人

遣兴

春日寒多霜雪重。闷见花枝冻。小堂冷落酒杯空。可惜衰颜、日减旧时红。　　荒凉三径人踪扫。其奈知音少。只将口业不停吟。寂寞平生、谁慰老人心。

临江仙

遣兴

朝把陈编寻古事，老人不废吟哦。暮年添得鬓双皤。丰凶在明月，矫首望姮娥。　　雪霁今朝风日暖，梅花欲动阳坡。故园光景渐多多。年衰才力乏，诗句愧阴何。

奇大升（1527—1572）

奇大升，字明彦，号高峰、存斋，幸州（今属京畿道高阳市）人。七岁习《论语》，知正坐诵读，渐通经史。朝鲜明宗十三年（1558）中文科乙科第一。历任弘文馆应教、司宪府执义、承政院承旨、工曹参议、成均馆大司成、副提学、大司谏等。潜研儒学，三十一岁时编《朱子文录》成，耸动士林。次年，拜师李滉，而李滉视为畏友，终生不以弟子待之。二人围绕“四端七情”展开的讨论，开启了朝鲜三百余年的“四七论争”，极大推进了朝鲜儒学的发展。曾撰写“宗系辩诬”奏文，明廷最终在《会典》中纠正了有关李成桂宗系的记述，咸以为其功甚伟，追授光国功臣三等。擅文学、书法。著《高峰集》。存词一首，见《高峰续集》卷一。其词一如其为人为诗的风格，志向高迈，爽劲刚果，纯是儒者性情。

满江红

遣兴

海邦雄观，大欲借、子虚乌有。尽记得、江横清丽，岫苞深秀。文物焕彬看在此，人烟繁庶浑如旧。哂吾侪、狂态不须嫌，谈天口。　　腰鼓裂，华钟吼。诗满纸，尊盈酒。侑儒仙□□，徘徊良久。幽趣未输箕颍下，高才肯堕韩欧后。想龙湾、掩映送将归，瞻马首。

权好文（1532—1587）

权好文，字章仲，号松岩，安东（今属庆尚北道安东市）人。朝鲜明宗十六年（1561）进士及第。绝意仕途，筑无闷斋于青城山麓，以读书作诗文自娱，道德日进，是中宗、宣祖年间公认的大学者。柳成龙、金诚一等南人领袖为之延誉，一时间从学者甚众。于诗别有心会，曾首创《独乐八曲》《闲居十八曲》等乐歌，影响深远。著有《松岩集》。存词三首，见《松岩集》卷四。其词均系追和宋人陈与义词之作，兴来微吟，触手成春，清旷可喜。

法驾导引

效《无住词》，戏具舍人。

西归去，西归去，一叶汉江舟。万里飘飘身不系，烟波点点旧沙鸥。睡月几芳洲。

又

凤城雨，凤城雨，取次百花明。豪竹鸣丝五陵酒，寻芳几处荡春情。客梦故山青。

又

春寂寂，春寂寂，众绿满园林。一笑归来搔白首，落花芳草去年心。黄鸟是知音。

丁希孟（1536—1596）

丁希孟，字浩然，号孤山，灵光（今属全罗南道灵光郡）人。

擅诗文，于朝鲜“赤壁文学”建构作出巨大贡献，其“赤壁之游，使无子瞻之赋，则赤壁不过高山大江而已”数语，深契人心，咸以为“不二法言”。壬辰倭乱期间，组织民军抗击倭寇，英名远播。著《善养亭文集》。存词八首，见《善养亭文集》卷二，以《巫山一段云》词牌吟咏龙山精舍，起句便是“百世先生”“千年处士”，春明景和，一派粹然儒者之风。

巫山一段云

龙山精舍八景。长短四律。

宅边柳

百世先生宅，千年处士家。三三五五散交柯。黄鸟送清歌。　仿佛隋堤岸，依稀锦里坡。苔矶一片影横斜。渔父弄清波。

又

篱下菊

十丈园中北，短疏篱下东。妍妍黄蕊笑秋风。但恨酒尊空。　瞻望白衣断，芳菲花影重。掇英清兴浩无穷。正与古人同。

又

窗外蕉

条似金莲壮，叶如凤尾长。新心未展花封香。何事此中藏。　萧瑟风声乱，玲珑雨脚忙。幽人对此意清凉。愁杀露为霜。

又

泉底芹

膴膴泥方滑，涓涓泉始流。春深芳菜已盈畴。言采拟珍羞。　酒把肴云美，饭时羹亦休。献君情语赏堪酬。莫道误痴俦。

又

井上桐

花发东君去，叶飘秋节回。幽翁直待凤凰来。嗒据几徘徊。　缺月枝端挂，清阴井底堆。孙枝一夕雨风摧。收拾拟琴材。

又

轩前梅

花绕南轩上，枝横西涧边。寻芳何必到山前。把酒倚栏眠。　风动清香发，月移疏影传。胸中洒落绝尘缘。长啸看霜天。

又

园中栗

天末商飙起，园中栗树秋。淡黄轻绿暗相浮。扶杖任遨游。　虬舛随风落，金丸逐日收。身安此外更何求。吾亦不贫忧。

又

屋后松

瀰瀰门前水，青青屋后松。清溪碧岭在西东。人卧画图中。　苍翠凌霜雪，罗森捍雨风。千年佳气郁葱葱。保障永无穷。

金圻（1547—1603）

金圻，字止叔，号北厓，光山（今属光州市光山区）人。隐逸山林，潜研学问。后以遗贤举荐斋郎，诣阙谢恩，不就。著有《北厓集》。存词二首，见《北厓集》卷一。其词抒发山林放逸情怀，一派光风霁月，读来如乘清风飘举欲仙之感。

巫山一段云

朴渊瀑布

日照群峰秀，云蒸一洞深。人言玉辇昔登临。盘石在潭心。　白练飞千尺，青铜彻万寻。月明笙鹤下遥岑。吹送水龙吟。

武陵春

寄呈同志

有美一人山外隔，心爱几时忘。望断云林意渺茫。何日叙暄凉。　万紫千红方烂熳，斗酒政熏香。青眼何妨会此堂。永夕好徜徉。

林悌（1549—1587）

林悌，字子顺，号白湖、谦斋、枫江、啸痴，罗州（今全罗北道罗州市）人。直提学林千龄之子，成浑门人。天才豪纵，日诵经史千言。朝鲜宣祖九年（1576），以献《荡荫赋》《留犊诗》，擢进士第三。次年，登文科第二。因跅弛不群，又不肯卑事上官，故仕途不显，仅官礼曹正郎兼史局知制教。家世弓刀，喜谈豪侠，曾以高山道察访出北关，又为西北道兵马评事关西都事，得尝夙愿一二。又登临作诗，痴迷创作小说。著有《白湖集》。存词二首，见《白湖集》卷三。与其诗创作一致，名山大川，尽收词中，出以奔放豪逸，绝无小儿女娇娆声口。

忆秦娥

乡心绝。乌貂弊尽关山雪。关山雪。寒生翠幕，塞笳声咽。　　玉炉香灺残宵彻。瑶池路阻人伤别。人伤别。琴徽尘满，驿楼明月。

巫山一段云

古塞人千里，交河月一眉。羁愁无限梦来迟。虫语转堪悲。　　楚峡惊心雨，蓬山宿世期。风流随处买生离。肠断更尤谁。

洪迪（1549—1591）

洪迪，字太古，号养斋、荷衣子，南阳（今属京畿道南阳市）人。名贤洪仁祐之子。幼聪颖，酷爱读书。朝鲜明宗十五年（1560）中进士。往岭南受业于李退溪、卢苏斋之门。朝鲜宣祖五年（1572）擢文科别举。甫一拆卷，考官皆相贺得人。久在弘文馆，论思文翰，绰有余裕，人称“学士全才”。而恬静自守，一室琴书，啸吟其中，都无一点尘土之色。敬爱贤能，凡闻名人、硕士之亡，必素食一日。著有《荷衣遗稿》。存词二首，见《荷衣遗稿》。其词语典意古，造境澹雅，近乎陶渊明、孟浩然诗境。

鹧鸪天

麦秋词

野陇缘山一望长。盈场宿麦远茫茫。风吹夕浪连村涨，雨过平田几处黄。　　秋大熟，岁占祥。一家犹得免饥荒。丁宁为报邻翁道，社酒成来幸共尝。

念奴娇

北窗清风

夜半谁移泽里山，且看神州沉陆。归来独卧北窗下，犹是晋家日月。清风徐来，葛巾高岸，萧萧吹白发。可笑此翁，心事世人谁识。　　不厌开襟，终夕微凉，满面幽怀更清绝。自谓羲皇以上客，□傲视尘中物。五柳阴阴，三径寂寂，生涯此亦足。风声远激，百岁懦夫犹立。

李淑媛（1550？—1600？）

李淑媛，玉川郡守李逢庶女，赵瑗副室，自号玉峰主人。能诗文，著有《玉峰集》。其诗作曾入选《明诗综》《列朝诗集》《名媛诗归》，颇得明清诗家欣赏。存词三首，见《玉峰集》。其词以闺中人之眼，观眼前之景，透出无限心事，柔曼细腻，的是女子本色。

醉桃源

碧潭旧业

秋千深处是谁家。红楼垂柳处遮。一帘香雨锁秋花。虚堂闻落钗。　　凝望处，驻香车。愁思绕窗纱。写他闲恨入琵琶。惊飞鹳影斜。

忆秦娥

春渐老。轻易翠幕兰风好。兰风好。纱窗窈窕，柳浪莺啼晓。　　屏山寂寞炉烟袅。露华颗颗凝芳草。凝芳草。海棠睡觉，依旧迎人笑。

许篈（1551—1588）

许篈，字美叔，号荷谷，阳川（今属首尔市阳川区）人。大文豪许晔次子，名相柳希春门人。承阳川许氏三百年来家学渊源，幼通经史，知属文。二十二岁登第，授艺文馆检阅。二十四岁拜礼曹佐郎，随即作为书状官出使明廷，与中国士大夫论学。升弘文馆修撰，历吏曹佐郎、承文院校检、议政府检详，转司宪府掌令，移弘文馆应教兼艺文馆应教，升掌令，授司谏院执义等官。因论事遭斥，降为昌原府使，又“命流甲山”，卒于金化。一斥而不振，咸以柳州之流惜之。豪于诗文，初学苏轼，后学李白，典实稳熟，时有天仙之语。著有《荷谷先生文集》《仪礼删注》《读易管见》《朝天纪》等。存词二首，见《荷谷先生文集》。其词所写皆是哀景，白头老妓，烛夜寒梅，怅惘无限。

浣溪沙

赠老琴妓

斜日江村罢钓归。晚莺低拂绿烟丝。凤琴哀怨落花时。　　弹作白头无处诉，梦啼红泪为谁垂。人间何独楚臣悲。

女冠子

龙潭鹤洞。白首归来如梦。正春风。瑞霭迷朱栋，金花映紫宫。　　夜阑红烛暗，愁极绿尊空。折得寒梅树，与谁同。

徐渻（1558—1631）

徐渻，字玄纪，号药峰，大邱（今属大邱广域市）人。朝鲜宣祖十九年（1586）登第，官至兵曹判书、户曹判书。后侍从宣祖，为受宝笔委托的遗教七臣之一。卒，谥忠肃。著《药峰遗稿》。存词一首，见《药峰遗稿》卷二。此词一意抒写身为“卿郎名号”，厌倦官场种种是非，内心无比向往城南卜居的“散逸规模”：坐看云起，静听檐雨，品田家蔬鱼，与友人下棋，教儿孙读书写字，一一逶迤写来，仿佛再现陶潜归居田园的意趣。

行香子

差宗庙献官，致斋闾舍，看壁上所粘唐人刊传三迭《行香子》词，感而和之。

城南卜居。有屋有庐。杏桃梅、栽植庭除。卿郎名号，散逸规模。任天雨旸，时春秋，日惨舒。　酺我沽我，熙如皞如。素卓上、随有蔬鱼。从他推挤，自笑非夫。或与客棋，问好耕，教儿书。

孙起阳（1559—1617）

孙起阳，字景徵，号聱汉、松涧，密阳（今属庆尚南道密阳市）人。朝鲜宣祖二十一年（1588）登第。著《聱汉集》。存词十首，见《聱汉集》卷二《辍钓录》。作者自注:“辍钓者，辍官钓鱼也。”其《巫山一段云》抒写退隐所居竹院十景，一反以往诸家模仿潇湘十景或描写名城十景的模式，向内发掘隐居处的乡村美景，山间雪月、临渊钓鱼、郊野收割，或亲力亲为，或游目骋怀，在在皆是真实的耕作体验，并从中感受到了别样的诗意。

巫山一段云

竹院十景

三峰雪月

夜静云初散，山空雪乍晴。中天霁月照三更。灏气斗轻明。　　穆穆金波动，晶晶玉宇清。尽难模写语难名。输与入诗评。

又

七谷烟花

浩荡风吹尽，帘纤雨霁初。寻春行乐肯虚徐。花外命巾车。　　时节须探胜，江山不负余。前川过了兴如如。随意导篮舆。

又

琴郊刈稻

露湿平芜绿，风吹晚稻红。江郊秋日暖烘烘。拍手贺年丰。　　终亩禾如栉，登场积渐崇。盈瓯酒熟毕农功。呼取对邻翁。

又

盏渊钓鱼

风静晴江晚，花残红蓼秋。矶头垂钓曳还投。身世伴沙鸥。　　饵下银初掣，筐中玉渐稠。开尊斫鲙醉骑牛。此外更何求?

又

竹林夜饮

戛玉风摇彩，筛金月满林。停杯遐想七贤襟。雅兴古犹今。　　万事须长醉，孤怀只朗吟。世间何处遇知音。惟酒许倾心。

又

栗堤春行

小雨催花节，轻烟没晓痕。晴川芳草日初暄。步出傍江濆。　景物呈千态。乾坤运一元。东华难换此林园。不要姓名喧。

又

东山眺望

偃蹇临无地，嵚崟耸半天。江山十里老云烟。登眺豁无边。　缥色通金谷，清光映月渊。荡胸何必祝融巅。豪气想前贤。

又

南亩游观

大野宽春望，清泉散夏畦。柴门步出过前溪。竹杖与芒鞋。　禾稼云千顷，郊原雨一犁。登皋舒啸唤诗奚。归路夕阳低。

又

长浦丝莼

久拟庞公隐，翻成张翰归。江乡风味乐忘饥。莼滑又鲈肥。　翠带冰随泮，香羹雪欲飞。从今须制芰荷衣。不必蹈危机。

又

沈溪石蟹

竹院秋将晚，琴郊稻正香。已闻东海蟹输芒。半壳忽含黄。　玉片频随筯，金穰正满筐。加餐点酒也相将。风味擅江乡。

成文濬（1559—1626）

成文濬，字仲深，号沧浪，昌宁（今属庆尚南道昌宁郡）人。朝鲜宣祖十八年（1585）中生员试。历世子翊卫司洗马、司圃署司圃。著有《沧浪先生诗集》。存词二首，俱见《沧浪集》卷一。其词追摩晚唐五代小令的闺阁之音，玉楼、闺房、镜花、织锦、怨愁等络绎笔端，词境密实古雅。

菩萨蛮

征妇怨，戏效温飞卿体。

卢龙塞北青丝鞚。丹凤城南绮窗梦。鸾镜染啼妆。鹊炉销暗香。　　金风卷罗幕。池柳霜初落。万里忆征夫。寒衣今到无。

菩萨蛮

次李白韵

金梭响断回文织。燕鸿叫侣吴云碧。落月满妆楼。洞房人正愁。　　玉阑搔首立。几处寒砧急。天末望归程。秋风生灞亭。

金止男（1559—1631）

金止男，字子定，号龙溪，光山（今属光州市）人。七岁能诗，十三岁次韩愈《南山》诗，前辈批之曰："此捕龙搏虎手也。"朝鲜宣祖二十四年（1591）登第。壬辰倭乱期间，在湖内地区召集义旅，抵遏贼锋。随宣祖还都，选补艺文馆检阅兼春秋馆记事官，历官兵曹参判、庆尚监司、顺天府使。暮年犹双眸炯炯，谭说娓娓，不见衰朽苶然之态。著有《龙溪遗稿》。存词四首，俱见《龙溪遗稿》卷一。其词标示为"丙申年作"，即宣祖二十九年（1596），尚在壬辰倭乱之前，故通篇皆是闲雅明净之语，一派承平气象。

虞美人

百战但见君王捷。不见君王北。神骓所向霹雳忙。今日霜蹄、何事独周防。　　四面楚歌歌不已。悲凉壮士泪。花颜云鬓奈尔何。碧草香魂、千载恨难磨。

忆秦娥

清渭水。珠箔青楼劳梦思。劳梦思。梅花一窗，明月千里。　　云鸿不传相思字。宝瑟朱弦愁不理。愁不理。湘江日暮，采采兰芷。

临江仙

江上仙翁谁氏子，去来一叶扁舟。芦花枫叶满江秋。飞来缟衣鹤，烟雨共迟留。　　飞过南溟与北海，长风袖里飕飕。俯看尘世一蜉蝣。行逢回道士，期会岳阳楼。

渔家傲

秋江风急不恬静。移泊芦丛待少定。晚来风霁波如镜。理小艇。过尽柳堤婆娑影。　　亭亭残日度西岭。罢钓归来江月迥。前村换酒探幽胜。多少兴。不复尘埃到心境。

李德馨（1561—1613）

李德馨，字明甫，号汉阴、双松、文翼，广州（今属京畿道广州市）

人。朝鲜宣祖十三年（1580）别试文科及第，三十一岁时任从二品礼曹参判，后升右议政、左议政，四十一岁晋领议政，为宣祖朝后期、光海君年间重臣之一。光海君五年（1613），因反对杀弟废母，被革去相位，发配杨根，不久病逝。著有《汉阴文稿》。存词一首，见《汉阴文稿》卷二。

长相思

赋《长相思》一阕，送张好古兼奉上使金守伯令公。

笔花残。雪花寒。人事天时悲岁阑。离愁衣带宽。　　望关山。历关山。腊尽春回征路难。他乡频勉餐。

曹友仁（1561—1625）

曹友仁，字汝益，号梅湖、颐斋，昌宁（今属庆尚南道昌宁郡）人。朝鲜宣祖三十八年（1605）正试文科及第。遭李尔瞻诬陷，入狱数年。仁祖反政后，平反昭雪，历任右副承旨。擅长书画、诗文，自创《梅湖别曲》《自悼辞》《关东别曲》《出塞曲》等四首歌辞，传诵一时。著有《颐斋集》。存词四十三首，见《颐斋集》卷一。其词得朝鲜时调音律之谐，深情款款，清雅可人。卷一篇后录“泽风”之言曰：“公长于音律，故此曲子谐和得意，篇篇可咏。”信然。

钗头凤

惊魂别。佳期歇。几回明月盈还缺。朱弦断。流光换。一宵孤梦，数行归雁。漶。漶。漶。　　心如结。灯将灭。洞房如水衾如铁。凭书案。垂罗幔。沉忧成绪，积愁难算。漫。漫。漫。

更漏子

送别

垄云黄，边草白。斜日一声羌笛。流水急，暮鸿惊。北梁伤别情。　　人将散，魂先断。怅惘征衫谁挽。天际路，塞垣秋。去留多少愁。

长相思

水气寒。夜气寒。衾铁棱棱梦未阑。两情知几般。　　信手弹。促手弹。弹罢更深烛渐残。魂归招不还。

浣溪沙

忆昨邮亭结好缘。别来重觉日如年。更怜孤月缺成弦。　　枕渍兰膏消未尽，席留花晕看犹圆。使人安得不肠煎。

望远行

奋恨新愁问几重。又听一秋鸿。悲欢忽忽十年中。云雨觅无踪。　　石有烂，海应枯。深盟密约那渝。只缘人事喜崎岖。后夜佳期也难孤。说与海天月，分照两情无。

酒泉子

一别音容。重觉暮春将半。梦难圆，魂不返。锦衾空。　　烛残孤馆影相伴。若为缘未断。楚云边，湘水畔。会相逢。

浣溪沙

咏剑

袖里青蛇绕紫铓。曾经百炼擅精纲。宝匣十年嗟未试，秘龙光。　才报蛮烟收海国，复闻胡骑遍辽阳。当道豺狼忧更切，泪沾裳。

锦堂春

望终南山

晴后俄成翠黛，晚来看作青螺。仪形相对如相语，柱笏意如何。　鸟倦飞云有态，夕阳半抹晴霞。悠然展眺忘言处，渺渺碧天遐。

许楚姬（1563—1589）

许楚姬，号兰雪轩，别号景樊。大文豪许筠之姐。自幼聪慧多才，有女神童之誉。又拜诗人李达为师，学习作诗，八岁作《广寒殿玉楼上梁文》，时人称奇。嫁金城立，后丈夫死国难、二子早夭，遂为女道士。善以女性细腻之笔吟哀伤之情，独具一种凄苦的心境，动人心魄。其诗很早传入中国、日本，《兰雪轩集》俱有刻本，颇受欢迎。沈德潜认为其诗风格、意度俱好。存词一首，见《兰雪轩集》。

渔家傲

庭院东风寒恻恻。墙头一树梨花白。斜倚玉栏思故国。归不得。连天芳草凄凄色。　罗幕绮窗隔寂寞。双行粉泪沾朱臆。江北江南烟树隔。情何极。山长水远无消息。

李春英（1563—1606）

李春英，字实之，号体素斋，全州（今属全罗北道全州市）人。朝鲜宣祖二十三年（1590）登第，历吏曹正郎、持平、掌令、奉常寺佥正。卒，赠左赞成。自幼习文，咀嚼“左马庄列”，下逮韩苏，以陆海之藏、真气之积，施之毫端，譬如逢春之木，生色自悦，咸称太史公。又自喜其文，以为世无可当意者，偶对朋友，把酒拂须，抵掌谈艺，旁若无人。存词一首，见《体素集》卷下词部。

浪淘沙令

过大堤，题一词以悼亡

愁里岁华新。忽忽沾巾。香销故箧镜生尘。不忍复经埋玉地，邻笛伤神。　　莫望大堤春。累然孤坟。绕湖芳草又如茵。蓬岛弱水千万里，再结来因。

李光胤（1564—1637）

李光胤，字克休，号瀼西，庆州（今属庆尚北道庆州市）人。李齐贤之裔。三岁能写大字，七八岁能作诗。十八岁魁乡解。朝鲜宣祖年十八年（1585）中进士。历户曹佐郎、修撰、副提学、草溪郡守，至星州牧使。平生不事生产，放怀风月，留连觞咏，高风雅韵，形诸笔墨，令人想慕。著有《瀼西先生文集》。存词三十八首，俱见《瀼西先生文集》卷三。

巫山一段云

秋月堂八咏。姜参判公信别墅，在韩山地。

黄桥牧牛

曲涧鸣寒玉，危桥跨断虹。村童驱犊出烟中。一径傍林通。　　细草缘坡绿，斜阳带雨红。倒骑长笛捻西风。浑不辨商宫。

又

南阳劝耕

四野新阳遍，千林晚雨晴。陂田绕郭水盈盈。布谷尽情鸣。　　植杖看菑垦，持锄怕草生。津头过客促鞭行。不识有何营。

又

石寺朝烟

净界饶真趣，高僧谢俗缘。闲敲白石煮山泉。旭日带茶烟。　　掩映彤霞外，依微绿树边。空门景色画堪传。一望意悠然。

又

西林夕烽

落日低沧海，疏云敛小城。飞烽千里递光晶。星彩照檐楹。　　只喜通安否，非关看灭明。长教一点达王京。夜夜慰宸情。

又

珠岭双松

窈窕冈峦转，葱茏树竹堆。亭亭双盖是谁栽。偃蹇栋梁材。　　明月枝间逗，清风叶底来。最怜滕六没蒿莱。高耸碧山隈。

又

歧浦片帆

苹渚寒潮涨，芦汀返照斜。孤帆添腹引风多。飞割暮江霞。　　隐现依林杪，低昂逐浪花。渔翁倚棹发高歌。云水是生涯。

又

鱼城宿雾

结屋依深樾，开轩对翠岑。山灵泄雾作层阴。日出尚萧森。　　霭霭沾书幌，霏霏湿布衾。愁来强欲理瑶琴。弦慢不成音。

又

圣山骤雨

接海云容黑，连空雨脚横。雷声电影若相争，坤轴讶摧倾。　　断壑奔流急，疏林爽气生。烦襟此日十分清，顾盼句还成。

鹧鸪天

早秋涵碧亭即事

杨柳风微水槛清。竹扉深掩断人行。蝉嘶碧树秋声苦，雨歇长空夕照明。　　悲远别，叹浮生。白云天末望盈盈。苍苔细路忘归去，屋后炊烟一抹横。

西江月

郭外清溪环转，林间好鸟和鸣。雨余花卉竞芳馨。妆点一春光景。　　自诧襟怀的的，谁怜鬓发星星。欲招欢伯破愁城。可笑瓶罍俱罄。

南柯子

巷僻轮蹄断，庭空草树香。幽人盥罢坐东厢。初旭依微山翠、润琴床。　　暗觉青春暮，还怜白发长。人间得失总亡羊。只可花前携友、醉杯觞。

少年行

望美坛

雎鸠东畔卧龙隈。除地作层台。山回水绕，草树葱蒨，幽迥出尘埃。　　登坛日日望彼美，何处是蓬莱。独鹤初归，丹霞渐没，悲抱自难裁。

朝中措

即事

飞花乱絮打窗栊。庭院绿阴重。病起如惊春梦，日斜试把藜筇。　　溪头谷口，樵歌互答，何处儿童。可惜芳菲佳节，无人诗酒相从。

又

青山如画绕茅檐。春雨晚廉纤。雅性偏怜邱壑，朝朝手揭疏帘。　　缃桃已发，红杏未谢，涧水新添。闻道邻家酒熟，乘闲来往何厌。

望江南令

即事

雎鸠谷，村巷日舒迟。阶上枯梅生意思，门前衰柳媚容姿。凝睇立多时。　　春欲暮，深树杜鹃悲。偶坐溪岩题瘦句，却寻莲老结幽期。心事少人知。

如梦令

漫兴

雨后飞花糁径。风里清溪满听。独坐对青山，触目无非佳境。人静。人静。尽日修篁弄影。

又

已叹年光荏苒。更觉名途艰险。离索苦无悰，老去宁抛铅椠。门掩。门掩。满院绿苔千点。

锦堂春

效金克己嘉山题咏

匹马行穿深樾，高台俯瞰清流。溪山是处真奇绝，风景入诗眸。　静听黄鹂睍睆，闲看白鸟沉浮。斜阳欲去还停棹，烟雨暗中洲。

采桑子

村兴，效金克己《采桑子》乐府体。

村居卜在宽闲境，草树菁葱。水石玲珑。妙历何能数众峰。　幽人睡罢浑无事，手抚丝桐。目送归鸿。不觉西林夕照红。

贺圣朝影

夕坐，效丽王《贺圣朝》乐府体 。

山客寻诗髯屡掀。日将昏。炊烟一抹隔孤村。乱鸦喧。　坐久茅堂人不到，共谁言。为怜明月入松轩。独开尊。

一剪梅

效元朝学士虞集体。时在舒川，和赵上舍梦翼。

秋日凄凄易夕阴。烟暗松林。雨暗松林。夜窗刚喜月盈襟。清亦难禁。冷亦难禁。　　旅宦三年鬓雪侵。诗所关心。药所关心。阳春有谱孰知音。我一弹琴，君一弹琴。

又

古馆寥寥帘幕深。梧带秋阴。竹带秋阴。尔来风雨满西林。愁易相侵。病易相侵。　　旅榻孤眠拥布衾。茶共谁斟。酒共谁斟。海亭清景可开襟。欲往登临。盍往登临。

巫山一段云

龟鹤亭四时词

春

江郭清明近，林园景物宜。春光浩荡恼诗脾。捻断几茎髭。　　对月尊频倒，看山席屡移。夜深香露滴琴丝。风动杏花枝。

又

夏

雨气迷青嶂，滩声满画栏。人间炎热不曾干。琪树拥檐端。　　水簟凝香细，冰盘斫脍寒。斜阳渐没彩霞残。汀畔结幽兰。

又

秋

潦尽寒潭净，天晴快鹘骄。西风一阵扫炎歊。秋兴满江郊。　　渐喜黄花绽，还愁碧蕙凋。夕来携酒倚兰桡。凉月在松梢。

又

冬

野渡行人少，山蹊落叶重。愁吟尽日耸肩峰。风雪乱裘茸。　　大地成银界，长冰作玉龙。酷怜岩壑秀孤松。岁暮托襟胸。

申钦（1566—1628）

申钦，字敬叔，号象村、玄轩，平山（今属黄海北道平山郡）人。生有异表，广颡大耳，目如曙星，动止端重。强记绝人，十岁读《论语》《离骚》数过即可背诵。为人矩度雅正，潜研先儒之书，尤慕二程、邵雍。朝鲜宣祖年十八年（1585）中进士第三名，次年捷文科。充成均馆权知学谕。壬辰倭乱期间积极抗敌，得郑澈激赏。后侍从宣祖，为受宝笔委托的遗教七臣之一。光海君初年，癸丑狱事发，流放春川八年。仁祖返政，升礼曹判书兼任大提学、右议政，至左议政。丁卯胡乱期间，陪侍世子避难全州，返朝后升任领议政。卒，谥文贞。著《象村集》三十卷。存词七首，见《象村集》卷二十。

柳梢青

送台征朝京师

庭梧影疏，渚莲香褪，可惜年华。特地消魂，对酒无语，歧路空赊。　　浮生到处是家。休教恨、万里天涯。留作相思，朔鸿关月，蓟树辽河。

长相思

风满山。月满山。星斗苍茫更漏阑。幽愁空掩关。　　路漫漫。意漫漫。陇水东西何日还。长怜双鬓斑。

又

冰塞河。雪塞河。旧恨新愁添岁华。相思天一涯。　　别路赊。归路赊。世事纷纷莫浪嗟。人情同逝波。

望江南

莫浪恨，万事不如闲。香烬兽炉萦宝缕，帘垂池阁障轻寒。迟暮且盘桓。　　不须道，世路险于山。绿水丹崖何处好，竹椽茅屋此中还。真个硕人宽。

南柯子

闺怨

蕙径花初谢，妆楼柳已眠。雏莺乳燕竞相妍。添却韶华、底事更凄然。　　珠箔慵开蒜，瑶筝卷不弦。人何杳杳书何阔。唯有中宵、魂梦寄君边。

减字木兰花

浮生百岁。荣辱悲欢竟何许。虫臂鼠肝。一任天公千万般。　　云林石濑。闲往闲来长自在。明月清风。夜夜相寻不负侬。

权韠（1569—1612）

权韠，字汝章，号石洲，安东（今属庆尚北道安东市）人。居家读书，屡举不赴。为人跌宕豪放，眼空一世，惟以诗酒自娱。郑澈远谪，于道往见之，郑澈惊叹道：“吾今日见天上仙人，此行岂不幸哉！”宣祖大王喜读其诗，常置案上。壬辰倭乱起，疏斩主和、媚上二相臣。光海君柳妃兄弟恃宠豪纵，慨然作《宫柳诗》以刺之，遂被酷讯，编配外地，死焉。越十二年，仁祖反正，赠司宪府持平。善诗文，著有《石洲集》。存词五首，俱见《石州集》卷八。

江南好

忆天磨三首，效白乐天《忆江南》。

天磨好，伊昔再经过。千涧水声归海远，万峰秋色入云多。能不忆天磨。

又

天磨忆，最忆朴生渊。谁言白练飞千古，定是银河落九天。回首意茫然。

又

天磨忆，其次忆花潭。春雨歇时花影乱，夜波残处月光涵。何日得重探。

许筠（1569—1618）

许筠，字端甫，号蛟山，阳川（今属首尔市阳川区）人。文豪许眸之子、许篈之弟。朝鲜宣祖二十七年（1594）登第，历公州牧使、户曹参议、左参赞。图谋反抗光海君暴政，被诛。著有《惺所覆瓿稿》。存词七首，见《惺所覆瓿稿》卷二。

雨中花慢

雨过巫山，花发大堤，东风暗换年光。正睡罢、愁生玉枕，泪拭残妆。江柳初飘落絮，野棠晚扑晴香。想奚囊觅句，彩笔题情，断尽离肠。　　春归南浦，草绿瀛洲，小池双浴鸳鸯。更魂销、一宵会合，片梦凄凉。芳信不传沉鲤，玉笙忍品求凤。绣屏灯暗，罗衾香冷，月照银床。

江城子

绣窗春怯五更风。锦屏中。烛花红。梦罢西厢，微雨暗房栊。望断瀛洲人不见，多少恨，泣芙蓉。　　沧溟天阔碧烟笼。聚眉峰。向瑶空。遥想雪波，应与镜湖通。寄我思君千点泪，流不到，草堂东。

满庭芳

春入神京，花发禁苑，一阵微雨初晴。朱楼缥缈，飞絮扑帘旌。楼上佳人罢睡，斜阳里、低按银筝。青骢马，谁家浪子，门外系红缨。　　凄凉行乐地，尘昏灞岸，若变昆明。怅巷陌无人，草树丛生。断雨残云何处，归路绝、弱水蓬瀛。凝情立，黄昏好月，犹照凤凰城。

风入松

绿香家住小林泉。朱户锁婵娟。五花惯识西湖路，骄嘶过、芳草桥边。红杏半开篱落，粉墙斜拾秋千。　　风流堪敌杜樊川。才貌冠群仙。广寒宫阙天香满，罗衾里、重结芳缘。更把霓裳□曲，为君弹上瑶弦。

念奴娇

霏微细雨，正春寒、别院绮窗深闭。社日初回寒食近，墙角小桃含意。灯暗罗帏，尘生宝枕，多少伤心事。梅妆粉褪，起来云鬓慵理。　　帘外□燕新归，千言万语，说愁人春思。望断天涯芳草遍，尽日雕栏独倚。瑶席流红，银屏掩翠，恨满春塘水。倩谁描我，移入崔徽卷里。

梦江南

明月夜，梦到广寒宫。罗幕绮窗深似海，吟啸人在玉楼中。银烛影摇红。

又

长记得，花落大堤西。门掩夕阳君不见，花桥芳草玉骢嘶。杨柳绿阴低。

卢景任（1569—1620）

卢景任，字弘仲，号敬庵、咏归堂，安康（今属庆尚北道庆州市）人。幼有异姿伟度，从大儒学，深玩经史百家之言。为柳云龙婿，深得云龙弟成龙之赏识、提携。朝鲜宣祖二十四年（1591）登第，年方二十三岁，咸视为异人。壬辰倭乱期间，有倡义遮截之功。历文著作博士、兵曹佐郎、礼曹佐正郎、司宪府持平、侍讲院司书、弘文馆校理、关东巡按御史、丰基郡守、宁海府使、星州牧使。光海君执政，称病归隐，乐优闲以自适。著有《敬庵集》。存词一首，见《敬庵集》卷一。其词一如其人，主敬存心，和厚沉静，展现了儒者的放旷风范。

水调歌头

次晦庵辞，赠金士悦。

有客气豪荡，遗却人世忧。巍然一亭江上，诗酒邀朋俦。云尽暮山如画，夜深明月如昼，个里兴难收。红尘何处是，独笑上渔舟。　　荣与辱，于我何，不须谋。半世婆娑云水，有时弄钓钩。生前富贵功名，死后寒烟荒草，万事浑悠悠。何如任天放，高卧白鸥洲。

金荣祖（1577—1648）

金荣祖，字孝仲，号忘窝，丰山（今属庆尚北道安东市）人。朝鲜光海君四年（1612）登第。历典籍、礼曹郎官、兵曹郎官、大司谏、副提学、吏曹参判。曾出使明廷。著有《忘窝集》。存词三首，见《忘窝集》卷一。

浣溪沙

小雨，洞壑晦暝，开窗瞪视，俄而日已夕矣。遂制《浣溪沙》一阕。

疏雨纤纤杂暮钟。烟岚深锁大川东。坐看林稍静无风。　瞑色近人松影黑，群山千叠一时空。胜游不与俗人同。

临江仙

清和黄梅之交，余自山寺到青岩亭，池边海棠、芍药盛开，巡檐竟日，作长短句咏之。

背立曲栏斜送目，远林归鸟匆匆。蔷薇落尽海棠红。院深人寂寂，帘幕动香风。　万事世间如醉梦，迷西迷北迷东。莫相为厄好相容。只今名利地，何似此山中。

临江仙

再迭，专咏芍药。

满院百花花已尽，一年奇事匆匆。当阶犹有洛阳红。海棠高树下，相对笑南风。　曾是名园为好玩，何年移种吾东。待余诗就十分容。暗香和露湿，疏雨夕阳中。

金汝煜（1581—1661）

金汝煜，字叔晦，号虚舟，延安（今属黄海南道延安郡）人。朝鲜光海君五年(1613)中进士。著有《虚舟文集》。存词一首，见《虚舟文集》卷一。

临江仙

追忆旧游

忆昔双松亭上饮，坐中俱是耆英。小塘含玉晚荷生。留人天又雨，诗兴动歌声。　　七十年前如一梦，此身虽在堪惊。醉中酬唱总多情。古今多少事，孤月两乡明。

金应祖（1587—1667）

金应祖，字孝徵，号鹤沙，丰山（今属庆尚北道安东市）人。朝鲜光海君十五年（1623）登第，历兵曹正郎、善山府使、同副承旨、汉城府右尹。著有《鹤沙集》。存词一首，见《鹤沙集》卷一。

临江仙

申城主溯来访鹤沙

皂盖飘扬松桂路，别区花柳增妍。水禽山鸟亦欣然。桃源尊俎异，玉酒似流泉。　　移席唤醒台上坐，白沙红雨青烟。黄堂人作紫霞仙。清游知不再，胜事画堪传。

李弘有（1588—1671）

李弘有，字祐吉，又字顺吉，号遁轩、山民。庆州（今属庆尚北道庆州市）人。朝鲜光海君七年（1615）中进士，不仕。仁祖二十二年（1644）起用省岘察访，以母丧辞。著有《遁轩集》。存词八首，见《遁轩集》卷二。

巫山一段云

冶溪八咏。养一所居。戊辰七月既望，崇祯元年。

命峰霁月

谷口云初卷，峰头雨乍晴。月从海底转青冥。大地自分明。　　荡漾开银阙，玲珑挂水晶。始看东上又西倾。对影独含情。

又

道洞新花

峡里韶光遍，山中霁景新。千花饱雨媚青春。艳蕊睡风晨。　　罩树交罗帐，黏岩展锦茵。可怜无语解留人。我去自逡巡。

又

松村暮烟

地避疑仙境，村稀讶化城。青烟澹澹带风轻。卷入掩苔扃。　　隐隐川原过，茫茫草树平。山含落照不分明。失去问前程。

又

妙谷朝霞

浩浩从山起，冥冥涨野平。森森万木立无声。空翠袭人晴。　　镜里双蛾敛，机头匹练横。隔林何处鸟飞鸣。朝日翳还明。

又

乐山飞雪

云海连天暗，朔风卷地吹。蒙蒙飞雪下还迟。山色粉蛾眉。　　似与梅花斗，还成柳絮嬉。莫言寒气透书帷。拥褐醉吟诗。

又

敬岘骤雨

野暗云初起，天阴日欲沉。俄然烨烨振雷音。雨势满平林。　　淅淅斜风缕，霏霏碎水砧。断虹残照映遥岑。爽气入琴侵。

又

禾寺樵僧

石磴迷青霭，莲坊住翠微。遥看林杪鸟惊飞。樵路一僧归。　　草露沾芒屦，松花落衲衣。无端折桂入烟霏。认是近禅扉。

又

巨川钓叟

巨谷千岩秀，长川一派流。渔翁垂钓立矶头。影落水悠悠。　　玉尺悬钩跃，锦鳞逐饵游。风烟十里似沧州。身世等沙鸥。

李明汉（1595—1645）

李明汉，字天章，号白洲，延安（今属黄海南道延安郡）人。名相李廷龟长子。朝鲜光海君八年（1616）登第，历工曹佐郎、经筵侍读、大提学、吏曹判书、礼曹判书。卒，谥文靖。著有《白洲别稿》。存词二首，见《白洲别稿》卷一。

如梦令

二十四桥明月。今夜一年佳节。行乐在谁边，我独与君伤别。

休说。休说。欲去山长水阔。

阮郎归

去者不来来者去。相逢又何处。月落参横天欲曙。残尊谁为御。　洛阳人，邯郸女。相思垂玉筋。梅花一枝白如絮。似为情人语。

金烋（1597—1638）

金烋，初字子美，后改字谦可，号敬窝，义城（今庆尚北道义城郡）人。卢景任之婿。天资超迈，神采映发，孩提时已能解文字，及入学，于书一览辄记，属文赋诗，援笔立就。朝鲜仁祖五年（1627）中进士。不仕，潜研学问。时光海政乱，群壬满朝，习俗大坏，慷慨悲愤不自胜，遂以诗酒自娱。晚年临溪筑精舍，名寒溪堂，藏四绝：菖蒲剑、烟霞枕、梅竹砚、霹雳琴。著有《敬窝集》《海东文献录》《道东录》《朝闻录》等。存词四十二首，见《敬窝集》。

巫山一段云

青溪堂八咏

西山翠柏

满地铺云影，连空作雨声。朔风吹雪太阴狞。凛凛守坚贞。　遗德思平仲，宗臣忆孔明。须将大厦要扶倾。共保岁寒盟。

又

东巅丹枫

远壑今朝冷，繁霜昨夜零。谁教千树着丹青。幻出碧山形。　　浓淡花为幄，鲜明锦作屏。盘云石径到茅亭。可使林车停。

又

溪边钓月

石滑苔如洗，溪清水似空。烟波无限月明中。此乐胜三公。　　东海思投饵，西周梦猎熊。平生最忆钓台翁。九鼎一丝风。

又

垄上耕云

谷中穿云去，溪边趁月耕。劈开春色亩纵横。偘偘且闲行。　　世乱吟梁甫，时来作保衡。不须徒慕晋渊明。躬稼送平生。

又

秋郊放鹰

落木千峰秀，刚风一夜高。忽然遗却碧丝绦。霹雳让霜毛。　　转目光芒闪，翻身气象豪。飞腾万里不辞劳。渭猎几时遭。

又

野亭争鹄

云卷张帿处，风恬破的时。心平自觉矢能持。彻札未为奇。　　观德非今日，栖身是旧基。鼓声雷动有遗诗。吟罢起遐思。

又

花晨醉客

帘影低垂地，鹦声唤起人。几枝风露澹清晨。一一漏精神。　　且看花时好，宁辞酒味醇。满怀都作一般春。此乐最为真。

又

邻夕农谈

樵木归来夕，桑麻寂历时。几家松火隔疏篱。各自闭门迟。　　共慰耕耘苦，仍论稼穑宜。年登幸复政宽期。卒岁且遨嬉。

蝶恋花

春晓词（其一）

月隐阑干锦帐小。日映雕梁，帘卷纱窗晓。杨柳楼台光景好。梨花院落香风早。　　花下佳人花上鸟。鸟自弄春，人自愁春老。春不饶愁花渐少。纷纷满地无心扫。

更漏子

春晓词（其二）

鸭香炉，鸾镜匣。尘满虎纹龟甲。华两鬓，淡双眉。有帘难卷时。　　黄鹂鸟。声声巧。绿绕关河未了。一断续，一高低。纱窗晓梦迷。

青玉案

春夜词

黄鹂又是青阳节。忆掺手、无言别。绿草南园香雨歇。绣窗朱户，锦衾罗袜。此恨凭谁说。　　漏声点滴歌声咽。帘外春风帐中彻。泪落粉胸珠满结。翠屏灯暗，玉楼人绝。寂寞梨花月。

忆秦娥

怀旧词（其一）

归云暮。萧萧客帆花山雨。花山雨。旧年欢乐，夕阳乔树。　　白莲暗送香风度。绿苹波上轻摇橹。轻摇橹。一声渔唱，悼今怀古。

临江仙

怀旧词（其二）

花发春归院落，月明人倚阑干。新年徒想旧年欢。一声风外笛，千里雨中山。　　桃李天伦乐事，悠悠梦冷云寒。钩帘矫首暮遐欢。大江流不尽，落日下层峦。

巫山一段云

春怀词

院落愁春处，阑干欲暮时。美人遥在汉江湄。万里远相思。　　白白云低岫，青青草满池。瑶琴一曲酒三卮。唱罢采兰词。

鹧鸪天

宫词（其一）

梦侍君王觉不看。梨花寂寞晓窗寒。帘开翡翠香风暖，帐掩芙蓉缺月残。　　今日恨，昔年欢。一声长笛倚阑干。此身已极高明享，坐咏黄裳且莫叹。

沁园春

宫词（其二）

爱极恩疏，白日移光，番华未终。忆金床初拂，琼楼侍宴，桃花夜月，柳絮春风。环佩无声，罗纨有恨，夜雨长门锁别宫。谁知道，把君情妾意，各自西东。　　残灯独伴朦胧。奈绮殿瑶台梦旋空。但兰膏香尽，歌屏怨翠，玉奁尘满，妆镜愁红。柳絮风还，桃花月在，谁遣悲欢已不同。那堪度，又莺穿庭院，燕扑帘栊。

望海潮

宫词（其三）

烟消庭院，春晴池馆，丁当玉漏声迟。莺恼燕愁，梨香柳嫩，阑干曲曲帘垂。风动紫棠枝。试看镜中貌，云发成丝。咫尺长门，一回金辇更难期。　　何心复画双眉。怅颜秾宠极，颜变恩移。莲步没尘，梅妆委地，谁知昔日娇姿。绨绤叹凄其。空思友琴瑟，长咏周诗。寂寞蓝宫夜锁，花落月明时。

卜算子

宫词（其四）

泣奏绿桐琴，敢愿君王顾。深锁重门翠草长，凤辇频频度。　　不卷水晶帘，寂寞纱窗暮。银箭金壶漏水多，滴滴梧桐雨。

木兰花慢

秋闺词

昔青春欲暮，长占鹊、待人旋。倚绣户纱窗，先忧王事，又惜流年。梦断一声黄鸟，正江南芳草绿连天。花落珠帘不挂，月明罗幕迟褰。　　新凉已入采莲船。白雁度愁边。怅玉塞香闺，容颜易老，书信难传。空愁鲂鱼赪尾，更一堂琴瑟乐无缘。露下芙蓉坠粉，风前杨柳凋烟。

浣溪沙

春闺词（其一）

莺唤春眠近翠栊。晚窗香梦失辽东。碧桃花落满帘风。　　遥望玉门关外路，戍楼明月夜临空。不知何日报平戎。

鹧鸪天

春闺词（其二）

人在关山信不通。芳辰别恨也难穷。秋千院落梨花月，帘幕楼台燕子风。　　愁鬓绿，泪颜红。杜鹃声里倚熏笼。闭门且秘青春色，恐遣狂蜂入室中。

法驾导引

春闺词（其三）

燕山路，燕山路，戍客泪沾巾。旧燕不来新雁去，江南芳草欲青春。闺里有佳人。

又

韶华晚，韶华晚，佳节蕙楼空。双发委栏和睡凭，懒穿金线绣云红。香梦半朦胧。

又

帘寂寂，帘寂寂，迟日暖金闺。睡起整鬟娇首望，绿杨春色动前溪。歌罢一莺啼。

太常引

春闺词（其四）

良人远应白头征。无信使向长城。明月几亏盈。千里外君情妾情。　　陌头杨柳，半黄半碧，袅袅拂新晴。见此犹堪惊。又何处、流莺一声。

法驾导引

怀人词

清江曲，清江曲，南望碧山开。肠断暮天怀远客，北风吹送雁声来。何处独登台。

又

明月出，明月出，波冷白苹秋。空遣锦鳞吞钓饵，岭云江树思悠悠。愁倚一渔舟。

扑蝴蝶

秋兴词

登高望远，始觉尘寰小。朗吟飞下，仙风吹秋寒，玉宇峥嵘，云卷青山缥缈。归来夜深，明月挂松杪。　　露清衣湿，闲卷疏帘碧窗晓。人间富贵，悠然忘到了。水边倚石观鱼，林下移床听鸟。予心乐知多少。

金缕衣

春兴词

晚泛春江渡。想前贤、浴沂至乐，过川真趣。杨柳青黄桃杏紫，十里轻烟疏雨。独倚处、阑干欲暮。雨歇烟消明月出，向花间、弄笛花间舞。花易老，月难驻。　　晓来醒醉帘前步。见东风、落红嫩绿，交明山路。生作男儿无个事，自幸升平之遇。衮职吾何能补得，一乾坤二乐双清主。舒万卷，掬千古。

送将归

夏日词（其一）

水绕青山山绕舍。疏雨一村散，桑柘萧洒。琴书清闲，松竹露顶虚窗下。　　晚汲寒泉时自泻。见绿野、悠然枕瓦。爱杨柳清风，芙蓉明月，卧待池塘夜。

江神子

夏日词（其二）

海棠花下睡初残。日三竿。近西峦。抱得秦筝，肠断不堪弹。万里玉关人未返，眉翠薄，倚阑干。　　何时破虏效桓桓。鼻空酸。眼长寒。独向幽林，深谷采崇兰。妆镜绿云看已失，嗟岁月，若跳丸。

水龙吟

闲居词

此身元自疏迂，含华不是矜高躅。青山当户，澄流在左，数椽茅屋。玩理鸢鱼，结盟鸥鹭，淡然离俗。念人间富贵，浮云聚散，一箪食、万钟粟。　　芙蓉杨柳风前绿。倚杖篱门时骋目。

夕阳西隐，沉鳞竞跃，月摇江曲。翠竹寒松，瑶琴玉友，生涯中足。识江湖如许，无穷真趣，有谁干禄。

满庭芳

进酒词

冢卧麒麟，堂巢翡翠，杜陵诗句堪惊。如知物理，有酒莫辞倾。每遇良辰美景，思白也、牛宰羊烹。吾何用、独醒无醉，华发镜中生。　　天伦俱会处，肆筵设席，称寿飞觥。引香风赵舞，明月秦筝。但愿及时湛乐，安足道、富贵功名。君须念、空山暮雨，肠断白杨声。

点绛唇

微雨词

喜听前山后山，鸠唤崇朝歇。能知时节。润物当春发。　　河汉流云，淡淡声将绝。阴犹结。凉生林樾。花院朦胧月。

曹汉英（1608—1670）

曹汉英，字守而，号晦谷，昌宁（今属庆尚南道昌宁郡）人。朝鲜仁祖十五年（1637）正试文科状元及第。仁祖十八年（1640），清军胁迫朝鲜派兵攻打明军，又令送元孙至沈阳为人质，上疏万言，竭力反对，反被押到沈阳受罚。居沈期间，与金尚宪合作《雪窖集》。晚年归国升任汉城府右尹。卒，谥文忠。著有《晦谷集》。存词二首，见《晦谷集》卷八拾遗录。

忆秦娥

课制

长相忆。仙娥一别无消息。无消息。伤心芳草，一年春色。　　凤箫声歇秦云夕。仙楼梦断秦天碧。秦天碧。咸阳斜日，渭水无极。

定风波

重阳日与友人小饮城西。忆赵胤之，仍用简斋《定风波》韵。时胤之赴沈阳。

胜地良朋本不常。乱来今日始称觞。风景不殊人事异，可怜，黄花犹似旧时黄。　　忆得崇祯乙亥岁，共向，陂西扶醉作重阳。只为倚楼佳句在，回首，龙沙一咏一凄凉。

柳东渊（1613—1681）

柳东渊，字静叔，号南涧，文化（今属黄海南道新村县）人。夙敏于学，守以贞介，行以峻洁，浮云富贵，一视荣辱，专意读书，暇时抚琴、吟咏。著有《南涧集》。存词一首，见《南涧集》卷一。

望海潮

效《望海潮》词，咏丹邱台。台即崔艮湖所筑。

带方雄府，屯德仁里，丹邱擅胜吾东。八公中台，普贤方丈，森列亿万奇峰。三溪绕台前，立石罗脚下，恍临空中。天台入望，层城在后斗穹崇。　　朝霞暮云霏微，噫区清闲，寂寞空蒙。玉箫清转，孤鹤徘徊，优游五六仙翁。书笈三山记，苍苔五岳篇，讨妙谈空。斟酌流霞淡淡，自适日吟风。

具鋈（1614—1683）

具鋈，字次山，号明谷，绫城（今属全罗南道和顺郡）人。少孤贫，力田为生，年近十八，始就学，文思日进。朝鲜仁祖二十六年（1648）中进士一等，孝宗三年（1652）文科登第。历掌令、正言、司谏、承旨，晚年以老病请任杆城郡守。为文藻思涌发，有泽堂李植风味，严于择采，故存者无几。著有《明谷集》。存词一首，见《明谷集》卷二。

江南春

三五七言。效寇平仲体，用其韵。

花初笑，柳正颦。妆点江南景，招邀岸上人。一年佳节伤心地，千里平芜满眼春。

李殷相（1617—1678）

李殷相，字说卿，号东里，延安（今属黄海南道延安郡）人。朝鲜孝宗二年（1651）登第，历校理、承旨、大司谏、都承旨，仕至刑曹判书。卒，谥文良。著有《东里集》。存词三十八首，分别见《东里集》卷四、卷五、卷六、卷七。其词题材广泛，尤以山水纪程之作最见文人性情。

长相思

镜城判官有书，谢寄《长相思》小令。

风满楼。月满楼。病起相思又一秋。书传地尽头。　路悠悠。梦悠悠。一曲新翻寄莫愁。遥想唱伊州。

柳梢青

甲辰八月初九日，受由于巡营，发鹤城。将沐浴于高城地，仍往观金刚山。临发，走笔和文谷大学士寄示《柳梢青》小令。

细草垂杨。危桥西畔，水碧天长。浅浅残杯，依依低唱，舟下龙堂。　孤村远望斜阳。客散处、轻风晚凉。船上红妆，沙头征马，离恨难忘。

如梦令

午发通川，行三十里抵门岩。有大石屹立半空中，其中有穴成门，其上有孤松一株，着根于大石中，望之如盖。海水冲石，声闻数里。夕宿林斗村。有怀金久之，口占三小令。(选一)

云卷海天如水。帘外寒霜满地。苦忆远征人，音尘迥隔千里。不寐。不寐。庭畔落叶声起。

长相思

坐相思。卧相思。水阔天长梦去迟。此情知不知。　待归期。数归期。白露为霜节序移。寒衣到几时。

点绛唇

空馆夜凉，孤眠惊起梧桐雨。蟋蟀在户。惜此秋将暮。　默算归程。云山千里数。离怀苦。谁与共吐。炉香添一炷。

清平乐

十一日，发林斗。行四十里，午抵南涯，马上望见蓬莱外面。口占《清平乐》志喜。

宿云初卷。露出芙蓉面。一笑相看不知倦。半空玉雪千片。　平生梦想名区。宿愿今幸不孤。吾将踏遍真界。莫问神仙有无。

忆秦娥

小憩瓮岩。山益秀，水益清，已是仙境。因雨不得久留，口占《忆秦娥》。

山光碧。行人独坐溪边石。溪边石。佳辰胜景，几经送客。　　层崖瀑布飞千尺。归帆影带斜阳色。斜阳色。孤烟起处，数村篱落。

菩萨蛮

又行十五里，抵温井，高城太守表兄李使君次山氏出待于浴所。相离四年，会合于天涯，喜可知也。仍浴温井。表兄闻本道方伯将到境，先还，仍宿浴所。十二日，食后发温井，行十五里，抵钵渊。瀑布飞流岩石间数里，声震林壑，使僧徒坐驰水激处，冲突而下，亦一奇观。口占《菩萨蛮》。

浓云卷尽天如拭。蓬莱露出千层玉。秋日照禅房。山风拂面凉。　　殷雷喧万壑。瀑布飞千尺。远客却忘疲。耽看席屡移。

西江月

又行二十里，夕抵海山亭。亭在城内最高处，前有大海，七岛森列，南江在其左，云山环三面，渔村隐映于树木间，望之如画图，形胜不能尽述。口占《西江月》。

山店依依返照，渔村点点孤烟。数声长笛暮江边。云际归帆隐见。　　恍接琼楼十二，疑通弱水三千。丹书真迹尚流传。不怕仙源难辨。

临江仙

十三日，行三里许，舟下三日浦。访四仙遗迹，丹书数行宛然。“南石行述郎徒”六字，分明可记。四仙亭在湖中，苍松森列，朱栏缥缈，望之若蜃楼，殆非人世之境。沿江往看狮子峰，石形如卧兽，以是名之。口占《临江仙》。

狮子峰头停桂棹，满山红锦离披。晴波千顷堆琉璃。汀洲人语静，吹笛夕阳时。　　小亭影落明湖里，朱栏画栋参差。四仙一去来何迟。分留物色在，收拾入新诗。

醉桃源

午登四仙亭，又效《醉桃源》小令，示李侄洺。

纤云卷尽海天长。渔村近夕阳。四仙古迹已茫茫。丹书余数行。　　长短亭，浅深觞。芦洲生晚凉。临分回首惜风光。岘山如故乡。

画堂春

行三十里，午憩文殊坡，仍向白川桥。口占《画堂春》小令。

百川桥畔路萦回。烟霞深锁蓬莱。望中飞瀑半空来。十里晴雷。　　仿佛身登阆苑，依稀梦入天台。夕阳红叶照残杯。逸兴先催。

锦堂春

小憩上台。此处最高，平临众山，俯看沧海，因云暗不能远望。次秦少游《锦堂春》。

满壑蒸霞瑞雾，沿溪枫叶芦花。百川桥畔频回首，千点暮归鸦。　　风外清歌断续，云间细路横斜。奇游幸遂平生愿，忘却在天涯。

鹤冲天

夜宿禅堂，月色如昼，箫笛并奏，使僧徒撞钟而舞，足慰岑寂之怀。夜半闻剥啄声急，本道方伯驰至。约于十七日间，相会于摩诃云。十五日，发榆岾，小憩浮屠岐，有清虚、应祥、双彦、法坚、秀一五浮屠相对而立。过万景台，台畔石路崎岖，时或步行。口占《鹤冲天》。

朝烟浮，宿雾收。日照山映楼。独携藜杖步溪头。石径转深幽。　云外千峰竞露，天中万瀑争流。桂树枫林满眼秋。神仙真可求。

好事近

登水岭，望见毗卢峰屹立天半，石色如玉，凝岩尊贵。众峰环拱于腰下，逸兴飘然不可禁。口占《好事近》，驰送沙弥，寄舍季。

风定笛声高，隔林依依僧语。翩翩一札先至，客在云深处。　名区会合属佳辰，四仙即吾侣。天畔毗卢入望，飘然欲轻举。

浪淘沙令

行十余里，小憩弥勒坛。刻石成佛像，高可数十尺，形状奇巧。前有石塔。岩下白石铺地，水流其上，听之泠然。口占《浪淘沙令》。

微雨夜来过。水如纤罗。毗卢峰上白云多。我欲飘然身跨鹤，直到嵯峨。　洞壑起蒸霞。石径横斜。离披红锦散天花。凫舄翩翩先导处，咫尺仙家。

桃源忆故人

过真珠潭，小憩岩石，望见普德窟。有铜柱数十尺立于危岩上，上有层楼。与弼卿有约，不可久淹，匆匆作行，拟于归路遍踏而去。口占《桃源忆故人》。

洞深万瀑雷声吼。百尺珠潭在后。普德窟高几许。千年铜柱旧。　岧峣孤寺接牛斗。隐映绿窗朱户。龙藏鹤去何有。斜阳一杯酒。

一络索

十七日，朝发摩诃渊，小憩弥勒坛，过妙吉祥，毗卢庵故基，仍向毗卢峰。口占《一络索》。

处处琼花瑶草。仙山不老。洞壑深深水声幽，试问烟霞多少。　玉立千峦缥缈。斜通鸟道。步上毗卢吹玉笛，俯看十洲三岛。

忆江南

箫、笛各奏三四调。僧辈日："此处最灵，不可奏乐。"余戏谓之日："仙人亦好吹箫。此是《步虚词》，正宜于此处，有何伤乎？吾辈亦将步虚而行。"相与一噱而罢。步下石径，小憩毗卢庵，宿摩诃衍。口占《忆江南》小令。

蓬莱忆，最忆正阳楼。万瀑水声喧枕上，众香山翠滴阑头。枫桂梦中秋。

踏莎行

示同行

处处蒸霞，林林红叶。无数云峦皆玉立。银瀑珠潭步步留，众香翠滴征衣湿。　胜境登临，佳辰会合。万二千峰一筇踏。殷勤寄语仙山道，凫舄春来将再入。

江南春

夕抵海山亭。六兄弟同宿于一堂，真是盛事。早起看日出，食后往观湖山台。台在二里许。景亦清奇蕴藉。口占《江南春》。

山漠漠，水悠悠。石岛琅玕色，霜林锦绣秋。一声长笛溪边路，夕阳人倚木兰舟。

鹧鸪天

发高城，口占《鹧鸪天》小词。

青山如黛水如罗。柳岸渔歌向晚多。烟渚橹声惊雁阵，槛前秋色在芦花。　　蓬莱岛，隔云霞。咫尺仙源路不遐。岘首依依回望处，夕阳千点乱归鸦。

柳梢青

二十六日，早起看日出。红光闪烁，玉盘涌出，海波为金色，火轮超上一尺许。下有红云一朵，如镜台流转海中，良久而灭。是日，西风吹散海云，万里一色，无纤毫蔽碍，真是奇观。因风高不得入国岛，发押戎。有怀金久之，次寄示《柳梢青》小令。

寂寞汀洲。沙边落雁，别恨闲愁。宿雨新晴，寒云暮卷，风送孤舟。　　名区处处回头。最不忘、正阳东楼。万壑轻雷，千岩红锦，诗句相酬。

减字木兰花

发鹤浦，午憩丫鱼所，口占。

秋容已暮。红蓼花残坠白露。枫叶玲珑。万壑千峰活画中。　　水清沙白。汀洲鸥鹭双双浴。山菊经霜。可怜佳节近重阳。

蝶恋花

夕还鹤城，口占《蝶恋花》，有怀文谷大学士。

红蓼花残秋已老。白露凄凄，萧飒长堤草。寂寂汀洲征雁叫，依依别恨知多少。　　日暮孤舟横野渡。千里云山，迥隔咸关道。塞外霜威偏觉早。远客寒衣几时到。

惜分飞

淮阳馆，赠舍季。清秋塞外送将归，脉脉相看泪湿衣。慺栗病怀难自制，佳人休唱《惜分飞》。

十里长亭日欲暮。认得送将归处。岸上千丝柳。如何不系征衫住。　　逢时知有此离苦。可耐从今舍去。不忍便分手。相随却到桥边路。

柳梢青

直庐，口占《柳梢青》，赠别关西李方伯泰渊。

宿雨新晴。微凉在树，秋入蝉声。世故难齐，离肠易断，君向箕城。　　繁华独数西京。举目处、山河怆情。浮碧楼空，朝天石古，陈迹愁生。

西江月

赠别平安兵使闵点圣与

苑树秋声淅沥，铜壶晓漏丁东。题诗灯下句难工。为有河桥远送。　　可惜年光莫住，那堪世故无穷。胜地繁华在眼中，昔游回首如梦。

柳梢青

龙堂，口占《柳梢青》二小令。

小雨霏霏。长川一带，隔岸柴扉。嫩柳垂金，新蒲抽绿，春入芳菲。　　当时景物依稀。日将夕、栖禽乱飞。官路逶迤，溪清沙白，桥上人归。

又

细雨无痕。龙堂夕照，已近黄昏。宿雾依依，归鸦点点，溪上孤村。　　垂杨隐映柴门。旧游处、风光尚存。桥畔芦州，兰舟容与，歌曲新翻。

洪汝河（1621—1678）

洪汝河，字百源，号木斋，别号山泽斋，缶溪（今属庆尚北道军威郡）人。朝鲜孝宗六年（1655）登第，历检阅、正言、兵曹佐郎、司谏。著有《木斋先生文集》。存词一首，见宋德溥《醉隐逸稿》卷二知旧投赠诗。

沁园春

赠别宋君之文川

浊世危言，乱邦逊行，此去何悲。恨君门九重，叫号无路，白日高堂，久隔斑衣。楚云千里，关山万叠，忍向郊头折柳枝。三子者，时公与蔡克稽、蔡克明同窜，故日“三子”。非卤莽之辈，趑趄之俦嗟哉。　　物议自古如兹。好坦坦悠悠仁是非。会天理不死，人心难诬，子之在彼，能得几时。一点浮云，数行春雁，归来莫待雁同归。邮亭下，夕阳一尊酒，但觉依依。

李夏镇（1628—1682）

李夏镇，字夏卿，号梅山，别号六寓堂，解曰：“寓形于天地，寓心于经史，寓趣于壶觞，寓目于卉木，寓兴于诗句，寓神于书法。”

骊州（今属京畿道骊州市）人。生有异表，额上有“文”纹，目光炯炯，夜能辨细字。记性绝人，过目不忘。朝鲜显宗七年（1666）登第，历假注书、司饔院直长、典籍、持平、掌令、都承旨、大司谏。为诗不屑为组织之工，下笔源源，顷刻累数篇。著有《六寓堂遗稿》。存词五首，见《六寓堂遗稿》第二册。

谒金门

看云

云片片。南去北来谁遣。闲泛晴空舒且卷。恍疑新锦剪。　　日日朝看暮见。异态奇形千变。鱼海鸭江飞欲遍。下方无意恋。

柳梢青

秋怨

故峡秋残。荒台夜静，雨散云收。玉兔无情，姮娥多妒，愁倚箜篌。　　鸡人为报更筹。一枕上、千行泪流。天外鸿悲，床头蛩怨，风打西楼。

忆秦娥

秋风暮。孤鸿冷湿空江雨。空江雨。高楼夜静，锦衾无主。　　翠鬟徐整移莲步。含情独倚连枝树。连枝树。萧萧寒叶，一番霜露。

浪淘沙

檐雨冷萧萧。归意摇摇。孤衾不寐度今宵。强进一杯愁不敌，蜡烛空销。　　万里客魂飘。霜鬓全凋。倚窗搔首悄无聊。回雁一声秋已晚，愁入云霄。

金寿恒（1629—1689）

金寿恒，字久之，号文谷、文翁，安东（今属庆尚北道安东市）人。自少终日危坐，专意朱子之书，以自培养。朝鲜孝宗二年（1651）状元及第，年方二十三岁，朝廷称贺得人。仕途顺畅，历大提学、左领政，至领议政。卒，谥文忠。容貌端秀，每朝会则垂绅搢笏，张拱俨立，廷中咸目为人中鸾鹄。文辞典雅，务去靡丽，咸称大手笔。著有《文谷集》。存词二首，见《文谷集》卷二。

柳梢青

效秦少游《柳梢青》小令，赋得别怀，追寄长卿。

柳岸芦洲。龙堂古渡，石老云愁。别酒三杯，劳歌一曲，人倚兰舟。　　斜阳匹马沙头。客去后、残灯小楼。庭畔高梧，帘前新月，佳句谁酬。

长相思

和长卿寄示《长相思》小令

思故人。望故人。雪山无际海无津。归梦亦难频。　　遇佳辰。惜佳辰。霜菊初花月半轮。把酒谁与亲。

宋奎濂（1630—1709）

宋奎濂，字道源，号霁月堂，恩津（今属忠清南道恩津郡）人。幼病羸，好读书，至受经书，一经指授，通透无碍。十九岁中进士，二十五岁明经及第。历大司谏、礼曹参判，知敦宁府事。公退门庭萧然，简出入，攻读四子五经，有来问学者，应之沛然，如诵己言。

卒，谥文僖。著有《霁月堂集》。存词六首，俱见《霁月堂集》卷二。

柳梢青

效《柳梢青》词，录奉旧按使李幼初端锡令公。时幼初欲待新伯交龟，往留于释王寺。余送邑妓琴歌各一人，以为遣闲之资。

琪树丛林。如来古寺，洞寂云深。绝代佳人，清歌妙曲，声绕晴岑。　　哀丝更弄瑶琴。夜阑处、残灯细斟。杳杳秦城，迢迢关路，归恨难禁。

柳梢青

府馆楼上即事。和文谷相公东里李长卿旧题板上《柳梢青》词。

绿水长桥。高楼西畔，燕轻莺娇。习习熏风，迟迟丽日，柳拂琼条。　　堤头嫩絮初飘。倚栏处、明月清宵。一曲纤歌，三杯绿酒，羁恨难消。

浣溪沙

翠屏冈作

独立冈头思杳然。碧天东望海无边。三山何处问群仙。　　十里明湖平似拭，月光如水又如烟。不妨徙倚木兰船。

南柯子

白雪峰作

照岸沙光白，明霞日脚红。遥看碧海侵长空。指点仙山何处、杳茫中。　　湖纳三更月，台迎万里风。恍疑身在广寒宫。直欲飘然骑鹤、入鸿蒙。

忆秦娥

碧螺岛作

扶桑边。红云拥护三山巅。三山巅。飞琼弄玉，一去千年。　　青鸟何时消息传。怅望愁倚斜阳天。斜阳天。恍闻空中，笙鹤泠然。

崔日休（1638—1699）

崔日休，字敬甫，号莲泉，庆州（今属庆尚北道庆州市）人。著有《莲泉遗稿》。存词十七首，俱见《莲泉遗稿》卷二。

浪淘沙令

苦忆正销魂。岁暮衡门。霜翁叫侣月黄昏。独立寒阶愁渺渺，怀与谁论。　　悄悄坐南轩。木落前村。千峰的历白云屯。携手何当归桂壑，聊共攀援。

水调歌头

赏春

春气正葱郁，骚客赏花时。披新服出门去，杂佩陆离垂。碧嶂前清溪上，呼我朋俦容与，不觉夕阳移。为惜韶光晚，头插最香枝。　　好华侈，青紫客，问何之。金银鞍绣纹縠，载酒过台池。何似鸠筇野服，杨柳风梧桐月，行乐兴迟迟。千载沂雩□，此意问于谁。

梦江南

依枕梦，梦到道溪庐。摇落寒山山日晚，主人忍饿卧看书。为我报琼琚。　　鸡喔喔，残月入窗虚。归梦蘧蘧都幻妄，起拈烟竹谩愁余。欲往忽踌躇。

惜分飞

缺界浮生若水沤。对酒尊谁与酬。西望恨悠悠。几时相握叙怀幽。　　白首自伤岁月流。安分却无所求。那得同扁舟。渔歌互答下长洲。

申琓（1646—1707）

申琓，字公献，号䌹庵，平山（今属黄海北道平山郡）人。朝鲜显宗十三年（1672）登第，历正言、江襄道观察使、汉城府判尹、吏曹判书、右议政，仕至领议政，封平川君。卒，谥文庄。雅喜儒术，蕴藉笃厚，器宇简重，风范端凝，尊事高贤，终始如一。为文典丽瞻畅，作诗平淡造工。著有《䌹庵文稿》。存词九首，见《䌹庵文稿》卷一乐府。

蝶恋花

时随家亲在湖南任所

春意萋萋芳草绿。燕子来时，千里人伤别。两地相思心欲折。一梦远逐梅花月。　　迢递江山分楚越。难过物色，又迫清明节。此时难怀正转切。极目千里云山隔。

凤凰台上忆吹箫

宁边山亭，遇中秋之夕，作玩月会。次李尚书殷相韵。

耿耿秋宵，迟迟漏水，曲栏边、仙梦初醒。正琪树风微，珠帘影静。千阶夜色如水，云尽处、玉宇澄净。最好是、白露暖空，素月流影。　遥念嫦娥今夜，想霓裳羽衣，正怯清冷。惜年华暗换，佳期易阻，应悔桂殿孤栖，羞杀了、此时风景。但留得、瑶台身世，自夸清莹。

壶中天

今夕何夕，一尊酒、赊取中秋月色。谁把香奁开宝镜，冰轮碾破空碧。萍水相逢，关山壮游，他乡同此席。座中豪气，看取一饮千石。　回头京洛旧游，落落晨星，已作天涯隔。东华风月软红尘，光景应非畴昔。遥想琼楼，玉宇不胜寒，谁怜恋君衷曲。五云何处，欲问美人消息。

柳梢青

登满月楼怀古

暮烟衰草，丽王旧死，野径横斜。故宫禾黍，荒台麋鹿，一梦繁华。　行人来自天涯。吊古处、斜阳乱鸦。寒原残雪，小桥流水，数村人家。

水调歌头

题许生《叹时词》后《水调歌头》一阕（并序）

夫诗歌一体也，人之喜怒哀乐感于中，而形于外，必介之于言语。言之不尽，则必咏叹，以宣其志。而其间亦有自然节奏，而不能而焉，则此诗歌之所由作也。粤在唐虞之时，至治熙皞，明良相遇，则赓载之歌作于上，鼓腹之谣兴于下，鸿庞之音，尚矣无论。降及后代，则国之治乱，不同人心之所感各异，其所咏歌者，多出于闾巷之作。故皆一时贤人君子，闷时病俗，或托以规讽，或因以叹伤，故其忠厚恻怛之心，然于言意之表，此孔子之所取欤？今观许子之词，其之得于闷时病俗之意，而不悖于三百篇之遗旨欤？上述唐虞三代，次论历代之治乱，终乃迫之于本朝。上自朝廷之得失、贤邪之进退，以至兵民之愁怨、赋税之繁重，靡不纤悉胪列。命意措辞，明白恳至，一篇之中，三致意焉。其词清而婉，其音哀而不伤，以其忠君爱国之心，寓其陈善闭邪之志，一唱三叹，有遗音矣。此可谓“亩亩不忘君”者。非欤？孔子所谓“怨而不诽”者，殆亦近之矣。今余中文罔放于江潭久矣，当其憔悴之时，取此词以曼鲜杂难骚，歌呼呜呜，慷慨奋发，不自觉其太息流涕也。噫！他日看采诗之史得此而陈之王庭，使瞽矇讽诵而用规于执御之臣，且使凡百在位之人听之，则能无骇颜泚颡乎？遂书此以迫之。

一阕长短词，无限忧时语。天门远隔草泽，九重深几许。忠愤比楚三闾，慷慨拟汉贾傅，□字皆肺腑。丹心一斗血，庶几荃心悟。　　爱吾君，哀斯民，由衷素。回首人间何世，长歌白日暮。葵藿本自倾阳，芹曝犹思献主，此怀将谁诉。思将亩亩语，愿一闻当予。

朴泰淳（1653—1704）

朴泰淳，字汝厚，号东溪，潘南（今属全罗南道罗州市潘南面）人。朝鲜肃宗十二年（1686）登第，历持平、文学、右副承旨、庆州府尹、大司谏、刑曹判书、全罗道观察使。著有《东溪集》。存词一首，见《东溪集》卷五。

满庭芳

咏菊

鶗鴂有声，寒蝉寂寞，湖山秋色苍茫。天光凉薄，白露夜成霜。无限空山树木，摇落处、蕙草兰芳。皆萎折，窗前丛菊，犹自保清香。　　天葩虽秀绝，世无陶令，谁怜幽芳。惜融融空紫，冶冶徒黄。回首阶边篱下，花正好、龙山会，无人与共，孤负浊醪觞。

南正重（1653—1704）

南正重，字伯珍，号碁峰，宜宁（今属庆尚南道宜宁郡）人。自幼入学，词理夙诣，少长淹贯经史，为人宏厚宽和。朝鲜肃宗十五年（1689）登第，历持平、校理、吏曹正郎、襄阳县监、工曹参议，仕至忠清道观察使。归橐如洗，宅不增一架，田不衍一亩，被服饮食，萧然如寒士。著有《碁峰集》。存词二首，见《碁峰集》卷一。

临江仙

明原客馆效古乐府小词体叙怀。

万里关山惊岁暮，天涯孤客伤心。楚臣生计越人吟。谯楼寒月苦，洒涕独登临。　　旅馆挑灯愁不寐，栖鸦各自归林。边风淅淅夜沉沉。萧萧千丈发，霜雪几交侵。

虞美人

伤心七宝山前路。一叶惊风雨。朔雪关云岁将阑。遥想玉楼高处、不胜寒。　　故园遥在皃峰下。潇洒三椽舍。回头不见洛桥人。旅馆残灯悄悄、客愁新。

李衡祥（1653—1733）

李衡祥，字仲玉，号瓶窝、顺翁、浩然亭，全州（今属全罗北道全州市）人。自幼嗜书，肆力经史礼书，勤劬倍至，不以举子业为意。朝鲜肃宗六年（1680）登第，历济州牧使、户曹参议、汉城府尹。立朝极正，人云:“瓶窝公眼睛，如烂熟青葡萄，莹无一点物欲。”凡为诗文，未尝役心推敲，力主理顺辞达，多为有道之言。著有《瓶窝集》。存词四十六首，分别见《瓶窝集》卷二、卷三、卷四。

沁园春

次《益斋杂咏》，录奉韩太叟，仍示花山、龙州、丰城三使君要和。客曰：“乐府非人人可能，况东方自古无雅乐，子之为乐府，不亦滥乎？”余曰：“凡所谓乐府，必得中气，然后可也。东坡生长于蜀，所偏只腭，音欲谐而未谐者，气类然也。吾东声音已偏于齿，何能普也？只依方音之平调、羽调、界面调，要不失五音，则何不可之有？”客曰：“诺。”

留滞周南。次“将之成都”

此生胡为，落南身世，日饮无何。顾平日性情，小黠大痴，一江烟月，长篇短蓑。良图未展，好光渐逝，世事如今随绿波。惟其占，湖山一曲，且栋危峨。　山僧譬犹结家。况典籍余论渐觉多。或钓舫渔矶，睡辄忘返，触境喷情，写照费哦。是谓物中人，人中物，伛偻宁嫌郭橐驼。莫谓处士自负，客子青衫破荷。

大江东去

城皋。次“过华阴”

九曲斗绝，有心哉、为吾青毡旧物。邂逅道人于此驻，不羡坡翁赤壁。万翠朝冈，双碧耸桧，子猷时棹雪。六友在目，亦觉霜下有杰。　当知浩然亭上，认理且说，气亦足以发。前子有言，后镞中、前筈万想虽灭。顾我方寸，电奔雷厉，青山危一发。岂若如来，证此心千江月。

水调歌头

望采药山。次“望华山”

采药山当户，雄浑说永州。云霞出谷高低，宜春复宜秋。上接紫霄丹阙，旁临白石清沙，戴觉六鳌头。髫擢恼神工，何年截发留。　　我日望,哦费吟,笔不休。鸥鹭拖到烟岚,苍苍入高楼。朝暮相看不厌，且将一道飞泉，涤此万斛愁。夜邀江月落，冠巾翠欲流。

玉漏迟

上元玩月。次“蜀中中秋值雨”

戊子上元日，多少楼台，处处拜月。玉盘珠球出没，寒江似溢。我有美酒新熟，况吾阁、坐地陡绝。凭晚眺、觉爽无异，九秋时节。　　停杯为问纤阿，何年月、创此琼宫金阙。水精银晃，更杂流霞凄咽。请看潞州玉笛，亦广汉、宫里一物。露华白。是以皓我壮发。

菩萨蛮

舟中夜宿

月移残郭舟移树。飞花落尽清江暮。随处即为家。何曾一物哗。　　持鱼且换酒。万虑无崇有。睡熟仍芦洲。华胥说梦游。

江神子

即事。次“七夕冒雨到九店”

寄语潮阳波上仙。物无累，我有缘。归路暂憩，解装即盘筵。况有名山多古迹，乘吾兴，几屐穿。　　倦辄瞑休醉或眠。云满前。落谁边。婆娑咏月，性情皆纸传。波仙日日洗尘恶，亭下积，万斛泉。

鹧鸪天

饮麦酒

颀然坐我北窗风。何处浮香一脉通。吹蚁不嫌筹夜饮，唤醒方觉蔼春空。　酌无算，兴不穷。况又晴钉蹑短虹。豪气从来骚响逸，老夫赢得詑诗工。

李溆（1662—1723）

李溆，字澄之、澄叔，号玉洞，骊州（今属京畿道骊州市）人。李夏镇三子。夏镇仕显、肃二朝，凡世之极选华贵，无不践历，门阑方盛，溆独不屑博士业，一志于圣贤之学。居家务去修饰，破窗草坐，手经勤劬，终日忘倦。又每朝曛静默抚琴，动操援古叶今，要在适性。卒，学者私谥弘道先生。著有《弘道先生遗稿》。存词二首，见《弘道先生遗稿》卷三。

水调歌头

富贵不骄吝，贫贱岂穷忧。谁能穷理知命，造化与相酬。陋哉西施奇计，果矣西湖清唳，谁若顺施收。将欲穷洙泗，永作济川舟。　鸱夷子，行与止，尽奇谋。元非莘野耕田，犹未渭川钩。能谢百年荣贵，闲泛五湖烟月，一棹尽悠悠。弄霸犹余术，豪兴满沧洲。

文德龟（1667—？）

文德龟，字子夏，号藏六斋。朝鲜肃宗三十一年（1705）登第，曾官礼曹正郎。著有《藏六斋文集》。存词十首，见《藏六斋文集》卷二。

浣溪沙

次晦翁韵

竹园篱落柳垂渠。草屋茅檐一十余。半是耕农半是渔。　　妇呼儿女夫呼子，短笠长蓑出野墟。布谷飞鸣春雨初。

望海潮

三山雾歇，十洲波明。云岛高低远近，风帆多少纵横。江村春日晴。飞去飞来，白鸥有情。　　柳汀沙白，烟浦潮生。春雨鱼肥七泽，秋天雁度湘频。风短棹轻。一竿一丝，渔父平生。

鹧鸪天

江槛词。次晦翁韵

乱竹疏松绕宅生。一帘江雨晚来晴。莲池清月窥窗冷，石濑澄波入槛明。　　尘世事，已忘情。江湖重结白鸥盟。临流郎咏烦襟爽，枕石闲眠宿酒醒。

满江红

柴叶主人，忆田园、草莱芜没。命短棹、五湖风恬，三江波阔。僮仆来迎稚子候，门前柳绿□烟结。开清尊、独酌顾东篱，菊花发。　　□农圃，□□□。对亲戚，话离别。喜青山历历，绿水泼泼。昼卧北窗歌白云，暮归南亩带明月。但一琴、一书一酒杯，无别物。

南乡子

忆沙村。次晦翁韵

晴日驾轻船。去入湖中万里天。无限乘风波浪意，至今，藜杖行寻芳草川。　海月初引弦。影气澄光侵坐毡。汗漫清游劳梦思，依稀，眼里苍苍岛屿连。

蔡彭胤（1669—1731）

蔡彭胤，字仲耆，号希庵，平康（今属江原道平康郡）人。朝鲜肃宗十五年（1689）登第，历都承旨、大司谏、兵曹参判。著有《希庵集》。存词一首，见《希庵集》卷二瀛洲录。

菩萨蛮

自恒阳，午次砥平。自砥平东驰三十里，日暮列炬，又驰二十里。越一大岘，日“大松”。石径甚仄，炬影下，但见古木森然，有时泉声瀌瀌入耳，莫知其果何如也。仍题《菩萨蛮》一章。

重峦矗矗秋霄黑。云端石径千寻仄。树杪落风湍。叶声相应寒。　出林闻画角。列炬飞来急。驱马到邮亭。山川如梦醒。

河世应（1671—1727）

河世应，字应瑞，号知命堂，晋州（今属庆尚南道晋州市）人。

才性卓异，读书日进，以文词得名，同学不能及。朝鲜肃宗十三年（1687）中进士，继应试累进不得，困于科场，叹曰："得失命也，不必汲汲于此，误了我平生。"遂专心于古人之学。平生好孔传、毛郑笺，日夜讽咏不倦。又善治园林，吟啸其间，时人咸视为隐德不售于世者。著有《知命堂文集》。存词二首，见《知命堂文集》卷一。

水调歌头

次金大集第一叠

我何长不乐，乃有终身忧。一片灵台无主，焉能万变酬。莘野释耒岁晏，磻溪卷钓日暮，风云寂寞收。何事陈忠肃，时势喻乘舟。　洛川朔，道不同，不相谋。群邪伺衅，射影有甚汉党钩。天津杜鹃夜啼，江南泥马朝渡，兴废固悠悠。吾道从何托，山林与沧洲。

望海潮

次金大集第二叠

陟彼头流，俯瞰沧海，手折桂枝瑶华。郊原草树，城郭云烟，几许今古人家。江流变岸沙。天地固无穷，人生有涯。蚁柯荣宠，蜃楼光怪徒夸奢。　觉峰南涧幽阒，有夏阴冬雪，秋月春花。前溪渔唱，南浦莲歌，时听楚童蛮娃。香风动颊牙。闲居无所有、朝暮烟霞。富贵非所愿，清趣可堪夸。

金夏九（1676—1762）

金夏九，字鼎甫，号楸庵，遂安（今属黄海北道遂安郡）人。生而岐嶷，神采英迈，刻苦读书，通百家之言。朝鲜肃宗四十五年（1719）登第，历典籍、殿中御史、兵曹郎官，官海南县令。在县蠲徭役，革积弊，未数月而一境称治。选邑秀才，课其制讲，又取《吕氏乡约》《白鹿洞规》次第施行。县吏不悦，百方诬告，竟命还谪本县。筑室楸阴下，扁其室曰“楸庵”。畜古琴一张，名“雷龙”，日抚弄以自娱，尝曰:“心非此不平，诗非此不清。”风神秀拔，襟韵飘洒，望之如笙鹤下降。逍遥觞咏，天放自适者，逾三十年。八十四岁，授同知中枢府事，草疏固辞。著有《楸庵集》。存词十一首，分别见《楸庵集》卷二、卷三。

忆秦娥

病中忽念南中旧校书，题寄《忆秦娥》。

鸳鸯浴。芙蓉一抹清江曲。清江曲。明波为镜，照人如玉。　　柳枝欲妒纤腰束。遥山解镶双蛾绿。双蛾绿。旧游如梦，断弦谁续。

忆秦娥

裴友深之绛既书又诗，千里相问。此意郑重，制《忆秦娥》一词奉谢。拈出其首句“黄花佳节”字。

黄花节。山家酒熟新尊洁。新尊洁。怀人千里，停云一阕。　　蓟门孤雁嘶霜咽。秦楼片札同心结。同心结。何缘续得，古琴弦绝。

玉楼春

戊午一月九日，邑下三郡诸老伴约醵饮，会于临镜台之西偏，续斜川石马故事。次简斋《青墩僧舍》乐府韵。

崎岖世路如登岭。随处风波无稳境。嵬勋半载策楸坪，雪霁南天朱鸟影。　临江白石承丹鼎。新茗调烹剩洌井。一盛村酒属匏尊，尘里何人知隽永。是日煮艾。

李柬（1677—1727）

李柬，字公举，号巍岩，礼安（今属庆尚北道安东市）人。不乐仕进，沉潜经史。以学行荐庄陵参奉、世子侍读院咨议、怀德县监，皆不赴。卒，赠吏曹判书，谥文正。著有《巍岩遗稿》。存词四首，见《巍岩遗稿》卷二。

忆秦娥

拟晦翁《梅花词》，奉怀舅氏二阕。高低腔曲，仅用词法，而律吕之谐不谐，此所未详；调格之凡下，则又不足论也。然区区慕用之意，则未尝不在其中矣。伏幸笑览。

天机斡。朱明已暮清商发。清商发。高梧疏柳，白云明月。　幽人空谷音书绝。风兰玉树心超忽。心超忽。舞雩余韵，紫阳遗阕。

又

烟霏廓。平原极目遥岑碧。遥岑碧。别区岩洞，中园松竹。　年华宛晚芳尘隔。暮云萧瑟秋风白。秋风白。露盈襟袖，鸟归林薄。

李瀷（1681—1763）

李瀷，字子新，号星湖，骊州（今属京畿道骊州市）人。李夏镇幼子。二岁而孤，从三兄李溆学。朝鲜肃宗三十一年（1705）赴增广文科试，未中，遂绝意科举，潜研学术。英祖三年（1727）授缮工监假监役，不赴；三十九年（1763）授佥知中枢府事，不赴。上承李珥、柳馨远的学风，下启丁若镛，为实学派的代表人物。且博学多能，钻研语言、文字、史学、数学、医学、农学等，著述极丰。著有《星湖僿说》《藿忧录》《星湖文集》等，编辑《四七新编》《丧威前后录》《自卜编》《百谚解》等。存词四首，分别见《星湖全集》卷一、卷五、卷八。

水调歌头

寄洪古阜叙一相朝。次东坡《水调歌头》

山川正修阻，异地本洞天。白云何处飞绕，黄菊怨残年。夜梦蘧然来去，随意枫丹露白，无处不清寒。祸福有常命，夷险转头间。　倚沧海，瞻斗极，悄孤眠。达人远瞩，不信觚破即成圆。众道攀援枝叶，我独推寻行墨，毕竟孰亏全。缅忆曾欢会，江汉杂花娟。

水调歌头

孤青吟

徐孤青起，字待可，学于履素斋三年。返于乡，叹乡风鄙恶，欲行《吕氏乡约》，作讲信堂。里中恶少火其室，遂挈妻子入智异山红云洞人迹所罕到处，结庐力田以供。朝夕犹不继，秋夏之交，煮山梨以充饥。讲学不辍，远方之人，闻风负笈，各作书室于其侧。弊及邻寺，恐緇流生怨，居四年罢出，卜居于鸡龙山孤青峰孔岩之洞。州之士莫不敬畏而尊师，来者日益众。谋作书院，告于州伯。州伯亦出财以助，不日而成。公自治之余，日至于院，谆谆教诲，前后十八年，乐而忘食，末年所得益高。万历辛卯，卒，年六十九。

天地本空阔，山水自高深。藏名何去无地，志士但存心。竹杖芒鞋从此，惟见孤青独秀，松柏郁成林。负抱圣贤道，咀嚼味增钦。　采芳杜，搴宿莽，发长吟。有馨必发，风便吹度万重岑。

身在樵苏渔钓，客问轩羲姚姒，涧壑有知音。欲识伊人迹，江月岸枫寻。

朴昌元（1683—1753）

朴昌元，字善长，号澹翁，密阳（今属庆尚南道密阳市）人。形貌古奇，志操狷介，简言语，乐闲静，不事交游，隐迹阛阓，自号澹翁。聪明过人，一览书辄能记诵，剖析文义，略无滞碍。博涉经传，尤长于《易》，旁涉星历、音律、地理、医卜之说。著有《朴澹翁集》。存词十二首，见《朴澹翁集》卷中词部。

临江仙

立春

何处栽花春意动，汉宫佳丽联翩。风光物色共欣然。献君千万寿，拜舞贺新年。　草木回苏天地泰，方春圣主垂怜。群生囿化乐无边。雪融山涧外，风暖柳梅前。

蝶恋花

除夕立春

除夕庚申春节又，闪闪灯花，相照簪花鬓。一盏屠苏随旧俗，少年欢笑耆年恨。　灯下相逢相笑问。此夕团圞，更兼三阳近。送腊迎春新旧接，年年玉管为凭准。

醉春风

春闺

窗外樱花近。别离何处问。龙门迢递鹤关遥，闷。闷。闷。戏蝶搅心，流莺唤睡，久阻音信。　　孤烛成灰烬。春夜眠何稳。锦衾不暖画屏空，恨。恨。恨。杨柳和风，梨花明月，乱我心寸。

又

早春

东皇布德时。溪苑惠风吹。柳眼欲舒梅吐白，怡。怡。怡。闺中少妇，陇上远人，先应有思。　　春光泄柳枝。日影暖萍池。鸣鸟游鱼先得意，熙。熙。熙。一壶佳酿，数阕新音，兴酣唱词。

渔家傲

渔父

冰雪初融梅柳好。沧波渡口春风早。挽棹渔人双鬓皓。山水老。满江烟月闲幽讨。　　万顷沧波山日倒。此间远隔红尘道。白鸟知心来海岛。无懊恼。一区名胜长熙皞。

一剪梅

人日

佳节团圞对故人。七叶丹蓂，一半金轮。临风谈笑酒尊开，细菜盘中，占得新春。　　梅欲飘零柳欲颦。丽日舒迟，和气氤氲。遥知金胜汉宫传，香惹衣冠，拜贺中宸。

天仙子

上元

月上遥空明镜样。随处景光元夕当。一年佳节起游人，闻浩唱。携新酿。前辈风流今不让。　　相约相期何处向。十二桥头清债偿。黄柑绿酒兴无穷，酣欲畅。诗争长。料峭东风梅柳上。

凤凰阁

雨水

雪冰消活水，声来远峡。候鸿塞燕影相接。正是乾坤开泰，雨露沾湿。想得蓂生三五叶。　　垂杨金色。拂处新梅玉颊。更看团月槛前入。参宿正中，斗杓指点寅甲。坐见天时如水急。

青玉案

惊蛰

池塘草绿冰初泮。渐院落，余寒散。暖日和风春欲半。厥民初析，蛰虫方振，乐意无涯畔。　　枝头好鸟声相唤。正为报花朝使人玩。侠客金羁与珠弹。玉尊酒重，锦筵花绕，喜气盈楼观。

卖花声

青闺怨

愁向镜台前。愁减婵娟。愁心风雨落花天。愁忆远人犹未返，愁自年年。　　愁对碧窗烟。愁不成眠。愁边莺蝶共翩翩。愁见樱花春日暮，愁望君边。

风中柳

立夏

梦里青春，辞去朱明回薄。绿暗时、残红寂寞。楝花风景，正清和楼阁。莺语娇、劝人杯酌。　　浩荡诗情，借问三春何若。树影浓、烟绵草色。更看底处，最堪相娱乐。海棠开、斗妍红药。

何满子

早春

古砌残梅白玉，长桥细柳黄金。物色媚春春尚早，把杯觅句沉吟。坐对氤氲和气，更叹荏苒光阴。　　知节纤纤好雨，趋林恰恰新禽。草木群生皆自乐，方看天地仁心。圣主顺行时令，化民恩泽偏深。

金始镔（1684—1729）

金始镔，字休伯，号白南，咸昌（今属庆尚北道尚州市）人。朝鲜肃宗二十八年（1702）登第，历弼善、掌令、蔚山府使。著有《白南集》。存词十四首，见《白南集》卷三北关录。自注云："甲辰腊月，以掌令上疏，被旨补外明川。"即作于景宗四年（1724）十二月贬谪北方之时。

渔家傲

雨余

日日炎旗天上举。今朝喜见商羊舞。顷刻龙君行大雨。行无住。风吹却敛神功去。　　莫作边关千里旅。人情怀土斯其所。所以钟仪音奏楚。伤心处。阴山带湿青无语。

点绛唇

睡起

倦睡初回，虚堂寂历青山暮。断烟疏雨。郭外迷春树。　吏散庭空，禽鸟飞无数。飞还住。眷言南路。坐诵归来赋。

浣溪沙

午睡

木枕藤床课午眠。幽禽时语小窗前。觉来山色在诗篇。　起看隰云归远壑，官城南畔响鸣泉。忽然醒耳复怡然。

玉楼春

《明原词》一迭

孤城四面皆高岭。天意分明开别境。谯楼昼静不生尘，时有闲云来弄影。　休言扑地无钟鼎。富贵江山妆邑井。春深烟景似佳宾，应接能教今夕永。

清平乐

二迭

栏亭孤倚。紫霭青山低。四月西林木美。夕鸟相衔首尾。　吾行曷月言旋。愁中一日如年。时复回头南望，苍茫翠色磨天。

南柯子

三迭

渺渺云移壑，依依鸟过岑。园花飞尽绿成阴。坐见人间流序、去骎骎。　旗动翻翻影，笳传咽咽音。忽然起立听龙吟。孤剑惟知千古、丈夫心。

虞美人

黄花词

春风耻作婵娟态。此意谁能会。自持孤节到秋兰。但备湘江江上屈原餐。　　回头三径荒芜久。亦有犹存否。他时浊醪泛寒英。政复疑君颜色在深觥。

临江仙

幽兰词

猗彼幽兰生谷底，春来烈烈其香。世人那识此孤芳。独弹尼父曲，凄惋不成章。　　学得楚臣滋九畹，吾将结佩充纕。寒天容易下严霜。清芬须自保，委折亦何伤。

忆秦娥

蟾光词

阴云卷。空中露出姮娥殿。姮娥殿。珠帘凝洗，玉窗如练。　　有绳难系蟾轮转。西溟易报清光饯。清光饯。五更凉露，一尊虚院。

法驾导引

《关树词》三迭，效韩夫人

明原雪，明原雪，着树自成花。不必春游游陌上，塞城冬月亦繁华。堪唱郢中歌。

又

城南树，城南树，春入去年枝。手种何人勤护惜，居然花尽子垂垂。游蝶谩蹁跹。

又

南归去，南归去，迢递路三千。谷转山围人不见，夕天关树杳孤烟。回望政依然。

李廷荩（1685—1738）

李廷荩，字国卿，号白云斋，真宝（今属庆尚北道青松郡）人。朝鲜肃宗四十一年（1715）中进士。著有《白云斋诗集》。

浪淘沙令

郊外暑风薰。杲日如焚。麻衫葛裤汗成纹。满树栗留啼款曲，北里南村。　　举首看天文。一段浮云。几时霡霂洗昏氛。最是野棠时节晚，落蕊纷纷。

渔家傲

渔火

雨歇黄梅芳树静。毿毿落絮沾泥径。雾帐连山低弄影。占山景。新秧润色青相映。　　滴沥屋檐铃不定。田家一曲荆门迥。牝着烟蓑种数顷。丰岁庆。鸣蛙池上平波暝。

渔家傲

玄渊渔火

江水无风清见底,白鸥汀上鱼灯乱。玉镜夺明红晕澈。秋渚暖。落星直射寒烟熯。　　一一银鳞须可数，几阵眠鸥忽惊散。绛云影里人相唤。倦兴懒。斜光返照柴扉款。

鹤冲天

明沙鸥阵

渚日暖，浦云披。沙上白鸥宜。雪衣暗浴碧玉浪，摇荡碎轻漪。　　芦花处，疏雨垂。闲弄水天晚景，惊人飞去割青霭，渔唱竹枝词。

柳宜键（1687—1760）

柳宜键，字顺兼，号花溪，瑞山（今属忠清南道瑞山市）人。朝鲜英祖十三年（1737）中进士，不仕。潜研经史诸子。著有《花溪集》。存词七首，见《花溪集》卷七歌词。

浣溪沙

渔火

日暮江云细雨时。南松亭上送君归。手持芍药口吟诗。　　一步一回又一笑，相逢相别更相思。丈夫不作儿女悲。

浣溪沙

达城路中

尽日行行不暂休。路倾泥滑阻深流。羸驂顿踣弱奴愁。　　满野农讴争互唱，隔林禽语好相酬。诗情到此更悠悠。

又

朝发元堂夕庆林。休僮秣马坐沉吟。逢僧相话暂开襟。　　南陌雨过催稼事，前溪日暖语游禽。行忙那得恣探寻。

望江南

前程远，云际露尖峦。乱水横侵青草路，啼莺飞入绿林间。馌罢农夫还。　　垂鞭去，忘却日衔山。十里长程无阻碍，单僮匹马共安闲。莫道行路难。

望江南

送远人

送君去，三水路三千。宦海冥行宜被逐，书生何事更投边。堪笑亦堪怜。

又

为君贺，游览遍山川。黑石枌榆开壮瞩，白头风雪散吟鞭。赢得锦囊篇。

西江月

积雪中作《西江月》二阕以遣怀

天地茫茫不辨，山原浩浩无涯。闾阎尽是玉京家。比屋瑶檐琼瓦。　　满目玲珑可爱，砭肌凛溧堪嗟。妖姬狎坐酌流霞。何处销金帐下。

又

封合山头谷口，弥纶地角天涯。不知远近有人家。一色难分草瓦。　　积雪围中受苦，寒冰狱里同嗟。超然安得炼丹霞。驾鹤骖鸾上下。

郑梯（1689—1765）

郑梯，字可升，号南窗，迎日（今属庆尚北道迎日郡）人。幼有异质，知爱亲敬长之道。七岁丁父忧，持礼如成人。八岁从伯父学，聪悟绝人，过目成诵。后居母丧，哀毁逾礼。困科场，专意为己之学。家贫，穴所居南墙以通明，号南窗。前无厅事，有一树童童如伞，每日出提一席，携一笈，随树阴而坐，故名其树曰“四阴亭”。作诗咏之，自况于“有巢氏之民”。著有《南窗集》。存词四首，见《南窗集》卷一乐府。

鹧鸪天

观书

宿雨蒙蒙久未收。书窗高卧尚神游。旁通诸子观时象，上友群贤道味腴。　　千古事，一瞬轮，沧桑世变等浮沤。洞庭春色今萧索，缘底浇书涤荡愁。

菩萨蛮

宿泉谷寺

海门风景三春好。平生宿债今行了。落落长松边。渊渊晓磬前。　　观音遗像古。兜率诸天暮。中有休粮禅。焚香说太玄。

南国柱（1690—1759）

南国柱，字厦仲，号凤洲，英阳（今属庆尚北道英阳郡）人。始入学，课经史，耽玩嗜深。赴举时，考官乃本邑倅，多方为难，乃笑曰："雕虫之技，非吾意也。"遂弃之，专一读古人书。自叙不知耕农钱货之事，惟《易》之简奥，《书之》灏噩，《诗》之雍容，《春秋》之谨严，《礼》之庄敬，靡不淹贯。环堵萧然，短褐穿结，而闲靖自怡，澹泊无为。其于诗文，适意信笔，不事雕绘。著有《凤洲集》。存词一首，见《凤洲集》卷一。

水调歌头

人踏平芜去，鸟带夕阳还。溪翁醉着蓑笠，矶上锦纹斑。烟洲柳絮飘拂，霞堤荻花萧瑟，乘月棹歌闲。何似羊裘子，垂钓沧波间。　羊裘子，辞谏议，卧富山。七里滩，一竿竹，扶得汉鼎安。身将客星同隐，心与浮云共淡，千古莫难攀。更唱坡翁曲，不胜玉楼寒。

池光翰（1695—1757）

池光翰，号雪岳，忠州（今属忠清北道忠州市）人。著有《鸿史》《雪岳集》等。存词八首，见《雪岳集》卷一。

水调歌头

家儿共观察赵公泛锦江，卧病怀想，用朱子《九体》韵以记之。时甲戌七月既望也。

遥想清秋夕，牙纛出江城。是时暮色苍凉，瑶镜一望平。唤聚二三仙侣，撑得高樯健席，浩浩击空明。浦口云何暗，天际月无情。　　篝灯去，鲛屋外，万星横。橹声和弄箫鼓，豪气醉中生。西指朝天旧路，南访义慈遗迹，业海笑空名。水月匪无尽，苏子亦何成。

西江月

甲戌清秋既半，可怜江月团团。舲窗波面自轻安。别界冰亭风馆。　　思浪近船鹤舞，清标睡渚鹭寒。扶苏山碧古花残。一笑沧业易换。

好事近

月素波澄时，忽若江天飞雪。坐使满汀蘋桂，变珠幰玉节。　　千寻思浪浩茫茫，危舲望舟阙。相国旬宣湖海，静冰壶清澈。

念奴娇

梅词体

汀萍郁郁岸兰芳，又是金波澹白。夜气清明，夕携得、湖海二三豪客。琉璃净清，帆舲广张，不与仙都隔。美醑佳肴，烂漫吸露餐雪。　　忘却虎符铜节，随身诩诩，化庄园春蝶。飞渡重溟三万里，拜舞绣宫烟月。橹肖三声，蓬窗悄坐，流涕无休歇。何其然也，请首江汉东折。

南乡子

家儿自锦水径归，遂作西行。

一笑下江船。花落龙沉月黑天。醉魄遥归陈后墓，荛讴，牧管交喧旧岳川。　　争似弄朱弦。浮碧楼头醉画毡。歌号洋洋箕子国，溶溶，涓水尧封万里连。

郑基安（1695—1775）

郑基安，字安世，号晚慕，温阳（今属忠清南道温阳郡）人。朝鲜英祖四年（1728）登第，历持平、正言、司谏、承旨、汉城府左尹、中枢府知事。卒，谥孝宪。治躬持家，严而有方，左右图史，整饬衣冠，仪度凝重，坐立未尝倚跛，瞻视未尝倾侧。虽衰耄疾病，辞气温和如故，无丝毫惰容漫语。善诗文，初不欲以一艺自名，而畜厚材赡，词采绚丽，故多执笔鸿藻大册，咸谓华国高手。著有《晚慕遗稿》。存词一首，见《晚慕遗稿》卷一。

水调歌头

效朱文公小词体

日月跳板丸，乾坤浮水萍。谁知一梦，人间往来纷不停。贤焉勇焉俱死，帝兮王兮同朽，万古一邮亭。何似漆园老，死生视朝暝。　　漆园老,解帝悬,通玄扃。适来时适去顺,无形同有形。万物纷纷蛇蜩，身世蘧蘧蝴蝶，神游入窈冥。始觉物理幻，菌蕙寿椿灵。

赵天经（1695—1776）

赵天经，字君一，号易安堂，丰壤（今属京畿道南杨州市）人。生而颖悟，才气超迈，六岁能属文。从李万敷学，讲究思辨，孜孜力学。有闻必记，举凡阴阳、星历、兵田、户口、医药、卜筮、山川、道理，无不备录，至三百余册，慨然有缓急需用之意。又纂古今人物忠邪得失之迹，名《五侯鲭》，亦八十余卷。朝鲜肃宗四十六年（1720）中进士。历五卫都总府护军、资宪大夫。筑室邱壑，扁曰“易安”，取陶渊明“审容膝”之意。年八十余，整冠端坐，礼容甚饬，案秩齐净，语言精详，无衰倦之色。其诗语警辞达，无钩棘艰险；俪文行如云水，名高馆阁；读史之作，类多独诣之见。著有《易安堂文集》。存词七首，分别见卷二、卷三。

玉楼春

寄竹村

楼上春风花欲燃。楼下春江波接天。夕阳佳色何时尽，九曲离肠半已穿。

长相思

寄松坞

长相思，远离别，岸柳参差条可折。少时伴，新春节。阵阵芭蕉雨，团团十五月。可惜落来花，如君鬓边雪。

如梦令

题梅村山庄

道是桃源不是。道是橘洲不是。绿水与青山，别是壶中天地。知否。知否。身在太平无事。

临江仙

赠别河圣休

花影参差莺语碎，玉船风动纤鳞。碧天稳送白银轮。小楼东角，三叠和阳春。　　门掩黄昏君不住，林外惟见行尘。隔花啼鸟唤归人。后期何处，双鬓白如银。

忆秦娥

答圣休

春寂寂。丹邱有个人如玉。人如玉。半窗梅影，一床周易。　　别来三日香生席。弹琴为奏相思曲。相思曲。一声吹彻，山青水绿。

长相思

留别德川诸友

山之阳。水之阳。百世清风数仞墙。群仙列画堂。　　余发黄。尔发黄。离合天涯梦一场。相思永徜徉。

临江仙

题四幸堂。姜文举堂名

古有鼓琴三乐者，今君四幸何如。洪匀播物最灵余。聪明男子事，讲习圣贤书。　　一个身生儿四个，堪传经训菑畬。百年温饱好家居。风轩高枕卧，春梦到华胥。

凤栖梧

一名《蝶恋花》。咏石榴花

人自惜春春自去。窗外榴花,也解留春住。红锦妆成花处女。

夜来更染胭脂雨。　　仙馆玉堂春已暮。大夏移来，尚带朱明序。旭日照人双眼举。山翁不患昏昏雾。

南有常（1696—1728）

南有常，字吉哉，号太华，亦作泰华，宜宁（今属庆尚南道宜宁郡）人。幼有济物之心，内蕴刚介，好读经传，手书《大学章句》，以朝夕警省。朝鲜英祖三年（1727）登第，历春秋馆记事官、修撰、吏曹正郎。未展才而卒，英祖悼之，特命赠弘文馆副修撰。上承父、祖华国文章之绪，才思泉涌，文多古意，为诗则遒丽朗润。著有《太华子稿》。存词九首，见《太华子稿》卷三。

望江南

酒阑，出东坡古词读之。次其韵，赋梅花。

山夜永，烟静月西斜。不道东风无厚薄，一枝花落一枝花。花下坐君家。　　花已老，花老莫须嗟。风暖渐闻幽鸟语，雪消旋试小龙茶。留醉看春华。

临江仙

又以“忘言斋”分韵，得“言”字。

斗转参横将夜半，寒山雪拥柴门。梅花一树散人村。泠风初度阁，绿酒复盈尊。　　绿酒盈尊吾已醉，醉来徙倚高轩。晓霞飞尽月流痕。清真观物子，于此亦忘言。

行香子

又以“东山月”分韵，得“东”字。

云散天空，月出其东。上栏干、帘影玲珑。孤光映澈，一气冲融。对梅边雪、石窦泉、松下风。　　皎皎霜兔，扬彩寰中。夜未央、乌鹊翻丛。古来同照，圆缺无穷。忆香山老、谪仙人、东坡翁。

梅花引

又拈三阕，各申余意。

梅花早。山月好。使赋百篇情未了。花将阑。月向残。满尊芳酒，须君长夜欢。　　松风穆然来入室。北斗峥嵘天宇阔。霜林清。宿鸦惊。翻飞哑哑，东方生远明。

蝶恋花

又以“白雪楼”分韵，得“雪”字。

吴子楼高来把笔。的的寒梅，澹澹初浮月。但使百瓶芳酒泼。人间何事为穷达。　　立马柴门朝日出。此去溪桥，一路连残雪。更欲期君春沼阔。桃花杨柳歌新阕。

占春芳

钟岩春帖，亦用小令。

帘簌簌，东风入，一夜柳梢青。前涧雪消多少，已闻流水泠泠。　　好鸟不停声。早花开、幽草生庭。酒家沽酒来何晚，先向林亭。

清平乐

梅花半落。柳眼微微绿。窗外鸟啼春睡足。日照栏干东角。　　溪南流水溅溅。溪西芳草绵绵。不识吾家何许，只应随处悠然。

调笑令

集王右丞诗语，又得一阕。

居士。居士。酌酒会临泉水。平明闾巷扫花开。桃李阴阴柳絮飞。飞絮。飞絮。杖策村西日暮。

又

无事。无事。经过南邻北里。花繁衮衮压枝低。拂曙争先百鸟啼。啼鸟。啼鸟。花落家僮不扫。

南有容（1698—1773）

南有容，字德哉，号少华、雷渊，宜宁（今属庆尚南道宜宁郡）人。有常之弟。朝鲜英祖十六年（1740）登第，历承旨、大提学、礼曹参判、大司宪、右宾客。卒，谥文清。著有《雷渊集》，正祖作序。存词六首，见《雷渊集》卷八词令。自注云："以下十八首属词令。"而"词令"部分实多为古歌谣体，仅有六首词作。

望江南

同伯氏会伯玉亭，赋梅花小令。

梅已发，帘卷翠梢斜。万里春风惟此树，一天冰雪看孤花。

尊酒坐君家。　　花下饮，花落使人嗟。春后岂无花似雾，兴来还有酒如茶。独惜此芳华。

江城子

酒阑，又出小令，同赋。

野桥深雪散驴蹄。水亭西。是君栖。漠漠烟村,处处养豚鸡。见客敷腴颜色好,冠白氎,杖青藜。　　西楼宴坐俯长堤。宿云低。暝禽啼。我有新词，秉烛为君题。春日相期何处好，池水绿，草萋萋。

水调歌头

用“白雪楼”分韵，余得“楼”字。

饮子流霞酌，唱我水调讴。昔余来此，菡萏花发倚高楼。尚忆清泠石上，濯足疏风暖雨，圆叶转新秋。今日苍髯客，惆怅碧栏头。　　曲将竟,天籁静,岭月流。余音忽厉,栖鹊惊飞扑帘钩。何处风尘儇子，鼾睡九街夜色，栩栩梦王侯。吾道苟如此，林壑且优游。

浣溪沙

十滩丈小屏，画渊明《归去来辞》，郑元伯所作也。以《浣溪沙》调，为赋其二迭。

宿雾苍苍草树平。溪南细路未分明。何村老子亦孤征。　　欲往柴桑何处是，桥边立马问前程。回头遥指峡云生。右述“问征夫以前路”。

又

水鸟惊飞笑语喧。仆夫迎我到山樊。更看幼子候衡门。　　容裔扁舟春水阔，依依桑柘绕山村。风尘十载返田园。右述“稚子候门”。

临江仙

舟中见《涧翁梦瀛记》，有述。庚辰首春，涧翁在鳌山，梦暨拙老觐予于瀛洲。予坐大舰，取真一引满，已，又饮二客火桃。三侑酒，皆醉饱尽欢。觉而异焉，书用识之。其四月，予自蓬莱遵海而东，放于大瀛台下。涧翁书若记适及舟中，而拙老在焉，相顾嗟异。述《临江仙》一阕。

海上蟠桃红万颗，君山美酒如泉。三生结习太狂颠。偷来鳌山下，仙吏正高眠。　　仙吏梦中能饮酒，霜毛何处癯仙。举觞寿我一千年。三杯犹可又，追我大瀛船。

吴瑗（1700—1740）

吴瑗，字伯玉，号月谷，海州（今属黄海南道海州市）人。朝鲜英祖四年（1728）状元及第，历正言、校理、应教、参赞、工曹参判。卒，赠左赞成，谥文穆。著有《月谷集》。存词四首，见《月谷集》卷二。

望江南

用东坡小令韵，共赋梅花。

山月白，栏外影欹斜。冰霰未回桃杏梦，东风开遍北枝花。幽意在山家。　　花正好，花落更堪嗟。春意乍添尊泛醁，暗香时滴雪烹茶。惆怅揽余华。

西江月

复用“东山月”分韵，得“山”字。

夜色微分古树，清辉已动前山。山容隐约碧螺鬟。开户澹烟残雪。　　行踏寒光涧道，坐看疏影松间。澄明一气夜中还。何处琼楼玉阙。

如梦令

又各拈一阕。

人坐阑干东角。皓月千林万壑。醉倚白玉壶，只恐梅花零落。更酌。更酌。不省村鸡喔喔。

满江红

以“白雪楼”分韵，得“白”字，又赋新阕。

梅下壶尊，千载上、黄虞云邈。只有个、尊中酒味，合中春色。留着太平时气象，能令我辈熙然乐。酒已阑、花老岂无君，千篇作。　　贵不愿，鸣钟食。功不必，书金石。文章亦聊尔，空名何益。七子英风安在哉，高楼海岱浮云白。总不如、安乐窝中看，庖牺易。

南龙万（1709—1784）

南龙万，字鹏路，号活山。英阳（今属庆尚北道英阳郡）人。朝鲜英祖三十二年（1756）中生员，历禧陵参奉。著有《活山集》。存词八首，见《活山集》卷二。

巫山一段云

次益斋《潇湘八景》诗韵。益斋李先生尝游洞庭间，用《巫山一段云》体成八章。余奇其声色，无聊中效而次之。耳闻不如足踏，意想不如目见，非特诗思万不及古人而已，要当以时吟咀，少叙晚生偏壤之恨。

远浦归帆

潮退波声急，山晴日影催。空洲秋晚水天开。风送远帆来。　点点穿云出，漂漂向岸回。长驱银屋薄沙堆。石屿震如雷。

又

平沙落雁

白雪初花荻，黄云晚穗粱。惊秋塞雁忽成行。依旧返南湘。　风立朝鸣旭，洲眠夜拂霜。长沙明处耀斜阳。飞落更飞扬。

又

洞庭秋月

云净群山远，波明一鉴空。湖头新月忽生东。天地玉壶中。　微浪辉成锦，长烟彩倒虹。飞楼影落静无风。恍若俯龙宫。

又

潇湘夜雨

有月云沉岸，无风叶下洲。江天疏雨白蘋秋。灵瑟暗生愁。　雾匝迷征雁。蓑沾泊去舟。萧萧竹泪夜声幽。湿立不眠鸥。

又

山市晴岚

萧洒群峦霁，依微一抹围。高庵日晏半开扉。林樾乍阴霏。　　始谓朝烟淡。俄疑晚霭微。日中风卷市人归。方觉两皆非。

又

江天暮雪

冰合波声静，风狞雪意严。纵横飘洒白纤纤。铺地斥田盐。　　港口维长缆。垆头卷小帘。云沉星汉没银蟾。冷透彩航帘。

又

烟寺暮钟

岚气风前灭，烟光雨后浓。江波澄彻倒山容。隐隐出疏钟。　　僧在林端寺。声从雾里峰。遥看岩下独归筇。携钵急穿松。

又

渔村落照

日夕回残照，秋清映晚霞。烟光凝处是渔家。紫霭半边斜。　　点白群飞鹭。流玄独去鸦。移舟卷网浪翻花。随影散鱼虾。

安鼎福（1712—1791）

安鼎福，字百顺，号顺庵，广州（今属京畿道广州市）人。正祖朝的著名学者，曾任正祖世孙教师。授同知中枢府事。封广成君。

卒，追赠左参赞，谥文肃。著有《东史纲目》《顺庵集》等。存词一首，见《顺庵集》卷一。

沁园春

期友会话园亭，代少辈戏作《沁园春》。

去日苦长，来日苦短，不乐何为。故高人志士，寸阴虽惜，秉烛清游，常恐后时。黄鹂啭歌，青梅结子，弱柳软蒲绕绿池。今奈何、使良辰虚度，美景坐驰。　　雨余溪水新肥。且银帘玉龙倒飞。当临流濯缨，藉草代席，抽韵选胜，对景吟诗。兰亭金谷，流芳千载，不如真率会随宜。君相念、牛山夕晖，昔人所悲。

申国宾（1724—1799）

申国宾，字士观，号太乙庵，平山（今属黄海北道平山郡）人。朝鲜正祖十九年（1795）中生员。著有《太乙庵文集》。存词一首，见《太乙庵文集》卷二词歌。

锦堂春

呈沈明府鉁寿母席下，并小叙。

伏闻今日是太硕人睟辰也，海屋添百岁之筹，官厨备五鼎之供，民夜来添疾，不能趋造于寿席之外，缀卿伸庆贺之诚。昔者皇明刘阁老大夫人寿席，邵天民歌《锦堂春》词，以侑寿觞。兹敢效颦庸代，献寿竹枝，以供履舄之用。

潘母千里笋舆，河阳一县花香。岭南楼下都护府，斑衣献寿觞。　　三迁教止于慈，八耋年寿而康。凝川人士感孝理，锡类祝陵冈。

李养吾（1737—1811）

李养吾，字周浩，号磻溪，庆州（今属庆尚北道庆州市）人。终身不仕，潜研学问。著有《磻溪文集》。存词十五首，分别见《磻溪集》卷一、卷二、卷三。其词自然明净，不经意间流露出儒者真意。

昭君怨

清明

去岁清明山舍。今岁清明溪榭。帘卷夕阳时。雨丝丝。　童子提壶沽酒。老妇携刀剪韭。窗外杏花开。暗香来。

望江南

磻溪

磻溪好，溪上草庵幽。三月莺花兼富贵，一区山水足风流。何必觅封侯。

西江月

自咏

溪柳丝丝垂碧，山花树树蒸红。清风明月满青空。最是精神浮动。　出入文章洞里，往来蝴蝶乡中。百年天地一闲翁。乘兴时时吟讽。

浣溪沙

除夕

新岁方来旧岁过。儿童欢喜老人嗟。夜深村巷笑声多。　浮蚁尊前闻爆竹。呼庐床上落灯火。一春消息傍梅查。

姜鼎焕（1741—1816）

姜鼎焕，字季升，号典庵。晋州（今属庆尚南道晋州市）人。著有《典庵集》。存词一首，见《典庵集》卷三。

水调歌头

赋山水幽居

山下采芝草，江上伴沙鸥。吾将逝高卧，万事顿忘忧。静听烟雨牧笛，时和夕阳樵歌，此乐谁与俦。携友参同契，聊与喜相酬。　　挥羽扇，跨蹇驴，侑胜游。人生不满百，尊酒好风流。讽咏古人诗律，栖息多小楼台，幽兴君知不。贫贱终无累，富贵更何求。

金载瓒（1746—1827）

金载瓒，字国宝，号海石，延安（今属朝鲜黄海南道延安郡）人。朝鲜英祖五十年（1774）文科及第，历检阅、知实录厅使，编辑《摛文院讲义》《正祖实录》《正祖御制弘斋全书》等。仕至右议政、左议政、领议政、领中枢府事。卒，谥文忠。著有《海石遗稿》。存词九首，见《海石遗稿》卷一。

锦堂春

别黄鹤楼

雨带晴沙雁阵，烟生远楚渔舟。一声风笛江城远，仙鹤下虚楼。　　画箔明横绿水，青娥睡损红妆。汀洲漠漠孤舟发，纤月上苍苍。

黄莺儿

韶阳词（其一）

池塘春晓生疏雨，轻红欲绽，嫩绿初齐。美人觅新声，小墙东、画栏头、烟树西。　小庭芳草露华多。帘角风微，柳梢星斜。恼却几家梦，一声春、一声愁、一声歌。

踏莎行

韶阳词（其二）

一春花事，小院禽声。满径芳菲瑶草生。杏子单衫红茜裙，朱楼人立夕阳明。　屏画香细，窗纱风开。轻盈宝袜下妆台。却遮团扇还羞杀，骂道飞花着面来。

金梭幕

韶阳词（其三）

金梭幕，金梭幕，织得青丝素丝红绿丝。阑干十二齐褰箔，隋堤烟帆，兰陵酒旗。　金梭幕，金梭幕，绣出花色草色烟雨色。珠勒香车南陌畔，轻霞透户，飞絮萦席。

蝶恋花

韶阳词（其四）

□霎轻风残梦觉。艳粉妖红，乱落山庭晓。脉脉凝情无处问，葡萄架上啼双鸟。　高柳蒙蒙鸠欲乳。宿醉初醒，昨夜清明雨。紫须金翅双飞蝶，喋得香泥窥绣户。

采桑子

韶阳词（其五）

红板桥头春漠漠，柔枝烟抹，沃叶露晞。女伴交肩日暮归。　桂钩掺得最高枝。翠袖欲皱，玉腕轻移。箔上蚕饥丽日迟。

武陵春

韶阳词（其六，回文）

永昼清风花带露，露带花风清昼永。细细香生水，水生香细细。　　点点红痕绣碧苔，苔碧绣痕红点点。流水逐轻舟，舟轻逐水流。

减字山有花

韶阳词（其七）

山明斜日薄，花暗细霞浓。君归去，君归去，请看鼎方山城孤秀松。　　山低兰寺雨，花落翠岩风。人那去，人那去，青伞彩轿踥蹀桃花骢。

清平乐

韶阳词（其八）

澹烟飘薄，郎意似游丝。门外一双紫桐树，这处侬家易知。　　停风梭褰画箔，花光冉冉黄昏。故打鹦儿剧戏，是时月上南园。

金相日（1756—1822）

金相日，字子山，号一广，光山（今属光山市）人。著有《一广遗稿》。存词六首，见《一广遗稿》卷二。

渔父词

钓台词，赠朴进士锴

碧落亭前白鸟飞。沧浪之水锦鱼肥。风打竿，雨沾衣。西岩尽日不知归。

又

白头司马钓鱼翁。流水浮云万事空。红蓼月，绿蘋风。此心应不子牙同。

又

屠龙大志竟归虚。寻鹭前盟且遂初。枫叶晚，荻花疏。烟波垂钓意何如。

渔父词

重和《钓台词》三首

沙禽格格近人飞。碧水潭深紫鲫肥。芦花被，莲藕衣。明月寒宵未肯归。

又

十里烟波立一翁。明沙铺练水连空。细雨雨，斜风风。渔台幽兴暮朝同。

又

横林出水白烟虚。日落沉沉月上初。绿竿长，芳饵疏。不为鱼来钓自如。

郑奎汉（1757—1824）

郑奎汉，字孟文，号华山，长鬐（今属庆尚北道浦项市）人。朝鲜正祖六年（1782）中进士，不仕，潜研学问，有文名。著有《华山集》。存词五首，见《华山集》卷一。

捣练子令

夏景词

月皎皎，风飔飔。瘦竹疏松影衬眉。云尽河倾人不到，夜来幽兴对深卮。

酹江月令

七夕词

白榆花落，月正是、紫姑行秋时节。一叶青梧飘零道，是织女、牵牛七夕。月帐排空，银河弄影，净霁三天色。流云如画，一阵乌鹊横截。　遥想灵匹今朝，画眉犹未了，精灵飘合。玉佩仙裙谈笑间，丹桂花飞烟灭。跨凤秦妃，履霜青女，笑我相逢别。犹胜世界，一去无复还日。

菩萨蛮令

新秋霁夜景

凉蟾历历清如玉。青空一望生寒碧。秋色入疏桐。朗吟飘远风。　良宵无酒绿。胜景虚排掷。云水自吾心。青山绕素襟。

西江月令

中秋夜

满地唧唧虫响，浮空皎皎蟾辉。夕阳已送白云飞。酒兴醒来秋意。　　可爱一轮凉月，却碎九宇霏微。对尊闲睡客来稀。楚雁数声归去。

鹧鸪天令

渔家秋景

江海霜前一雁飞。芦花烟水雪鲈肥。渔翁醉宿篷窗雨，惟有沙头睡鹭知。　　红蓼月，白蘋涯。浮家泛宅不曾归。滩声惹起寒宵梦，楚竹烟生向晚炊。

丁若镛（1762—1836）

丁若镛，字美镛，号茶山、俟堂、与犹堂，罗州（今属全罗南道罗州市）人。生于两班贵族之家，自幼接受良好的教育，二十二岁中进士，二十七岁文科甲科登第，累官检阅、持平、兵曹参议、承旨、谷山府使。卒，追赠奎章阁提学，谥文度。朝鲜历史上著名的硕学鸿儒，英正朝实学的代表人物。著有《与犹堂全书》。存词九首，见《与犹堂全书》卷五。

满江红

渔夫

一叶渔舟，我和你、烟波出没。了不管、西江骇浪，催人白发。举手长辞青玉佩，掉头不入黄金阙。听枫梢、晓露荻花风，寒侵骨。　　哀箫弄，短歌发。暮潮薄，晨潮滑。取江豚、穿过绿杨枝末。浊酒三杯酬至愿，蒲帆一幅留长物。只瞢腾、熟睡到天明，江沉月。

浪淘沙令

恋阙

门外柳枝黄。春意难详。芳池绿涨燕飞忙。细忆玉楼陪宴日，一暮心伤。　　流落在南荒。梦里君王。东风吹绽小桃香。歌管嘲轰何处也，剪断愁肠。

长相思

忆友

朝褰帘。暮褰帘。冉冉春云碍绿檐。日令庭草添。　　桃花尖，杏花尖。舀破芳心晓雨纤。不教儿去拈。

菩萨蛮

寄僧

东风一夜南湖曲。春城草色连天绿。何处碧池莲。可怜山黛边。　　油茶花正绽。竹翠交幽涧。穿着绿袈裟。褰帘看晓霞。

浣溪沙

春景

小雨廉纤竹院深。碧云帘影共沉沉。静观琴谱当听琴。　　可惜杏花轻入水，已看榆荚暗成阴。绿肥红瘦有谁禁。

水调歌头

思乡

潇洒粤溪水，澹荡白屏山。我家茅屋寄在，烟霭杳茫间。欲与云鸿高举，怪有重峦迭嶂，不许尔同还。一醉落花底，归梦绕沙湾。　　钓鱼子，尘网外，十分闲。昔年何事狂走，漂泊抵衰颜。风里一团黄帽，雨外一尖青蒻，此个胜簪纶。几日湖亭上，高枕看波澜。

如梦令

忆乙卯春赏花钓鱼宴事

湖上艳阳春至。满眼残红软翠。细忆赏花筵，放下一双清泪。如醉。如醉。曾是十年前事。

又

寄内

一夜飞花千片。绕屋鸣鸠乳燕。孤客未言归，几时翠闺芳宴。休恋。休恋。惆怅梦中颜面。

更漏子

墙西有一小园，园翁喜打脑，谓之“脑翁”。二月晦，适游脑翁园，邻人馈酒殽，聊述其事。

碧桃园，黄芥圃。好贮一丛芳树。银缕切，玉壶倾。薄游嬉晚晴。　　瑞葱苑，芙蓉水。旧日瀛洲学士。风淅淅，雨潺潺。春阴作小寒。

柳台佐（1763—1837）

柳台佐，字士铉，号鹤栖，丰山（今属庆尚北道安东市）人。名相柳成龙后裔。朝鲜正祖十八年（1794）登第，官大司谏。著有《鹤栖集》。存词二首，见《鹤栖集》卷一。

王母献仙桃乐

次《王母献仙桃乐》词韵二首。亲试应制。

觚稜日上舜尧光。和气先凝度索阳。云近瑶池开法宴，宫深长乐坐中央。　　星回南极辉辉影，花袭东风冉冉香。更看九重春色醉，君王遐寿发长祥。

又

一曲云韶响九天。星冠飞下彩花筵。仙人掌挹三宵露，兽炭香浮九点烟。　　羽物商臣浑化内，龟龄鹤寿拜尊前。殷勤寄语花成实，宝历千千万万年。

洪醇浩（1766—？）

洪醇浩，字孟儒，号半苍，丰山（今属庆尚北道安东市）人。朝鲜正祖十九年（1795）中进士，曾官沔川郡守。著有《半苍私稿》。存词六首，分别见《半苍私稿》卷三、卷四。

满庭芳

咏梅。凡词之作，自温、李而下，其语淫艳鄙亵，殆非丈夫所为，然亦律家之一助云。

白雪舞花，玄风结条，锦帐香闺幽清。此时庭院，索笑引吾行。记得相思一夜，小窗下、似诉恩情。只须教，疏影暗香，可见难为名。　　婵娟广汉女，桂花一支，云月三更。爱绰约芳姿，惘然逢迎。应是罗浮醉梦，谅此会、银河易倾。须相念，主人勤护，无使流年争。

念奴娇

除夜作

飞光飞光，何今日玄冬、明日春风。朝去暮来是日也，怎教今日不同。容成占斗，唐尧数蓂，年齿命儿童。须知个老，鬓发便成秋蓬。　　不知不知年纪，但春是长春，冬是长冬。把个百年如一日，冲然莫知岁终。煎胶粘住，长绳系留，料得多愚蒙。乃知非计，只可醉眠梦梦。

长相思

上五兄声窝为见梅花二词，又续纸尾以呈。己酉。

烟如织。树如织。烟树一带寒山碧。谁知新年乐。　　问新作。寄新作。诗中有何新调格。箴砭无相俶。

贺新郎

送声窝入泮

路挂长安城。值东风、草暗幽青，树结寒声。霜凄月落天色愁，料此夜难为情。况子骊驹歌欲成。梦罢天门金榜上，去年今年国子监生。每此时，送君行。　　梅花落尽虚窗棂。怅春后、淡烟残雪，乍阴新晴。千里江山多暮云，断群孤雁飞鸣。谩令人怅然心惊。禁苑钟漏朝天罢，知你城南城北逢迎。须知念，少一觥。

黄磻老（1766—1840）

黄磻老，字叔璜，号白下，长水（今属全罗北道长水郡）人。朝鲜正祖十三年(1789)中进士。著有《白下集》。存词二首,见《白下集》卷二。

水调歌头

游赏

何处游赏好，扶策访诸天。竭来兰若高阁，山昼静如年。茶熟香清眠罢，却怕飞来泛磬，承露不胜寒。清澹做魂梦，浑忘在人间。　　涧松瑟,泉竹泻,客无眠。空花自落,何意明月佛龛圆。山色高低长短，水响哀欢扬抑，与尔半何全。独有天中月，无竟共娟娟。

西江月

渔父

泛鹢随流移浦，轻鸥澹梦凝沙。青蓑绿箬雨飞斜。红蓼芦花上下。　　独钓争如伴钓，有家输似无家。数声欸乃月如纱。浮宅去轻来乍。

李义发（1768—1849）

李义发，字又文，号云谷，永川（今属庆尚北道永川市）人。朝鲜正祖十九年（1795）登第，历大司谏、承旨、兵曹参判、知中枢府事、刑曹判书。卒,谥僖靖。著有《云谷集》。存词二首,见《云谷集》卷一。

王母献仙桃

进宴第一爵致词。奉教制进。

珠树东方葆瑞光。明堂宝位辟青阳。星临南极人难老，烛设重宸夜未央。　　圣主垂衣宜景福，仙婆奉诏进天香。开函不翅琼瑶美，大德家中寿最祥。

又

昌朝嘉贶降仁天。青鸟飞来绕禁筵。甲帐遥临鳌海日，丁香浮动兽炉烟。　　三千岁色瑶池外，一万春光玉斝前。瓜瓞周原绵宝箓，愿君贻燕亦遐年。

姜柡（1772—1838）

姜柡，字擎厦，号松西，晋州（今属庆尚南道晋州市）人。朝鲜纯祖七年（1807）登第，历正字、典籍、持平、吏曹正郎。著有《松西先生文集》。存词二首，见《松西先生文集》卷二。

水调歌头

赋新亭，自嘲。

东海白云子，萧洒一亭孤。不知身外荣辱，心内有也无。休说名山韵水，雨后竹梧桐月，清意一般乎。自有胸中乐，此所谓从吾。　　从吾子，天地内，一逋奴。悠悠人世何事，日日饱残盂。漫浪江湖踪迹，放倒身家绳墨，七尺止空躯。仰首瞻星斗，此意更呜呼。

又

省事便闲寂，脱俗更清癯。极知此事容易，争奈世纷纡。日课耕云钓月，经济浇花栽竹，非不自欢娱。何似明窗晓，端坐主人呼。　香烟歇，啼鸟聒，燕将雏。问君何事来去，无端与谁俱。出不辞来不觉，倏若上俄而下，那个是真吾。更向清岩坐，尽日嗒如愚。

赵秉铉（1791—1849）

赵秉铉，字景吉，号成斋，丰壤（今属京畿道南杨州市）人。朝鲜纯祖二十二年（1822）登第，累官至兵曹判书、大司宪、刑曹判书、判义禁府事。著有《成斋集》。存词一首，见《成斋集》卷二。

望江南

赋新亭，自嘲。

回首望，斜日动离思。雁背楚天千里道，鸥边汉水九秋时。与子对相悲。　悲底事，白发尔应知。落木征鸿骚伯怨，高山流水故人离。把手故迟迟。

赵冕镐（1803—1887）

赵冕镐，字藻卿，一字明史，号玉垂、怡堂，林川（今属忠清南道扶余郡）人。朝鲜纯祖二十八年(1828)随其叔赵基谦出使清廷。九年后中进士，历官工曹参议、户曹参判、知义禁府使。论学宗北学派，力倡新变，取资西学，必能自强。好学不倦，年八十，犹向张謇请益。张謇《书朝鲜赵玉垂参判冕镐异台同岑诗卷后》其二言："不知耘老双荷叶，能写新词日几章。"即言痴迷填词。著有《玉垂先生集》。存词四十调六十三首，俱见《玉垂先生集》卷二十七诗余，为三韩填词数量最多者，咸视为"益斋之亚"。其词题材广泛，诸体皆善，博取苏轼、秦观、李清照、周邦彦、辛弃疾、郑燮等人之长而有所发展，柔美酝藉，得北宋余韵。

桃源忆故人

无题

困人情绪春如绣。刚扫双蛾还皱。宵短孤眠难就。径怯金虬溜。　　晓云一朵堆文甃。恰是五更天候。宝瑟凄凉依旧。啼脸三分瘦。

如梦令

无题

池面雨痕绿涨。院落柳丝翠扬。杏梢子规啼，春寂寞珊瑚帐。怊怅。怊怅。楼外数重青嶂。

锦堂春

无题

临水芊眠软绿，过墙历乱残红。楼前无数垂杨树，那不系青骢。　　恨未多圆满月，情尚怯去来风。非无来岁春期在，来岁又匆匆。

又

底事多生懊恼，无端减却风流。任他青玉阑干月，移过一重楼。　　甲煎浓都是恨，丁香结半缘愁。菱花羞照眉儿样，双蹙远山钩。

行香子

无题

看了庭花。听了林鸦。洞房中、掩了窗纱。多般烦闷，这个深嗟。恨水无穷，山不尽，树重遮。　　朝也来些。夜也过耶。锦衾边、梦也到么。炉喷金屑，鼎沸兰芽。奈钟始动，鸡方唱，月又斜。

长相思

无题

南一楼。北一楼。楼角楼楞楼半头。湘帘十二钩。　　好风流。不风流。有个人闲愁闷愁。问君知道不。

渔家傲

题发书

十里垂杨烟雨漫。长亭路短亭相贯。南去北来行客断。嘘也叹。晓鸦噪罢曛黄散。　　擘锦书相思一段。多亏尔素手轻腕。百转千回愁未半。痴了看。寸肠无绪如丝乱。

如梦令

题霁夜远眺

白茫茫水无畔。碧沉沉山一半。明月满空汀，江上远近烟散。长叹。长叹。不知何处是岸。

长相思

无题

天光亭。海云亭。串北分南送客亭。人生到处亭。　　今年情。去年情。朝还暮又不断情。何时了此情。

如梦令

无题

栗栗栗纸条警。清清清梅髓冷。静悄悄夜永,碧荧荧灯花影。多幸。多幸。依依黯黯之境。

念奴娇

题发书

碧梧金井，人立尽、卍字阑干帘影。一树无情蝉欲断，踏遍回廊深静。月印庭心，苔封墙角，净甃碾银绠。更寻看处，未容言语相并。　　无限草底残虫，心情多少，且教予分省。说到五更犹未了，难道是今宵永。始自缘何，终然谁使，你靠愁真境。分明知道，一天凉露频警。

鹊桥仙

无题

不是多情，倒是无意，却做相思憔悴。酒魔风欠说源头，这一生、别离两字。　　金针之术，术笼之贮，许多可投可试。斯人也斯疾支离，太息曰、膏肓难矣。

一剪梅

无题

楼北楼南天一涯。望里天涯。望外天涯，行人在远近天涯。来是天涯。去还天涯。　　秋雨秋风更天涯。昨日天涯。今日天涯。何时何事不天涯。魂又天涯，梦又天涯。

凤凰台上忆吹箫

用李易安词意，寄小玉校书。

眉损山屏，梦销冰簟，晚来慵自回头。看一片残照，卷起帘钩。生怕西陵树色，人更远、欲望还休。无端病，刚过半日，恰似前秋。　　羞羞。酒初香后，终没了些子，影也来留。二年痕迹，深锁妆楼。依旧啼鸾团镜，印不着、当日凝眸。凝眸处，情尘细黦，又一重愁。

沁园春

无题

飞度关河，踏向界门，缭堤萦沙。奈当当铃响，重重远树，梦惊依约，觉后天涯。眼嘴森森，心头脉脉，窗外三更疏雨斜。空空也，但换烧香篆，细算灯华。　　行人此时如何。还几日团圆归在家。有不改清阴，一窗瘦竹，始开黄菊，三径寒花。驲骑流星，飞书来近，交与侬平安字些。行李事，想晨装夜顿，店饭亭茶。

瑞鹤仙

题秋情

问秋都有几。算碎秋零秋，一团而已。扮成十条矣。向梧桐叶上，芭蕉声里。其三去耳。又一分、虫吟者是。把分明、六数赢余，掷付枕头帘嘴。　　谁使。吹牵梦绝，润冷愁枯，若依相俟。早知有此。留不着，个些子。可憎他、玉露金风轻薄，来搅无中事起。锁重门、骂了新凉，索还与你。

满庭芳

无题

水远山长，夜凉人静，一重牢合双门。满庭风露，分付草虫言。记得年时欢旧，小笺上、情话温存。而今也，病如中酒，醒后更殙殙。　　孤眠终半就，金炉字灭，绣被红翻。恨月斜楼上，五更钟痕。檐花槺影深处，分明是、去梦犹温。休休矣，数点砧响，无计不消魂。

离亭燕

题自寿，次孙浩然词意。

瘦骨峻嶒堪画。茶碗药炉潇洒。满庭碧苔千点散，岳色北窗相射。一带水抱村，隐映竹间草舍。　　身上布衣穿挂。头上葛巾低亚。聋瞽世间名利事，且悦姻亲情话。浊酒二三杯，颓卧无穷花下。

芭蕉雨

无题

雨打芭蕉叶叶。小窗风又紧、博山歇。枕簟一身，清滑单别。冷酒情渝，温茶韵惬。　　拥炉深处兀兀。看烛影微灭。还不见梦儿、归时忽。试问道、再来么，千万等候殷殷，思量越越。

扑蝴蝶

题屏画

情丝恨缕，画出屏风绣。山重水复，都教人僝僽。上边秋雨微过，下际秋云乍骤。中间梦也逗遛。　　去还又。问侬何事，一双眉儿暗淡皱。看看没有，多少只依旧。情随去水同流，恨共来山并缪。梦如雨寒云瘦。

青玉案

无题

脚根不踏官街路。又目送、归鸿去。柴米油盐无心度。画楼芳榭，荜门蓬户。一样安身处。　　华年锦瑟青山暮。且休说、曾题碧云句。算到余生今几许。淡烟衰草，晚风轻絮。阵阵黄昏雨。

百字令

题老

白驹过隙，转头也、教谁驻它蹀躞。眼见麻姑蓬海浅，烂柯仙棋应劫。落叶秋风，黄梅闰月，身是庄园蝶。都休休矣，叹息文章事业。　　早知绝代佳人，少年豪侠，白发同心镊。三十年来风和雨，分别从须妥帖。绣被香空，药炉丹就，经卷维摩摄。夙世朝云，无嫌我老相怯。

洞仙歌

檃括《桃李园序》

浮生若梦，问为欢终始。秉烛春游古人是。万物之逆旅、天地无情，光阴者、百代过人客子。　　惠连同后秀，康乐咏歌，桃李芳园召我以。游赏高谈处、乐事天伦，长若此、醉花前月里。

且要雅怀伸有佳诗，金谷酒、分明不容罚尔。

踏莎行

题姜对山小画

岸夹平沙，天含远树。伤心事在郎官渡。阿谁扶上木兰舟，春潮带雨将人去。　　万点飘花，十分狂絮。天然三月江南路。酒旗风力板桥横，□□一缕题诗处。

霜天晓角

题闺闷

庭阴响屐。疑似情来迹。竟看看没有狗儿，向粉墙吓。　　倒谁偷杏摘。惊苔痕狼藉。不管也多还少，虑侬被、檀郎责。

最高楼

无题

君知否，在半夜中之。打雨暗风时。下沉沉数重廉子，拈荧荧一盏灯儿。背山屏，抛角枕，就眠迟。　　耐过了、病将人困也。耐过了、老将人死且。真不耐、梦相思。百年契活凭谁说。五更心事教谁知。镜鸾啼，应笑我，生如痴。

满江红

题浩叹

二十年间，回头是、云消雨歇。风流事，至今犹忆，不教分别。白马银鞍游冶处，金箱玉笈神仙诀。忽无端、鬓发已成丝，同心结。　　且休矣，何堪说。终古恨，皆豪杰。向青山宿草，较谁优劣。弱水三千犹可绝，长天九万无由彻。算此身、暂有似枝头，残红缀。

诉衷情

无题

碧琉璃屏外阑干。孤弓着栖鸾。冷泼银瓶秋水，五更角枕看。　　有情无，情也难。欢不欢。正是西山下，云一端、数点钟寒。

摸鱼儿

题怀

几回看、狂风颠雨，欺花诪柳都去。镜中消瘦蛾眉老，愁迹梦痕无数。那问道。这处是、王孙芳草归时路。与春一语。劝舞蝶游蜂，四时长到，系马不飞絮。　　金徽事，又被檀郎再误。人曾怜否人妒。延寿画也相如赋。青天此情难诉？歌且舞。且尽醉、人生毕竟归黄土。生前只苦。一去一茫然，佳人才子，谁记酒醒处。

金缕曲

无题

睡起青山语。自焚香、书尘向午，鸟声无数。知道春风来分别，淡霭轻烟起舞。间观里、桃花前度。道士重寻无消息，日长长、尽冶郎游女。怊怅甚，更如许。　　兰芽绿出江南渚。水连天、楼台历历，往早烟雨。清熟风流东家酒，刚把春衫典取。又恐被、张三来汝。五湖归帆那时到，载黄金、不遣风波阻。谁省我，写金缕。

又

秋怀

锦瑟弦弦语。九回肠、春蚕未吐，此情谁数。知道乘除天元一，句股分门并取。借细笔、方诸神聚。韵胜丹青难描着，短兼长、奈恨郎情女。头白尽，更如许。　　和云直上银浦渚。宗动天、风金露玉，罩霞笼雨。别酿玻璃盘中酒，醺倒冤家一肚。且莫说、非侬伊汝。劝教坟上时时到，二豪来、不见刘伶阻。长对月，酹金缕。

应天长

焚香

令君席上殷勤语。几度寻思思正苦。博山头，花影舞。一卷道书看日午。　　鄂君春睡处。绣被红翻金缕。欲说梦中风雨。梦还知也否。

阮郎归

惜春

雨香云淡这何时。玉骢骄且嘶。盘龙屈戍莫愁眉。蝶稀花也飞。　　春债重，几看低。秋霜明鬓垂。千金宝钗越罗衣。留君姑典归。

忆秦娥

临隶

何恍惚。山窗睡起摊书歇。摊书歇。称心楮墨，钟黄筋骨。　　双钩悬腕争毫发。鸾停凤泊烟云发。烟云发。二京古色，苍茫津筏。

虞美人

烛

书情画意时时了。此夜应多少。五更钟后透微风。梦绕碧纱窗影有无中。　　玉肥消瘦兰香在。恁道红心改。并刀剪一种闲愁。恰是满轮明月镜光流。

望海潮

饯春

一江春水，满汀芳草，说曾几处繁华。快马长嘶，片帆孤揭，垂杨岸外平沙。碾辖日轮车。又红颠绿倒，雨打风加。酒幔长亭，有谁句引宿谁家。　　谁家前夜箫笳。尽买丝入绣，梦笔生花。蝶也不忙，莺儿不老，世间甚事堪嗟。终奈鬓双斜。向一声长笛，万点归鸦。唱断新词，碧云无数更天涯。

八声甘州

看书

古人无万里卷中来，还向卷中归。问来时归路，池窗夜雨，山阁斜晖。谈说千年往事，和我笑还悲。可意谁谁在，最上忘机。　　记否看多看少，一斗时唤取，潮晕红霏。有青青书带，小砌屐痕稀。爇金炉、名香一炷，也不妨、黄奶自相违。休嘲我，蠹鱼生活，纹锦为衣。

水龙吟

叹老

小园俯瞰长安，银鞍绣毂群群骤。章台街里，杜陵桥畔，好春天候。然诺千金，死生契活，甚难希有。英雄豪杰，古今谁是，景钟名业云台绣。　　将进酒君更寿。百年无尽千年又。紫鸾雪麛，琼芝瑶草，麻姑还瘦。这个经纶，几般思量，一例搔首。对清阴、自有山窗绿竹，读书依旧。

水调歌头

白牡丹

南院石阑在，可是懒阴天。玉杯承露，谁记桂宫年。初卷锦帏香海，又好锁烟笼雨，琼浆沁髓寒。夙世侬和你，那梦到人间。　　朝来笑，暮也困，欲成眠。何日归去，天上有月几回团。倾国倾城堪唾，魏紫姚黄无数，雪操玉同全。白发怕堂叟，相对一婵娟。

瑞鹤仙

调酒。次郑板桥韵。

东家松叶酒。误才子佳人，桃前梨后。红榴继青藕。都算取几瓮，要君久久，柔唇浸口。更滚到、痴丁愚叟。问它朝它暮，不知糟气，离身先透。　　然否。曲生情黠，冷处非真，暖时非偶。费神工，巧献朱门祝眉寿。这朱门，温润只依旧。便酬酢、高宾良友。碎玉壶、骂了曲生，尽侬毒手。

贺新郎

忆花。次郑板桥青藤草书韵。

砚沈诗香剩。记前时、斜阳一缕，烘带西岭。卷起湘帘人倚槛，立尽婆娑之影。辘轳响、丝绳汲井。痴白妖红堪供玩，幽兴在半欹帽顶。难道你，不相近。　　素馨透湿青衫领。一任风、斜枝错认，元央交颈。残酒迟醒犹梦语，缘到多生快逞。至今也、烟雨苔径。百啭流莺难赎□,杜鹃啼、□血休凄冷。花病不,是人病。

踏莎行

即景

绣球将阑，金钱欲老。红扁豆荚青犹小。秘瓷垆郁玉兰烟，将人昼梦虚空袅。　　雨思绵绵，烟情杳杳。帘阴时拂凝残照。卷中谁是有心人，千年朽骨生春草。

八声甘州

雨中有怀用坡韵

雨何心漠漠锁烟来，无心放烟归。这楼前高木，帘外迭嶂，几日芳晖。病客何曾思出，意绪自然非。人事无相管，倒合忘机。　　坐想清门西畔，是碧溪转处，竹籁林霏。有高人居住，闲坐世情稀。待天晴、桥矼可涉，顾一来一往不令违。清门下，啄啄鸣屐，拂我新衣。

华胥引

雨热

庭流潺碧,阶藓滋青,小亭一叶。泛在中间,看无涯畔邻鸭唼。瓮牖来是雌风，正烘炉熏炽。呼喘如牛，我宁冬月寒怯。　　轻衫无情，至枚枚、汗髭当镊。竹床冰簟，谁人清凉评阅。灌顶醍醐余沥，□检看箱箧。愁把□毫，写就葵扇单迭。

南乡子

感事

池绿游痕收。烟雨蒙蒙起远州。太乙仙人消息断，知否。误向空栏一转头。　　美景苦难酬。几度人归秋复秋。翠盖红妆今依旧，都休。修到荷花定有愁。

满江红

和呈申桂田

洞府三清，非尘世、松笙鹤气。朝暮遇、碧云深处，神仙富贵。真个有真知道否，闲检绛简丹炉沸。俯下界、扰穰转浮沤，堪歔欷。　　修到得，几时到。除烦恼，无忧畏。便瑶台十二，六铢衣衣。雾吸云餐烟火胃，史膏经馥分经纬。竹帛垂、功德被人间，还一味。

好事近

午热

万叶垂头低，朱热当天如火。向午不放人去，下葳蕤金锁。　　将心无妨作虚舟，泛泛稳持柁。雪海一边冰海，任浮由皆可。

谒金门

素山屋会话

溪香散。碧涨苔桥中断。一桁山含斜照半。主人茅屋看。　　近日蝉声谁唤。有客来从云岸。写就冷金归汗漫。赠君青玉案。

鹊桥仙

和小甂呈尊甫甂翁先生

紫霞洞府，清风溪水，有个高人无恙。冰姿如玉气如春，七十年、游心昭旷。　　神仙道德，羲农事业，成就升平宰相。佩玉时复去朝天，常对坐、疏帘翠幛。

如梦令

和尹宝山

懊恼霉痕床尧。僝僽雨丝帘映。茅斋漏如船。强把新诗高咏。多病。多病。虚负西池荷柄。

太常引

素山宅会

前宵过雨打檐铃。回梦素山亭。今到晚蝉听。清清得、一声二声。　　无常踪迹，无心来往，合处也同情。话入夕阳明。好真态、尊前醉醒。

又

赠素山

秋花自抵小风铃。斜照媚亭亭。来叩角门听。休认道、松声阔声。　　山村寥阒，山家潇洒，主客一般情。拭拭眼儿明。世间、梦从前已醒。

又

归家少憩

鸣檐玉马撒铃铃。闲步竹间亭。幽鸟堪一听。求伴侣、前声后声。　　如茶初沸，如香始爇，欲写此时情。乍眩乍分明。愿持酒、千场未醒。

又

夜

睡猧微吓撼红铃。烛影透林亭。虚籁要尔听。频倾耳、无声有声。　　何林无热，何云不滴，恼我中宵情。不见数星明。掷衾箪、如醺似醒。

又

怀旧

芙蓉飐雨谱淋铃。红褪水西亭。谁共倚栏听。吟诗处、金声玉声。　　汀烟缔思，汀树凝恨，历历往年情。几夜月空明。问中酒、何由得醒。

又

寄邻

邻墙恨不系铜铃。闲自掩孤亭。安否倩谁听。仍没有、呼声唤声。　　书来连牍，书还多字，日日几时情。此事说难明。奴儿病、那由搅醒。

又

艳情

鹦哥顾影刷金铃。风去只空亭。欲语向谁听。吾怜尔、低声细声。　　红墙三迭，红栏六曲，锁下万端情。寂历数花明。茶炉活、佳人睡醒。

又

偷儿过园

谁能遮耳巧偷铃。适然闭吾亭。园里没人听。那由识、张声李声。　　山查结子，山豆抱荚，久自费心情。摘去数还明。园丁说、提撕得醒。

又

东亭燕会

楚巫不待碎丛铃。高会占东亭。奇事必堪听。诸君子、欢声笑声。　　名香应爇，名花可猥，脱略世间情。四座鬓丝明。贮良酒、朝醺暮醒。

又

惊雨

晓来雨点大于铃。疑碎我园亭。还怕睡和听。挑灯数、稀声促声。　　庭蕉可惜，庭梧可闷，念念败人情。苦待到天明。拓南牖、翻然若醒。

洪鏊（1804—1864）

洪鏊，字士直，号老云，南阳（今属京畿道南阳市）人。天资笃厚，气宇和粹，幼从柳致明、姜桧、金熙绍学，博涉经传子集。日必晨兴，盥栉对案，潜研《四书》，于性命理气之辨，毫分缕析。朝鲜宪宗十四年（1848）中进士，恰逢母亲病逝，衰绖泣血，三年终制，益无世念。研读《心经》《近思录》，俯读仰思，间或吟弄于林泉之间。著有《老云文集》。存词二十三首，见《老云文集》卷四。

其词饶理学家文气，能因景生情，思理幽深，韵致自然。

浪淘沙令

丹山归路，醉呼《浪淘沙》一章。

春日欲生温。且向芳尊。数家残雪拥江村。解道诸君归更早，醉与难言。　　醉兴到黄昏。谁与攀援。共看明月入山门。他日相思云水里，魂梦源源。

减字木兰花

闲居无事，戏赋《木兰花》一章。

朝暾出照。拓户怀人空远眺。野渡无波。镇日随君每稳过。　　只缘春酒。醉里分张忘别处。水咏山游。采赠名花红满头。

水调歌头

阅《朱子大全》，因次其歌词诸章。

日夕与同乐，红绿暗相催。幽情不耐消遣，诗轴欲成堆。案有朱书数卷，门对青山一片，叩友几时回。新燕飞帘幕，明月上楼台。　　一藜杖，双腊屐，百花杯。逍遥广漠之野，襟宇自恢恢。尽日高山流水，到处落花芳草，青眼此中开。吾党知谁在。行乐正时哉。

满江红

赋春兴

日暖风轻，念故人、新诗奇格。聊载酒、残红软绿，去寻台阁。好鸟鸣春春欲晚，琼莎锦石轻双脚。更长歌短律畅幽情，夸行乐。　　择胜日，携朋伴，过里巷，穿林薄。喜千家乳燕，一川飞鹤。短策时从云里出，清尊好与花间约。但与君长醉不须归，休芒屐。

水调歌头

次袁机仲韵三章

我佩伊谁玩，怅望洛阳城。美人不复思我，江汉与天平。红杏绿杨村畔，白马金鞭街上，一一眼中明。老去风流拙，尚恋旧时情。　　南飞雁，西向月，任纵横。光阴冉冉如水，白首老书生。犹有孤桐三尺，更买石田数亩，野史可传名。吾道只如此，晚学恐无成。

又

桂树秋风晚，隐约在山城。浮云独与孤鸟，还往结平生。妆点石田茅庐，栽植奇花异草，中有一灯明。多事苍浪叟，清浊更关情。　　兰香袭，梅影倒，竹枝横。无人说与怀抱，聊且对诸生。堪欲高歌长啸，有个清风明月，此乐胜功名。绝羡秋江鸟，来往一群成。

又

极目瀛洲路，秋水一筇难。遥知松左梅右，风月满衿寒。白鹭娟娟沙上，黄叶萧萧村里，清洒此身安。更有儿孙在，嬉戏可堪欢。　　茶烟歇，酒力醒，整襟余。个中自有直乐，独对万签书。妆点一区山水，俯仰千秋人物，思在本原初。相望不相见，咫尺杳然如。

任宪晦（1811—1876）

任宪晦，字明老，号鼓山，丰川（今属黄海南道延安）人。无意仕进，以学行荐举参奉，不赴。朝鲜高宗十一年（1874）授大司宪、国子祭酒，不赴。卒，谥文敬。著《鼓山集》。存词六首，见《鼓山集》卷一诗余部分。其词次朱熹、陆游，表明儒者君子固穷的文化心态，已臻入“孔颜乐处”的境界，可讽诵再三。

忆秦娥

谨呈发渊尹丈永教。丁酉。积雪萦窗，盆梅未破，谨次晦翁《雪梅》二阕，奉怀高风。思致平凡，不成调格，固不足供一笑览。如或恕其僭而察其诚，则何幸！何幸！

搴晓幕。阴云四匝六花落。六花落。孟公骑驴，王子披鹤。　闭门终日卧丛薄。千山鸟绝转萧索。转萧索。凄清银界，冷淡瑶阁。

又

梅不发。寂寞空对黄昏月。黄昏月。不恨朔风，遥指腊节。　手把瑶琴琴声咽。徙依树下肠断绝。肠断绝。且待乱开，愿言寄折。

西江月

次晦翁所和《西江月》，奉呈锦甫。

客去雪封苔径，诗成月入蒲团。一尘不到自闲安。我爱三松仙馆。　箪食何须求饱，缊袍自足御寒。从教物我不相残。孰谓三公可换。

浣溪沙

次晦翁《浣溪沙》酴醿韵，咏雪竹。

玉作飞花花作堆。青青也自旧时栽。贞心那必望春回。　点点滴枝枝欲折，终然不折等花开。平章却恐俗人来。

鹧鸪天

次剑南。己酉。

幽卧寒岩屋一间。门无剥啄日常关。耳聋犹听潺湲水，眼暗能看窈窕山。　松树老，菊花残。暮年相对足欢颜。十分穷寂君休笑，此世应无似我闲。

乌夜啼

次剑南。己酉。

鬓发萧萧欲暮，乾坤蹙蹙安之。高斋明月三更夜，心事两无机。　案上有书可读，瓶中无粟堪炊。由来万事从吾好，何妨少人知。

李裕元（1814—1888）

李裕元，字景春，号橘山，庆州（今属庆尚北道庆州市）人。朝鲜宪宗七年（1841）登第，四年后以“东至使”书状官出使清廷。历义州府尹、左议政，领中枢府事，领议政，平步清显，时人钦羡。朝鲜高宗十二年（1875）以奏请使使清，与李鸿章晤谈。著有《嘉梧稿略》。存词二十六调五十四阕，俱见《嘉梧稿略》册一乐府。依次拟“东国小乐府”二十六调，驰骋想象，雅丽富贵，契合其名相气格。后按词论一节，颇多新见。

御街行

双中调，歌行题

红云一朵笼双凤。金碧玲珑送。平明华盖望翩翩，瑞霭霭流苏栋。奏游仙曲，进步虚舞，玉版声声弄。　虬龙含宝青天控。红旭罘罳烘。君王千岁复千春，万国来梯航贡。夜光双璧，翡翠珍羽，罗列江南梦。

长相思

双小令

春满堂。月满堂。花气酴酴挹晚香。幽兰风送芳。　忆玉郎。梦玉郎。万里相思郎不忘。不忘怨恨长。

又

水青青。山青青。山水间侬在醉醒。怀人心未宁。　花婷婷。人婷婷。人拾花花照性灵。骋停空在庭。

又

万枝红。千枝红。君见枝枝同不同。春光元至公。　君去西。我去东。道路平分横逐风。孤舟一老翁。

调笑令

小令单调。“令”字题

侬在君何去。愿作双凫清水渚。君看清水双凫举。日夜泛波眠屿。轻霞洒雨纷纷处。长做江心佳侣。

如梦令

双小令

夫婿梦中相见。玉面依稀如电。未倒泻情怀,天曙明光一片。莺啭。莺啭。惊起绮窗眠倦。

相思儿

小令，双调

碧玉栏干春暇，睡罢折花红。芳草绿生衣袂，相映怨东风。　　杨柳拂拂烟笼。祥光绕、建章宫。多情恩重无伤，六朝金粉玲珑。

木兰花

柳巷酒旗开绣馆。水面杏花过客唤。江南春色管无人，野渡虚舟禽语乱。　　昨梦玉郎锦字看，说话分明难记半。欲裁函答泪盈襟，山水屏风云墨散。

声声慢

双长调，“慢”字题

西城弱柳，东阁肥梅，早春消息堂堂。白发还羞，远山翠黛鹅黄。胭脂铅粉花叶，较看他、傅色凝妆。昨夜雨，落缤纷无数，楚袜吴裳。　　绝代佳人不见,被烟浓雾涨,雨打风狂。搔首城隅,踟蹰看彼鸳鸯。我心长尔心短，匆匆忽忽反遑遑。不怕是、佳期蹉跎，怕逝光。

红林檎近

双中调

帘外风萧瑟，砌前霜冷淡。瘦柳拂墙近，寒花绕栏馣。佳人芳兰手折，何处白马奇男。流水两岸，红桥杨柳碧毾㲪。　　相见肠欲断，相别梦难甘。天胡生尔，天胡生我那堪。使尔看煞我，士兮女也，病缠骨髓犹可耽。

花犯

双长调，“犯”字题

我园中，千花万种，繁华验时节。暮朝朝暮，楼阁对春光，乍冷轻热。柳缫金线花凝麝，香胜似两浙。莫叹寂寞芳辰促，业同心带结。　　今年花如去年花，纷纷去，去不干猩猩血。心惆怅、斜依曲录听莺舌。多情百鸟来远树，蝴蝶逐追翩翩缬缬。尔我我尔同生死，何须忧思惙。

甘州遍

双中调，“遍”字题

吴山远，越水楚江深。杳难寻。佳人羽客，王孙公子，金鞭白马唱低斟。　　红着树，绿敷林。鹧鸪怨，子规歇，烟雨满江沉。回头望、万古泪涔涔。少知音。英雄不见，壁上挂清琴。

胡蝶儿

双调小令，“儿”字题

山外山，两重重。沉青萦绿匝千峰。水云锁我侬。　　春晚花开落，花间蝶粉封。时时香闻去相逢。夕阳红满浓。

捣练子

单调小令，“子”字题

山叠叠，水茫茫。绿阁红闺怨恨长。君去君来消息绝，锦弦无语恼人肠。

杏花天

双调小令，“天”字题

前宵庭院飞红乱。雨雨打时风风涣。人生那不流光叹。共逐落花莫算。　　糁红无数杂愁看。院落寂寥弓鞋断。珠搴云箔珊瑚半。蟾影落青蛾攒。

浣溪沙

二体并调，地理题

玉泪零零玉水香。柳桥人立近斜阳。收罗帕不理红妆。　　长短亭行人去去，行人去绿水洋洋。忆君时复我心伤。

又

白鸟自飞飞自到，飞飞长在玉流中。碧空明月信天翁。　　尔似水无穷去也，侬如鸥逐浪追风。朝云暮雨楚王宫。

洛阳春

双调，时令题

习习东风西苑。春光将晚。卷罗帷杂进笙歌，朝日洞、开金键。　　缱绻郎心畴远。怜清扬婉。发青丝颜水芙蓉，何日见、熏笼偃。

临江仙

双调，人物题

巫山仙女乘云至，带裾露湿清香。董双成舞六铢玉，笙簧一曲风凉。　　玉搔头刻酴醾朵,清芬艳艳飏飏。明沙谁折海红棠。碧波深日出扶桑。

醉太平

双调小令，人事题

金茎掌高。仙人玉膏。瑶池王母游遨。送三千碧桃。　　我登九皋。鹤鸣戾翱。思君无已心劳。太和生翠涛。

凤凰阁

双中调，宫室题

遍楼台帘幕，无非锦绣。周遭平巘插高岫。扫却归云辽廓，欲望青秀。最可恨、飞花争斗。　　百花齐谢，可奈炎飙遥透。岂知天气去还复。春寂寞、这般愁,没处探旧。怎奈听、丁东玉漏。

荷叶杯

单调，器用题

荷叶大荷花落。风弱。湿胭脂。玉盈盈夜夜承露。香薄。酒楼旗。

风中柳

双中调，花草题

憔悴容光，郎去不来来未。懒侬妆、催催不既。向谁言说，待郎来其谓。悔郎郎、悔光阴费。　　散落心怀，无意补屏金翡。

摘红樱、青梅忘味。兰熏眠了，语鹦何相慰。不如醺、郁金香气。

一篣金

双中调，珍宝题

秣陵桃叶何稠叠。欲渡无船,空煞斜阳叶。桂棹兰樯粘浪蝶。花香自逐何随妾。　　峨嵋山月猜娇靥。终夜怊怊,不得交双睫。僝僽万千千万劫。郎君不返三生业。

杏园芳

双调，声色题

杏为脸柳为眉。声声色色相欺。佳娘处处惜分离。称花儿。　　间芳草海棠花枝,草青棠紫垂丝。郎君不到意凄悲。夕阳时。

十二时

三迭长调，数目题

银河声，转凉风瑟，单幔飘飘宵永。万里碧云遥垂影。冰魄流光金井。桂树香滋，梧桐露滴，感慨西陨景。无语了、叹息人间，节序变迁，谁识炎天俄冷。　　烈士悲，佳人惜别，可正是秋怀耿。兰秀菊芳，何来故人，使我初心警。刺刺风不定，灯花撩乱玉檠。　　的皪阶，花可爱，富贵繁华俄顷。世上何人，浮云他视。能出红尘境。我也逢尔也，滔滔熄停停静。

摘得新

单调，通用题

摘得新。深闺怨恨人。手中杨柳叶，可传神。侬家花发落未扫，乐相亲。

渔父

单调，二字题

汀蓼花开两岸红。渔翁头上雨空蒙。歌欸乃，托清风。一叶扁舟楚水东。

感恩多

一体双调，三字题

忆千千万万。恩重铭方寸。愿无疆寿多。太平歌。　　陌上花开烂漫，雨纷纷。几个游人，得来春十分。

诗余者，古乐府之流别，而后世歌曲之滥觞也。始于《清平调》，中州人著作，平仄声，字字分，而唇齿协之。盖中州乐，以音登弦，长短促。我东全以言语咏之，或音或释，混沦无适。所以“东国小乐府”，只举其概也，词体二十六调，各制一阕，以备考览。

姜玮（1820—1884）

姜玮，字仲武，一字尧章，号秋琴、慈屺、古欢堂，晋阳（今属庆尚南道晋州市）人。其父姜镇华曾任郡守，世传儒学。积极参与近代变革，创办《汉阳旬报》，共同发起创办《皇城新闻》，为朝鲜近代新闻领袖人物。曾游历中国，与晚清重臣徐郙有文字交。善诗词。著有《古欢堂收草》。存词十五首，俱见《古欢堂收草》卷十七诗余。其词多酬赠之作，大开大阖，积健为雄，颇饶苏辛遗风。

鹊桥仙

徐颂阁郙侍读以手写山水小景属题，次韵大着《鹊桥仙》小令，请正。

遥峰泼黛，恬波净绿，添个花冥柳袅。茅堂位置尽分明，只难写、主人情抱。　　金莲烛烬，铜龙水咽，忘却身留蓬岛。梦中依旧刺扁舟，被人问、归来早了。

鹊桥仙

颂阁侍读又以贺子翼先生集见赠，即用《鹊桥仙》韵奉谢。

泉飞山立，雷奔电激，《集》中有《激书》。忽幻晴烟袅袅。遥知千载贺先生，定然具、英雄襟抱。　　骚坛宗主，风尘羁旅，宛对昌黎贾岛。赠书人似著书人，两肝胆、一时输了。

鹊桥仙

奉谢黄孝侯钰侍郎以徽墨见赠。

蘼芜春早，桑榆景晚，相对情丝萦袅。此生会少别离多，算来怎、不伤怀抱。　　非人磨墨，墨来磨我，笔冢高如烟岛。徽州百笏赠归人，吟笺上、洒来还了。

如梦令

复次吴春林鸿懋扇书《如梦令》词韵，寄赠。

忆自童年志彀。坚守丹家火候。白发已种种,仙诀无缘看透。惭愧。惭愧。才结中朝耆旧。

又

此境如何能彀。后候胜如前候。感此倦游人,二谛如将参透。休较。休较。只好大家依旧。

又

强扭春来难彀。待到东风时候。试看这株梅,人静自然香透。记取。记取。他是三生故旧。

水龙吟

金松年在玉诗屋夜话遇雪，同成次兰蕙永、白小香春培，用东坡《杨花词》韵，即景书怀。长调《水龙吟》。

谢家飞絮漫空，无风庭院纷纷坠。揽衣中夜，眼前清景，天涯情思。岁暮山空，樵踪久灭，蓬门早闭。有炉头榾柮，筒中菰粒，青缕缕、炊烟起。　谁道琼糜代饭，更晶晶、瑶华堪缀。见无差别，几人搏弄，几人踏碎。各有风怀，党家羔酒，陶家茶水。大长安、一个袁安，清簌簌、忧时泪。

水龙吟

己卯上元夜，同李二堂、吕荷亭、闵见山衡镇、郑寿山显五、徐怡堂、葆堂、郑懋亭、徐蔚斋相臣、徐养泉周辅、吴经斋、吕至斋载铉、金沧江泽荣、白小香、李兰坨、李心荃，分韵“前招三辰，后引凤凰，晓策六鳌，濯足搏桑”十六字，得“晓”字。

惯曾晨夕相过，况迎新月临云表。千门积素，九衢储洁，珠围玉绕。锦笺斗墨，芳尊泛绿，幽情袅袅。叹古今易尽，清光难住，此一会、如何少。　仰看一规寒镜，影得来、山河大小。谁能离地，纵游无际，为余说了。只好坐谈，路由杖底，春在梅杪。怪鬓边澌澌、星辉历历，又澹将晓。

金允植（1835—1922）

金允植，字洵卿，号云养，清风（今属忠清北道堤川市）人。远绍先辈文毅公金湜、文贞公金堉等家学渊源影响，自幼就以神童称。十六岁从朴珪寿、俞莘焕两先生游，接受“东道西器”的开化思想。三十岁中进士，四十岁擢文科，历扬台阁。四十七岁领选使，率百余人赴天津学习洋务。五十岁超擢大司马，督办通商交涉事务，以全权大臣主持对俄谈判。乙未改局后拜外相。寻流放济州十九年。1908 年拜中枢院议长，次年升正一品辅国，继授子爵。八十岁自编《云养集》，获学士院赏。次年，任经学院大提学。至八十三岁高龄，依然视听聪明，望之若仙翁。为人公平乐易，而操履坚确，每临大事，不动声色，决断如流，以学有所本，而不泥于古之故。诗词创作受玉垂赵冕镐影响，存词二十首，见《云养集》卷六《诗余学步》。自注云："庚子春，在济州时作。谪居无事，偶阅华人王秋垞小词二十首，戏仿一遍。余本不解声调，必多舛误。犹之邯郸学步，无乃并失其旧步欤。因命之曰《诗余学步》。"即谪居济州岛期间追和清中期王大堉词之作，流连光景，浅斟低唱，多是"看穿"的通俗之语。

满江红

南城饯春

闭户三春，经过了、花朝上巳。又过了、清明寒食，光阴如水。涧草细铺开饯席，林风轻拂摧行李。更可恨、触忤旅人愁，劳延企。　回首六街三市。不见万红千紫。觅芳菲只有，汀兰岸芷。抚迹恍疑寻旧梦，解携那肯回芳躧。暗思想、浮世片时荣，都如此。

满庭芳

出西城，游龙渊

古郭云深，残村水抱，畇棕榈耸出疏篱。扣门拄杖，休问主人谁。多谢殷勤鸡黍，消半日、谈笑忘疲。尽堪画，田家风景，一雨麦田肥。　龙渊深绿净，群鱼乱跃，波面凉吹。唤羁愁汀洲，草色迷离。北望家山何处，涵积水、不辨端倪。逝将买，扁舟草屦，与子钓涟漪。

念奴娇

徐养泉参书，新丧爱姬，名香兰，美而慧，供奉甚勤。不幸夭逝，养泉甚悼惜之。余为作挽歌小词。

欢情浓处，别恨深、况复幽明路隔。谁与临邛同涤器，倒羡文君头白。红豆歌残，梨花梦断，泪洒青衫湿。抚琴寻操，堪叹空谷兰折。　　辛苦三载食贫，缟綦自乐，不慕公侯室。瘦减腰围容色悴，但愿儿夫早释。佩帨香消，箱奁尘掩，触目皆陈迹。此生缘薄，鸾胶重续何日。

醉太平

候轮船

来如候仙。去如阁弦。眼穿千里欲穿。抵一日三年。　　还乡梦牵。思乡路绵。樯乌底事留连。为羁满船。

减字木兰花

白牡丹

天然素质，对月难分，穿一套羽服翩跹。疑是人间降谪仙。　　金杯玉碗，晓露新承，消不得黯淡春愁。分与佳姬折插头。

贺新郎

谪居

臣罪当诛灭。岂曾图、恩存一息，屡看春色。憔悴江潭佳期暮，空戴切云岌岌。纵喜此、水明山碧。老去异乡终不惯，孰令余、晚作长流客。徒啸傲，闲风月。　　云涛万叠伤心白。问何时、飘然一棹，乘风归国。瘴雨蛮烟经岁岁，自念身非木石。恨失路、诸公同谪。勿效楚囚相对泣，啜新茶、细和渊明集。人百代，如晨隔。

声声慢

夜坐

悠悠惚惚，杳杳冥冥，寥寥寂寂历历。内照无言，仿佛少林朝壁。谁能絷住猿马，一刹间、周流六合。游广漠，返冷风依旧，寸田尺宅。　　开眼森罗陈迹，如幻境惊过，去沧桑劫。槁木形骸，剩得不生不灭。算来功名富贵，总纷纷、梦里蚁穴。这苦海，没一个、能渡觉筏。

夜行船

许小痴画屏

竹树茅斋清似水。柴门前、群鸥来止。桃岸系舟，柳阴沽酒，笑无赖、逐源渔子。　　择胜幽亭随意置。染生绡、烟云变态。山鸟不惊，野花如笑，风尘外、主人谁是。

眼儿媚

芍药

十双红玉买残春。一顾擅芳园。晕潮上靥，冷霞染袂，香色难群。　　折来溱洧云谁赠，知有所思人。将离托恨，同心结子，伫立销魂。

一剪梅

怪石

老石嵌空赋诡形。出自荒滨，来镇空庭。结跌高座状枯僧。莫是观心，还是忘情。　　岩壑玲珑洞府清。低处宜桥，高处宜亭。世人轻薄孰如卿。我愿为交，又欲为兄。

踏莎行

芭蕉

炎昼凉棚，雨朝清籁。非花非木超凡卉。万番堪比研光笺，当年怀素供挥洒。　　傍石添奇，依墙拂翠。且勤日日浇泉水。寸心不惜为君抽，飘飘空负凌云志。

如梦令

春梦

口应傍人还睡。身化蘧蘧蝶翅。蓦地到家乡，欲说离情未细。牢记。牢记。此境重寻不易。

忆江南

听赵云成洞箫

飘律吕，讶直上青云。中曲依依春恨积，余音袅袅客愁新。恼杀倚楼人。

高阳台

浴佛日悬灯

异域良辰，亲朋毕集，今宵浴佛天晴。节物如何，试看屋角张灯。长绳累累明珠缀，照乘车、不啻连城。且和他，村笛山歌，同乐升平。　　关遗俗一年佳日，祥毫放彩，大地光明。看到更阑，渐如落落晨星。旅人不寐挑残烬，酌匏尊、共说乡情。祝吾皇，万岁千秋，松柏冈陵。

虞美人

纱峰落照

扶摇吹拂金乌翮。飞入祝融宅。怔营百怪失其栖。但见愁云惨淡、海门迷。　　虹车霞靷波头没。山暗风萧瑟。人生不得驻青春。谁把长绳万尺、系羲轮。

水调歌头

锄菜

隙地仅容笏，一带护篱笆。且依王氏僮约，锄草别葱茄。不是英雄韬迹，非做纶扉事业，淡泊寄生涯。莫遣羊儿踏，律吕响牙车。　　庾郎韭,陆公杞,邵侯瓜。四时供用,食叶尝实更看花。膏雨常嫌未足，抱瓮休辞劳碌，□□□□□。拟学樊迟圃，经济在山家。

浪淘沙令

岛中素难买谷，况值俭岁穷春，有谷者不肯出售，谪客尤困。

俭岁落荒滨。又值穷春。不知何处积红陈。纵有青铜难买得，珠玉非珍。　　自笑广文贫。素昧谋身。穷途空望持困人。涸鲋谁能沾斗水，肠转如轮。

沁园春

望汉拏山

五岳真形，琅环秀色，矗入海天。讶远看冥杳，近看的历，横看磅礴，变态殊千。汉拏山去州城五十里。有时杳冥悠邈，如在数百里外；有时近在咫尺,草木枝叶可辨。土人云:“此山能往来。”盖缘云霭之变移。玉醴长流，《十洲记》“瀛洲”有玉醴泉，世俗以汉拏山为瀛洲。紫芝可采，白鹿来游不记年。山顶有白鹿潭，古有仙人乘白鹿来游处。云深处，问金堂石室，秘箓谁传。　开门。日望悠然。喜一幅、庐山面目全。更松间明月，林间宿雾，岩间积雪，齐到眼前。山上常有积雪，望之皓然，至盛夏方消。晚壑流丹，晴空耸翠，鳌背苍苍戴峤圆。汉拏，一名“圆峤”。知何日，办青鞋布袜，长啸登巅。

小圣乐

吊橘林书院遗墟

天降诸贤，遇明时不幸，流落瘴乡。我今寓慕，何处奠椒觞。遥望城南废院，荫一树、古槐残阳。如复睹，五先生气像，月霁风光。　志存君民尧舜，奈萋菲成锦，兰蕙被霜。道高命舛，此理问苍苍。更惜时移事远，撤笾豆、春秋烝尝。只见那、遗墟石标，朔望焚香。

长相思

夏初见月

瘴云收。海天悠。佳月婵娟懒上楼。见人还似羞。　拭吟眸。拨乡愁。万里今宵同见不。停杯搔白头。

张锡荩（1841—1923）

张锡荩，字舜鸣，一字舜明，号果斋、一帆，仁同（今属庆尚北道龟尾市）人。朝鲜高宗三十一年（1894）登第，历修撰、正言、通政大夫、秘书院丞、中枢院议官。著有《果斋先生文集》。存词十八首，称“海东乐府”，自注云：“海东多乐府词，而东人少音律之学，其作者往往没于词华，而律之廉肉固懵懵出。余亦聋于是而病之，遂取沈际飞所撰《草堂诗余》诸调，作葫芦之依样，其牙舌唇喉之音，未必合于乐律，而长短高下则因之而无变。调凡十八篇，篇目乃李匡师所拈也。”吟咏三韩历史，以史带论，要言不烦，别具一番情趣。

浣溪沙

太白檀。檀君事，详东史。

太白山中有木檀。神君龙驭降蜿蜿。海东初创奠磐安。　　千四百年身便化，熊人能见祭天坛。悠悠往事总堪叹。

菩萨蛮

《黄河歌》。周武王封箕子于朝鲜，人民欢悦，以大同江比黄河水。

大同江水清如鉴。祥云叆叇川原蘸。东国圣人来。千年礼俗开。　　练光亭下水。日夜流千里。圣德休无疆。洋洋万古长。

相见欢

圣母祠。赫居世母，名“婆苏”。祠在庆州西岳仙桃山。

月城西岳山阿。庙嵯峨。古砌桃花零落、竹风多。　　居西降。王迹肇，有娍将。千祀万龄来亨、报无疆。时称君长谓“居西干”。

木兰花慢

林中鸡。关智王始林鸡鸣事。

嘐嘐何处响，知是在、始林中。倘天上桃都，休祥来应，骘佑吾东。宫门更鼓未晓，底一声、挎翼撤苍空。催待漏铃稀滴，遍寻林影葱茏。　　城西半月曲如弓。光闪树梢风。看白玉双翎，黄金小椟，中有仙童。麒麟帝儿降送，亦古来、兆见国家隆。诗颂高冈哕凤，梦符入帐飞熊。右半月城。

如梦令

忧息曲。讷袛王弟末斯欣质于倭王，思之，朴堤上请使倭，绐其王先送斯欣，堤上被烧死于倭。末斯欣之来，王命六部郊迎，作《忧息曲》。

荆树双花春色。海雁千里回翼。堤上是忠臣，使我末欣归国。忧息。忧息。共醉长歌无极。

长相思

鵄鵡岭。朴堤上使倭，不辞家，其妻追至栗浦不及，率三女上鵄鵡岭望倭国而哭，死为神母。

山如烟。海如天。望望夫君泪眼穿。星轺曷月还？忆佳缘。断佳缘。化作神妪驻岭巅，乘风飞渡船。

临江仙

黄昌舞。黄昌年十五六，善剑舞，为罗王报仇，入百济宫中舞剑，击王杀之，为左右所杀。其母闻之丧明。国人怜之，令人舞剑于前，曰："昌来矣。"母惊喜还明。

韩府魂遁鹰搏日，秦宫图出神铓。徐罗王国又黄昌。水楼惨晓月，山市动晴霜。　老母思儿双眸瞎，死儿还拜萱堂。东天昏日复辉光。童年忠孝义，国史姓名扬。

最高楼

王毋去。新罗真平王好田猎，金后稷谏，不听。临死，谓其子曰："瘗我于游佃路侧。"他日王出猎，有声曰："王无去。"王怪问之，从者曰："后稷冢在此。"王流涕，不复出猎。

王毋去，车驾复何之。盍念国家危。小臣窃愧东门尉，毅魄犹作史鱼忠。昔蛇陵，垂懿范，启洪功。　且莫向、山中追猛兽。

且莫向、树边追猛狖。回跸路、守王宫。禽荒游衍毋留思，治平勋业克图终。九原归，臣古朽，乐融融。

鱼游春水

杨山歌。太宗王使金歆运屯阳山，百济乘夜来袭。从者曰：“贼起暗中，虽死无知者。”歆运挥剑突进而死。时人作《杨山歌》。

阳山何崔嵂。万古英风吹飂溧。王门甥馆，年少贵人骄逸。醉客酩酊白玉盏，美女罗绮黄金屋。邻警忽闻，将军师出。　　黑夜军兵乱失。正是丈夫殉身日。何论暗地无知，惟当一死。奋髯驰马冲围阵，剑气霜翻风如疾。魂归九天，义扶王室。歆运，太宗王婿。

蓦山溪

破台镜。栗里薛氏父老，当防秋，女恨不身代，嘉实愿代，父许以女，待归嫁之。嘉实临行，分镜为信，留一马而去。六年未归，父曰：“始以三年为期，可归他族。”女固拒之，至厩，见马流涕。及嘉实归，形骸枯瘁，不可识，示破镜，父遂归其女。

木兰虽愧，心镜终难破。六载守空闺，抱镜箧、朝朝泪和。阿爷老髦，劝嫁救饥饿。肤可粉，骨犹挫，旧约宁渝那。　　郎行始返，婚礼亦堪贺。缺月影重圆，还得当年口琢磋。从今岁月，一日不相离，郎课读，妾勤蚕，老父平安卧。

清平乐

万波息笛。真平王时，东海中有小山浮来，上有一竿竹，命作笛，吹之则风定浪平，号“万波息笛”。后改“万万波波息”。

青山浮海。绿篔孤根采。长笛一声波静汇。正值神王初载。　　安将此竹贞竿。遍生封域冈峦。永使风波不恶，行人安渡江湾。

忆王孙

鲍石亭。景哀王与妃嫔宗戚出游亭上，置酒娱乐，闻甄萱至，仓卒不知所为，君臣皆被禽。

萋萋芳草忆王孙。曲水流量余旧痕。自古君王般乐甚，国图存。可奈天监昭怨恩。

虞美人

落花岩。扶余白马江有钓龙台，百济义慈王为唐兵所败，宫女奔避登是岩，自坠于江，故名。

名花零尽江头石。江底胭脂积。岩上游人拾花痕。花落无痕、江月欲黄昏。　　香魂玙佩归何处。欲问花无语。尔无怨恨大唐军。与尔淫游、日夜是昏君。

点绛唇

近西旗。首露王久无配，建武二十四年，阿踰陀国王女绯帆茜旗渡海而至，遂为后。是为许皇后。

绯帆飘飖，海天波静祥飙起。是何行李。天上仙娘子。　　迎入宫中，贞淑容仪美。君王喜。钟琴乐只。邦祚垂千祀。

锦堂春

圣地带。真平王时，神人降庭曰："上帝赐玉带。"王跪受，凡庙社，大享服之。后不知所在。有黄龙寺僧，年过九十者，曰："藏在南库。"遂开库，风雨暴作，白画晦暝，择日斋戒，乃得之。敬顺王降高丽，献丽太祖。

天帝缘何赐带，新罗国史多虚。南城风雨还为怪，传宝可绅书。　　国宝山河不守，区区宝带何如。皇天命赐高丽国，鲍石已成墟。

忆秦娥

文曲星。姜邯赞之生，有一使臣夜见星陨于人家，异之，取养之。后宋使见之曰：“文曲星不见久矣！今在此。”

弧隆汉，箕膺武梦兴王道。兴王道。煌煌文曲，降丽衡保。　怪来文曲光辉扫。今行始见丽朝老。丽朝老。桓桓维武，大邦征讨。

水调歌头

百死歌，圃隐歌。

亡国可臣死，不死岂人臣。不知崧岳王气，将复属睡人。万寿山边藤葛，百尺千丝相樛，其亦没缘夤。富贵有前定，身死乃成仁。　百番死，千度戮，骨埋尘。髓魄永灭一片，如石不能磷。人有存忘灾福，国有兴衰治乱，义理各相循。善竹桥头雨，千古血如新。

武陵春

杜门洞

崧岳山中门独闭，涧壑涤尘氛。旧国苍茫落日曛。天地恨无垠。　七十二贤共一洞，万古播遗芬。松树高巅不见云。把酒怅望虚坟。送联及忠贞先祖事。

曹竞燮（1873—1933）

曹竞燮，字仲谨，号深斋，昌山（今属全罗北道南原市）人。潜研儒学，素尊朱子，且深研清学，尤于颜李学派、桐城派用力甚多，为朝鲜近世学界之表表者。著有《岩栖集》。存词二首，见《岩栖集》卷二。其词皆为父亲祝寿进觞之作，琅琅可诵。

水调歌头

家大人生朝

十月获新稻，春酒正盈盈。朱颜绿骨无恙，道是羡门生。今岁不知何岁，今日不知何日，天气暖仍清。客座总豪俊，一醉百壶倾。　　喧歌笑，交舞蹈，影纵横。真仙自在平地，奚必问蓬瀛。我欲丹青写了，奈乏龙眠妙手，谁尽此时情。稽首向天道，但愿每升平。

木兰花慢

家大人生朝

儿生痴钝甚，到壮岁、尚孩童。念教育多方，立扬无望，彻底贫空。从何处，躬负米，得吾亲幸免百忧丛。强设盈盘苜蓿，教除满室蒿蓬。　　诗书旧诵圣贤风。此事古今同。况富贵繁华，去来消息，一任天翁。须看取，身上物，有仁膏义彩是无穷。尚冀晨昏匪懈，誓将风月甘终。

河经洛（1876—1947）

河经洛，字圣权，号济南。从晚醒朴致馥研习朱子学。朴致馥临终赠诸生“四字符”，言经洛为“学务实得”。著有《济南集》。存词三首，见《济南集》卷一、卷二。其词以儒典推演人生之思，表现了殖民时代儒者的处处行藏。

水调歌头

丽泽堂饯春，用朱夫子《水调歌头》。

堂下草涨绿，门前树交枝。定知花信将递，番风不相离。怜君春服既成，愧我志业未就，此日难再圆。人生贵闻道，努力及芳年。　　穿芒屩，携胜侣，步晴川。聊将风月咏归，胸衿荡如湔。请看浮云忽变，更听逝波不息，生涯付残篇。谁知经济业，犹在寂寞边。

西江月

家大人生朝

一片高台万仞，千年方丈三韩。碧山红树白云端。日暮人间何似。　　素发黄花交映，金尊玉佩相随。天涯遥望谁思。且进一杯童子。

越南词

匡越禅师（933—1011）

匡越禅师，本名吴真流，常乐吉利乡（今北宁省威灵市）人。据说是吴顺帝之裔，状貌魁伟，志尚倜傥。少业儒，及长，投开国云峰寺受具，精研佛典，年甫四十，即名满天下，为越南“无言通”派第四代传人。丁朝太平二年（971），丁先皇召对，称旨，拜为僧统，赐号匡越大师。黎朝代兴，黎大行帝尤加礼敬，坚邀参议国事，“凡朝廷军国之事，师皆与焉”。（《禅苑集英》语）李朝顺天二年（1011），无疾坐化。据《大越史记全书·黎记》载，宋太宗雍熙三年（986），李觉出使越南，返汴之夕，匡越禅师按李后主《阮郎归》制曲《王郎归》以饯。此词仅仅晚于李后主《阮郎归》首唱十五年，是越南现存最早的一首汉字词，但第二句多出二字，可说是明显的失范。但从另一方面看，匡越禅师能填写这样高水准的词作确属难能可贵。此时，赵宋王朝已建立二十六年，相继收复了西蜀、南汉、南唐、吴越、刘汉等割据政权，初步实现了大一统格局。匡越禅师将自己所处之地称作“边疆”，将汴京称作“帝乡”，将宋帝称作“我皇”，表达了对一个完整的帝国版图的认可及对中原文化的皈依。

王郎归

祥光风好锦帆张。遥望神仙复帝乡。万重山水涉沧浪。九天归路长。　　情惨切，对离伤。攀恋使星郎。愿将深意为边疆。分明奏我皇。

玄光禅师（1254—1334）

玄光神师，本名李道载，谅江府南册州万载乡（今北宁省嘉平县）人。陈圣宗绍隆十五年（1272）中进士，宝符二年（1274）进入朝廷担任要职。他学识渊博，诗文超群，很快闻名天下，陈仁宗（1279—1293年在位，后退位，创立竹林禅派）极其赏识他，曾派他迎接中国使者。史载其“奉接北使，文书往复，援引经义，应对如流，文章语言，拔于上国，及四邻之邦”，极具外交家风范。他随扈陈英宗参谒永严寺，观竹林派第二祖法螺大师行法，幡然觉悟，遂上表出家。入法螺禅师门，法号玄光。后承法螺大师法嗣，为竹林派第三祖。僧尼从游学者众，殆至千人，传法于陈明宗。据《本行语录•三祖实录》载，陈英宗兴隆二十一年（1313）正月十五日，玄光大师至京城给陈英宗拜年，后在报恩寺说法，午间回禅定房休息，见两只白雀在禅房前边飞边啼，好似给人家喜信，遂喜赋《西江月》一阕。此词现仅存半阕，弥足珍贵，而禅、儒映证，流泻字里行间，颇能见出禅宗意趣。

西江月

白鸡是何应兆，翔来亭户唤鸣。专称孝子有曾参，互足之乌冠止。

冯克宽（1528—1613）

冯克宽，字弘夫，号毅斋，河西省石室冯舍（今属河内市石室县）人。早年师从大儒阮秉谦，拒不参加莫朝的科举，二十四岁起兵抗莫。黎英宗天祐元年（1557）丁巳科通过安定县试，嗣又从军驱莫。后黎朝黎世宗光兴三年（1580）重开科举，中二甲第二名进士，时年五十二岁。光兴八年(1585)年任工部右侍郎。光兴十五年(1592)驱逐莫氏，光复东都。光兴二十年（1597）升工部左侍郎，任正使出使明朝，请求明廷确认后黎中兴朝的合法地位。适逢万历帝诞辰，上诗祝寿，万历帝览后，非常高兴，下旨刊行诗篇，并题词“南国状元”，故越南久有“状冯”之说。使明期间与朝鲜使臣李睟光诗酒唱和，一时传为佳话。归国后获任吏部左侍郎，封梅岭侯，他将此行诗作编为《梅岭使华诗集》。光兴二十二年(1599)升工部尚书。

黎敬宗弘定三年（1602）迁户部尚书，加梅郡公。不久，为执政郑主所嫉，贬谪乡间。弘定十四年（1613）逝世，加太傅。著有《毅斋诗集》《言志诗集》《冯公诗集》等。擅诗文，汉喃均工，诸体皆善，促进了喃字六八体的定型。其词三首，存《言志诗集》卷二，皆为早年之作，明显受到元明词风及乃师阮秉谦喃字诗的影响，侧重词的侑酒、颂寿等实用功能，杂以口语、俗语，质朴生动，顺畅浏亮。

鹧鸪天

元旦寿父亲

戏彩堂前展寿筵。处鸣贺臆祝椿年。名留天上长生禄，世羡人间不老仙。　　克闾庆，子孙贤。好将衣体作家传。年年春到今朝节，输献风流第一篇。

沁园春

赏春词并引。时同道两三人到，索句，因戏作。兹审九十日韶华，好个暄和之候，再一番快事，聊为胜赏之欢会。适逢嘉兴来，堪玩可人。惟有酒，喜兼四美二难，行乐须及春，何惜千金一醉，欲□真率会，载唱《沁园春》。词曰：

天上阳回，人间春至，又一番新。盎开泰乾坤，韶光郁郁，向阳花草，生意欣欣。红衬桃腮，青窥柳眼，莺簧蝶拍弄缤纷。二三子，遇到来时节，风光可人。　　这般美景良辰。欲行乐、须及此青春。聊问柳问花，香携红袖，一丝一咏，歌遏白云。进士打球，侍臣陪宴，古来乐事尚传闻。今遭逢，圣天子，幸得致身。

沁园春

饯谭公之乂安宪

累世儒宗，六经文祖，谁如臣公。自弱冠蜚声，各联中鹤，强年筮仕，绿契攀龙。虎帐谈兵，乌台持论，韩其硕望愧其忠。

圣天子，虑驩州要地，寔我开中。　　骤加职任□风，拜命了、这行轺秋肃，著脚春浓。到此郡此城，□山威动，若民若吏，彼此情通。边境抚安，朝廷倚重，夫谁不日用儒功。望来日，遄星辰曳履，圣眷叠蒙。

潘辉益（1751—1822）

潘辉益，字之和，号裕庵、德轩，乂安德光府天禄县收获社（今属河静省禄河县）人。吴时仕之婿。黎显宗景兴三十二年（1771）中乂安场解元，景兴三十六年（1775）中进士，与吴时任同榜，授吏部右侍郎。景兴三十八年（1777）奉命册封阮岳为恭郡公，与西山诸人有了密切接触。西山朝光中元年（1788），黎朝覆灭，与吴时任等归附西山政权。次年与吴文楚、邓文真、武辉瑨、武名标、阮进禄、杜文功等作为陪臣，进京谒见乾隆帝。归国升礼部尚书，封瑞岩侯。阮朝嘉隆元年（1802），西山朝覆灭，被押解至河内文庙前，处以鞭挞之刑，放还家乡。从此埋首典籍，专事吟咏，并将段氏点的长诗《征妇吟》译为喃字。是黎末、西山朝、阮初最著名的诗人之一，汉喃兼工，数量甚多，计诗六百余首、文四百余篇，分别编为《裕庵吟集》《裕庵文集》。据《裕庵吟集》序言可知，“起庚寅季春，迄庚戌初夏，内颂一篇，七言律百十六首，小律二千六首，五言律十二，小律十首，词一调”。这阕《满庭芳》（宠润流光），乃和福康安之作。《裕庵吟集·星槎纪行》录《大万寿词曲》十调，亦即《满庭芳》（山海钟英）以下十调，为清嘉庆帝七十寿诞而作，前缀“饮祝”言：“春季入觐，议成，余奉拟祝嘏词十调。先写金笺，随表文投递。清帝旨下，选本国伶工十名，按拍演唱，带随觐祝。至是饮侍，御殿开，礼部引我国伶工，前入唱曲，奉大皇帝嘉悦。厚赏银币。再命太常官，选梨园十人，依我国伶工妆样，秀才帽、交领衣、琴笛声、鼓齐就，召我伶工入禁内，教他操南音，演曲词，数日习熟。开宴时，引南北伶工，分列两行对唱。体格亦相符合。”此节文字详细描绘了唱词形态，弥足珍贵。此十调实则不同程度存在不尽符合词牌字句、平仄的情形，而第九阕《乐春风》，更是词谱无考，但文辞典丽，颇具盛世气象。

满庭芳

宠润流光，高崧毓德，宗臣派出□源。文经武纬，品望盖中原。表里青藩黄阁，鸿谟伟烈贷贞元。直正是、弼星里降世，八斗耀天垣。　　乾施参化纽，春风扇谖，冬日舒温。神功归太极，夫子无言。稠叠昆山渥水，七襄云锦下天孙。施泽普，遥哥戏款，献上棨衣辕。

满庭芳

山海钟英，阴阳合得，□论乾始坤生。缓猷维后，岂弟作仪型。八衮台黄得，乾乾不息体天行。真正是、圣人以道，万化妙裁成。　　鸡寒逢盛会，光回宁宙，度满□□。养□归，□户葵藿似诚。辰极煌煌灼彩，四旁旋绕拱群星。铜柱外，普覃思渥，仰效山声。

法驾导引

庆穰穰，庆穰穰，寿无疆。红渚在长汰海屋，螭阶有穆引天香。仙仗翕□跄。

又

风招邀，风招邀，响笙箫。驿路九天通玉帛，宸垣咫尺接钧韶。衮冕见轩尧。

又

月团团，月团团，照管弦。宫扇光回电羽宴，御炉□暖出罗筵。翰羽到钧天。

千秋岁

秋秋皎皎，祥云华黻藻。桃始熟，椿未老。道德应纯嘏，训异□久道。希奇事，中国圣人兼寿考。　　连行符大造，柔附缓这邀。所照所至，时怙冒。宸禁仰清穆，明堂卢舞蹈。将葵悃，久祝货天保。

临江仙

丹霄灿烂秋云晓，天门次第重开。飘飘霓羽月中来。韶音和玉府，岁酒馥金杯。　　九宋冠裳歌圣寿，山声响彻□阶。新潘玉帛仰柔怀。祥光瞻彩仗，和气畅寒崖。

秋波媚

中天紫极燥秋光，帝祉保悠长。圣人多寿，星云协度，岭渎呈祥。　　枫庭馥郁御炉香，班列奉瑶觞。天家盛会，□阶鼓吹，万国梯航。

卜算子

皇图日月长，圣德乾坤大。春盖瑶池醉碧桃，寿絕同山海。　　灿烂紫垣高，渥优洪泽沛。莺歌凤吹远仙洲，喜溢明堂外。

谒金门

辉耀比长在睹，萃会南山齐寿。休嘉骈出义轩古，艾减应景祚。　　道化成恩泽簿，举垸延同搁户。明堂玉帛遵□度，昌时虔祝暇。

贺圣朝

圣功巍荡乾坤瑞，彩耀晨垣。春融万宇，祥微云色，度协山言。　　海陾地远，覃教声共，球觐帝阁。天威咫尺，香风馥郁，恩渥便藩。

乐春风

春醉桃英，香浓桂秀。银蟾当牖。祥云缥缈，琼楼玉宇，钧韶传室，万国衣冠灿烂。千行鸳鸯，阳光和照承恩贶。枫陛彤弓湛路，媚祝亿斯年圣寿。

凤凰阁

阊门开皇道，九重清穆。丹凤楼前鸾辂肃。璀璨簪丽服。炊金浮玉。咸韶响彻、齐声祝。　　檀香喷暖，宫扇五云开，钧天迭唱瑶池曲。河汉曙，仙寿引，千秋海屋。长照耀、尧阶玉烛。

杜令善（1760—1824？）

杜令善，字少峻，号金马隐夫，仁穆（今属河内省青春区）人。

黎愍帝昭统二年（1788）中进士，官礼部给事中。此时，黎朝内乱不已，西山军屡屡进攻，黎愍帝数度流亡，最终落脚广西，黎朝也随之覆亡。杜令善回家乡居，亡国之痛时时涌上笔端，故其文集名《金马隐夫感情泪集》。其词五首，俱见此集，颂父母慈恩、吟闺阁深情、咏羁旅无奈，哀而不伤，深情款款，词笔隽永。

临江仙

冬过慈陵，值云阴，敬感作。

父母劬劳天海伤，裹毛剧切情深。松楸遥睇泪沾襟。万古幽愁地，千秋愧怍心。　　路旁迤逦情如醉，岭云一片沉吟。幽灵幸相此精忱。霾雾开红日，青岑散暝阴。

苏幕遮

冬夜独坐

冬夜长，冬雪冷。遥忆闺情，坐对寒灯影。哦诗烹茗心泉醒。何处蛩声，唧唧愁那咱。　　月穿□，云度冷。乡思羁情，莫写愁中景。□理会此问欲静。鸡店一声，喜已东明镜。

长相思

冬夜忆闺

悠悠我心悲。长相思，酷相思。都在孤衾半枕时。真情许梦知。

西江月

冬夜忆闺

娘是娆娇淑女，我为才隽文人。文人淑女两相怜，久属红丝牵引。　　水月自谐两姓，瑟琴好合十春。红颜遽意分屯多，空抱此生别恨。

西江月

旅怀

擢第喜光家业，登朝倏值国屯。乡情旅思两纷纪，父母妻孥何在。　　种种羁愁萦抱，悠悠闺泪沾巾。皇天有意相文人，平应否祛为泰。

范廷琥（1768—1839）

范廷琥，字乔年，又字松年，号东野樵、丹銮济老、昭琥，海阳省唐安县丹銮社（今属海阳省锦江县）人。父范廷玶为黎朝景兴年间举人，官至太仆寺卿。年少好学，但屡试不第，读书刻苦用功。又与女诗人胡春香诗词来往，胡春香诗集中有多首答范之作。阮朝明命二年（1821），明命帝北上河内，受清朝册封，于行在召见范廷琥，称旨，授六部行走俸禄。上表进献《黎朝会典》《邦交典例》等。明命七年（1826），授翰林院编修，不久晋承旨。进《安南志》《乌州近录》。后任国子监祭酒、翰林承旨、侍讲学士。明命十三年（1832）闰九月，告病回乡。卒于家。博学多才，广泛涉及语言、文学、历史、地理等领域，著述极丰。其《珠峰杂草》录诗余六首，多为寿词，词采渊雅，运典妥帖。

千秋岁

从甥阮子辉璞寿其外大母

柳抽花吐，恰值韶光首。东日暖，条风煦。三春酤正熟，八襄庚初度。陪舅母、庭前缭绕斑衣舞。　　堂上慈颜慰，膝下余庆裕。老干茂，孙枝秀。未能成宅相，且共介眉寿。看年年，□

长八千春仙树。

步蟾宫

贺刑部侯弟就巧同部参知之女

深深绣闼千金价。喜正是、枌榆旧社。珩琚图史大家风，郎才女貌双双可。　红丝幕断襄牵过。好谱作、词林佳话。满城去女庆喧阗，秋曹卿亚成姻娅。

西江月

扮武甥外翁祭堂题登

弧矢四方壮志，韬钤奕世遗风。早投笔砚事从戎。定远骠姚伯仲。　六六筹添海屋，三三迈驾仙踪。桑沧苏块摆尘垄。明月清风长共。

阮行（1771—1824）

阮行，本名淡，字子敬，号南叔，别号午南、日南。河静省宜春县乡人。黎朝著名作家阮俨之孙。生当黎末、西山、阮初换代动荡之际，隐居家乡，埋首汉诗创作，多怀黎之作。与阮辉似等并称“安南五绝”。著有《观东海》《鸣鹃诗集》，录词十五阕，多吟咏故园景致、人情往来及人生感悟，表达了儒家忠恕之道的底色，透露出些许陶诗的淡雅与从容。

满庭芳

南窗

鸿岭云高，碧潭月静，村烟岸树回重。两江一带，荡漾夕阳红。敛入故园光景，衡门下、可以从容。方池外，芭蕉杨柳，并水木芙蓉。　　庭中。观不尽，黄花翠竹，怪石苍松。总诸般书册，几个孩童。随意啸吟自乐，闲来放、一枕南窗。终日觉、惺惺如也，茫洒主人翁。

沁园春

南窗

人心惟危，道心惟微，云何把持。唯端视审咱，寡言慎动，默调鼻息，静摄心思。妆敛精神，□开襟量，内外都忘知我谁。常如是，即事来无事，美以制之。　　不为。然后有为。只顺理，而行无碍处。辰到毋意毋，必毋固毋，磨而不磷，涅而不缁。月白风清，鸢飞鱼跃，霭然天地归。成就处，举一圈太极，体得无亏。

满庭芳

贺叶镇超成侯母七十寿

阔海储精，神丁山名，孕秀妆台，妙降玉真。当年作合，琴瑟友嘉宾。毓得一枝丹桂，滋培籍、厚德无垠。清风挹，陶欧千贤，载母出名臣。　　维新。隆盛世，子重镇，母太夫人。灿盈门珠紫，列鼎甘珍。七衮婺星灼彩，高堂晏、乐意欣欣。歌管会，锦衣献寿，媚祝万斯春。

念奴娇

赠医者

开天一昼，原医道、乃自吾儒流出。重重方书虽假化，施用一般是复。振起沉癖，挽回天极，务尽苦仁术。积功到□，良医良相如一。　　慨自儒道不行，太和都变了，医家多疾。赞化调元希妙手，凭藉笼中参求。造物分功，生民系命，戒子全无失。壶中闲暇，擎杯谈笑弥日。

满江红

北城送春

公子王孙，重来访、皇都春色。回首属、楼台城市，已非畴昔。往事依依浑若梦，新愁缕缕长如织。最无端、漂泊可怜身，经年客。　尘埃里，谁相访。朝过了，还谋久。把一春乐事，等闲忘却。不惜烟花零落尽，只愁岁月虚抛掷。怅生平、怀抱未曾开，头空白。

浪淘沙

城新春为人题

都会古升龙。胜事重重。浮方不定水流东。惟有春光依旧在，树绿花红。　安用难甄蓬。随在从容。高朋满座酒杯浓。素位风流真可乐，乐兴人同。

吴山青

叠山

叠叠山。又叠山。三叠山杂交爱间。平明人度关。　上山难。下山难。山路何如世路难。浮云殊未闲。

【按】《吴山青》原作《吴山齐》，依《钦定词谱》改。

柳梢青

古感集歌

往古来今，忠臣烈女，感慨相寻。铁石肝肠，水霜节操，长使人钦。　我来自托悲吟。想吟处、精灵照临。用女幽馨，专扶世道，还澄初心。

【按】《柳梢青》原作《树梢青》，依《钦定词谱》改。

浣溪沙

秋月辞

卷尽浮云见月光。秋天无处不清凉。倚楼闲兴月商量。　明月有情应笑客，经年何事未还乡。徘徊今夜意难忘。

虞美人

北城旅怀

纷纷世局何时定。满目伤心景。无端又向市城来。正是不关名利也尘埃。　故国一别青春再。松竹依然在。是问何事却迟迟。应为珠桂留恋不能归。

如梦令

悼亡代作

此日锵锵鸣凤。今日断肠风送。聚散忽匆匆，总被化儿撩弄。如梦。如梦。只有鳏夫情重。

胡春香（1772？—1822？）

胡春香，黎末阮初最著名的女诗人。擅写喃字诗，影响深远，极大推动了越南文学的发展，被誉为“喃字诗女王”。然而，其诗多散佚，后人收拾佚作五十首，编为《春香诗集》，一时争相传写。

1960年，其半汉半喃诗集《璃香记》抄本再现人间，已是作者逝世近一个半世纪了。此本署“欢中古月堂春香女史辑”，录“乐府词”二调五阕，词文柔婉，如喁喁私语，很能体现词体文学“虽小却好”“深邃窈窕”的妙处。

长相思

江南述意兼柬友人梅山甫

花飘飘。木萧萧。我梦卿情各寂寥。可感是春宵。　鹿呦呦。雁嗷嗷。欢好相期在一朝。不尽我心描。

又

江泼泼。水活活。我思君怀相契阔。泪痕沾夏葛。　诗屑屑。心切切。浓淡寸情须两达。也凭君笔发。

又

风昂昂。月茫茫。风月空冷客断巧。何处是滕王。　云苍苍。水泱泱。云水那堪望一场。遥望触怀忙。

又

日祈祈。夜迟迟。日夜偏怀旅思悲。应莫误佳期。　风靡靡。雨霏霏。风雨频催彩笔挥。都是付情儿。

少年游

琼筵坐花，飞觞对月，风流属谁家。李子挥毫，徐妃援笔，思雅入诗歌。　□□□□，□□□□，今夕是如何。促席谈心，回灯叙事，抚笔一呵呵。

吴时香（1774—1821）

吴时香，字成甫，号衡斋，青威县左青威村（今属河内市）人。黎末著名文人吴时仕之子，西山朝兵部尚书吴时任之幼弟，吴家文派著名诗人之一。六岁丧父，由长兄吴时任抚养成人。黎末、西山朝更迭之际，社会急剧动荡，他随长兄流寓各地，仍刻苦学习，终有大成。阮朝嘉隆帝登基不久，就召进官中，授以官职，嘉隆八年（1809）以副使身份出使清廷。明命元年（1820），再度以副使身份，出使清廷，却在广西南宁永顺县途中病逝，时年四十七岁。吴氏一族早享文名，曾祖吴时亿，祖辈吴时仕，父辈吴时任、吴时偯、吴时智、吴时煌、吴时香，子辈吴时典数十人，远师白居易，孜孜矻矻，形成吴家文派，享誉当时。潘辉益《吴家文派序》说："三世词宗，声华焜耀，盖越甸书香庭所未有也。""常萼交辉，桂枝竞秀，如仲氏之醇粹，如诸昆之英发。"一门源派，总未可量。吴时香承父祖文荫，擅长汉诗，可谓是"豪爽雄伟之风概，渊雅宏博之典型"。《梅驿诹余》一书，就是他第一次出使清廷途中所写作品的集子，其中三首词，皆为祝嘉庆帝五十寿诞而作，文辞雅正，依稀可见《尚书》《大雅》的影响。

千秋岁

履永延臣国王

斗柄初旋，候虫正蛰。圣寿八千方五十。祥凝瑞翕□极照，跃向衮龙光熠熠。介辰鳌，萧韶奏，山千立。　皇天申休命用集。圣人致和福用集。安事乔松呼与吸。□恭寅畏黄金饵，操存省敕丹砂粒。寿无疆，重咏九，□诗什。

贺圣朝

冬夜独坐

奉琛万里朝嘉旦。济济衣冠灿。一堂春色，上堂绅□，下堂歌管。　景星庆云开纠缦。愿龟龄鹤算。如日若月，运行不息，昭回天汉。

清平乐

福岁玉食。永建中和极。位禄寿名归大德。四海九洲是式。　车书文轨攸同。泰山磐石增降。亿载光华帝旦，□如今日春风。

朱允致（1779—1850）

朱允致，字远夫，号谢轩，北宁省慈山府（今属河内市东英县）人。其父朱允劢于黎景兴三十九年（1778）中进士。七岁丧父，入范贵适门，学习儒典。无心科举，攻习诗古文。仿效陶渊明，开辟田园，自耕自食。乡人敬之。阮朝代兴，绍治帝搜求遗贤，屡征召不赴。以年老体衰恳辞，绍治帝允之，赐羊酒。逝后，子弘夫编《朱谢轩原集》。其中，《补遗》录词二阕，自注："故黎昭皇女生于燕。二首。"似有所寄托。

南歌子

代拟宣光参叶夫人祭幄

回首燕台月，伤心汉苑春。周全三载风羊烟。暂别谁知永诀、泪沾巾。　箧断回文锦，奁□宝镜尘。此生抱恨似安仁。不觉他生、肯共白头新。

【按】《南歌子》原作《南乡子》，依《钦定词谱》改。

桃源忆故人

代拟宣光参叶夫人祭幄

琚璜韵在瑶台迥。上苑依稀光景。花晚不堪霜冷。奈此春冰命。　　几回懒把褕衣整。剩有啼声堪咱。三十余年人境。未熟黄粱顷。

潘辉注（1782—1840）

潘辉注，字霖卿，号梅峰。潘辉益第三子。出生于国威府安山县（今河内市国威县）。自幼好学，六岁时便跟随其舅吴时任学习儒典。曾两次参加会试，未中。年甫四十，编竣《历朝宪章类志》，一举成名，阮朝明命帝径授国子监编修。两度出使清朝，又曾奉命出使荷属巴达维亚城（今印尼雅加达）。归国授工部司务，旋辞官归隐。著述颇丰，计有《历朝宪章类志》《皇越都奠志》《梅峰游西城野录》《华轺吟录》《华程俗吟》等。《华轺吟录》，是其首次使华作品的结集，成书于明命六年（1825），何宗权题词，录汉诗二百十五首、诗余八首、赋四首。沿用中国诗人潇湘八景咏题材，一一入诗吟咏，每首诗前缀小序一则，后附诗余一阕，小序、诗、诗余三者相互映照，别有情趣。与朝鲜词人专事《巫山一段云》体不同，潘辉注取选八个词调，试图表现各调与所咏对象内在关联的特殊美感。

更漏子

潇湘夜雨

响萧萧，声瑟瑟，滴滴恼却秋江。万山寂，一流寒。烟光渺茫间。残灯影，孤衾冷。枕上关河梦醒。三楚思，千年情。淋漓夜五更。

西江月

洞庭秋月

迢递九江烟浪，沧茫千里湖山。一轮桂魄夜团团。照彻素秋景色。　　岳浦展开明镜，湘峰点缀云寰。几人携酒泛重澜。解倒巴陵清影。

浪淘沙令

远浦归帆

翠岭拥长流。烟水悠悠。忽从天际见归舟。樯□凝茫天外树，浩渺汀洲。　　斜照暮溪头。言望踯躅。凉飙吹动白苹秋。满目关山随处泊，烟景夷犹。

【按】《浪淘沙令》原作《浪□沙》，依《钦定词谱》改。

惜分飞

平沙落雁

远浦衔芦秋弄影。草阵行行对整。萧瑟西风冷。斜阳沙向沧洲静。　　万里云烟江路永。暮宿朝□无定。关山消息远，顾倩传书通桂岭。

梅花引

江天暮雪

林萧索。水寂寞。朔风吹散冰晶□。雨乍阑。波增寒。银花万朵，堆满几重山。　　默林吐艳光争洁。清辉照对高空月。芦苇津，归棹人。孤蓬舒眺，诗思彻寒云。

【按】《梅花引》，原阙“引”字，据《钦定词谱》补。

小重山

山市晴岚

翠巘苍岩雾景重。不知何处是、半云中。鱼虾蔬菜路西东。人来往、斜影照曾峰。　　多野客渔翁。晚阳沽绿酒、醉清风。林光溪色淡还浓。舒望里、依约武陵丛。

渔家傲

渔村夕照

夹岸峰巧烟景寂。沧江迢递萦洲碛。孤村几簇芦花白。斜日下、残红缭绕云山碧。　　寒浦西风吹短笛。岩溪隔断红尘迹。绿蓑青笠饶闲适。好光景、清吟触起潇湘客。

霜天晓角

烟寺晨钟

蒲牢远叫。响八江口绕。借问起从甚处，岩上禅、关清晓。　　烟岚寒缭渺。征人迷蒙杳。枕畔数声唤起，坐对云、山悄悄。

佚名

何宗权《诗文杂集》录有二首贺何宗权寿之词，佚名作。何宗权（1798—1839），字巽甫，号芳泽，别号巽斋、海翁，因避绍治帝讳，阮朝书籍多作“何权”。河内省青威县（今属河内市青威县）人。早年师从范贵适、裴辉璧，与阮文超、吴世荣、武宗璠为友。明命二年（1821）中举人，次年中进士。历任新平知府、广治营参办、补太常寺少卿署工部佥事、礼部右侍郎等职，专事起草谕旨。十二年(1831),派遣出洋,著《洋梦集》记海外见闻。明命十三年(1832),起复为翰林院检讨，充内阁行走，后升侍读学士，充办阁务。明命十四年(1833),调任工部右侍郎,仍充办阁务。明命十六年(1835),升吏部左参知，充机密院大臣。明命二十年(1839)，病逝，追赠吏部尚书。著作颇丰，有《巽斋学咏》《洋梦集》《柳堂文集》《巽甫诗集》《登龙表诀》《会题翘诗》等。逝后五年，子元椿集其遗作及友朋之作，名《诗文杂集》，其中多贺何宗权寿之作，二阕寿词未标明作者姓名。从“尊堂”一语看，作者当是何元椿的友人。

满庭芳

尊堂双寿筵词

桂海流辉，紫峰裕荫，冠绅琚瑀齐芳。同庚配俪，寿岂协嘉祥。□□□□□□，团双镜、瑞彩焜煌。真正是、家门乐事，后辉而前光。　　台黄。征吉址，茂偕松柏，高并山岗。介眉开胜席，日月照逢阳。京邸怡愉椿帐，故岩复媚萱堂。继令后、十年一节，引翼庆流长。

锦堂春

姻族寅贺双庆寿筵词

鸿岭风光不老，柴岩烟景重新。达人清福山齐寿，颐养一腔春。　　中馈琴瑟乐友，满街芝桂芳芬。耆筵双寿逢初度，乐意此中真。

阮黄中（生卒年不详）

阮黄中，号仁亭，生平不详。以《阮黄中诗杂集》作品推测，当活跃在阮朝明命帝时代。其集分为杂诗、诗余、广居寄言及杂文四个部分。其诗余之作，计有二十二首，前缀《诗雏小引》，叙早年学词经历，畅言词学见解，是越南文学史上一份颇为难得的词学文献。其词小令、长调，或叙写景观，或抒发愁绪，均可见出宋词意境的影响，文辞雅驯，造境遥深，读来朗朗上口，不免枨触万端。

梦江南

望春集古

好春节，云物望中新。心似百花开未得，出口都是看花人。毕竟是谁春。

忆王孙

秋夜不寐，集古

孤打挑尽未成眠。枕上真成夜似年。月落乌啼霜满天。别神仙。只是当时已惘然。

忆王孙

怀望

萋萋芳草碧连天。望断平完阻夕烟。渺渺予怀倍黯然。两情牵。江尾江头两少年。

捣练子

倚楼

秋色淡，月光寒。茅店鸡声唱夜阑。最是离人愁重处，含情无语倚阑干。

花非花

春游

客情忙，春起早。拂长鞭，踏芳草。游人岂怕晓霜寒，争先一步看花好。

风流子

语落花

趁晚寻芳香国。减却几分春色。红满地，白空枝，道是东风无力。等闲识得，且探东君消息。

如梦令

花誉

香国葩千蕊万。春色红娇紫嫩。总为落情风,应惹蜂愁蝶怨。如愿。如愿。长与东君缱绻。

一叶落

惜落花

妒雨掷。狂风迫。满地落红真可惜。最惜是谁人，帘内窥春客。窥春客。对此愁难释。

南歌子

醉卧春宵曲

酒入诗无敌,诗成酒不禁。移几卧花阴。纵然眠去也,梦中吟。

南歌子

秋起碧窗梦

杨柳梳风色，芭蕉点雨声。风风雨雨不胜情。怕杀孤眠人起、更愁生。

连理枝

闺思

寒峭纱窗静。懒把菱花整。恨压眉尖，青春暗老，冤家薄幸。是有谁堪诉、孤灯孤月，照人孤影。

上西楼

怀人

花前月底孤吟。忆知音。曲有江南、无路寄情深。　更漏尽。帘幕静。泪盈襟。多少相思、夜夜□中寻。

减字木兰花

梅花

南枝梅放。风情占断花头上。不受尘埃。也向村庄雪里开。　香清色白。足称物外佳人格。玉骨冰肌。莫使霜禽粉蝶知。

忆汉月

水仙花

袅袅凌波青秀。昨夜东风初透。玉台金盏动清香，那管春光泄漏。　仙家原耐冷，黄白事、不消火候。枕流漱石足生涯，问你几生修就。

忆秦娥

闺词

山河越。思君暗把愁心结。愁心结。秦筝如诉，声声悲咽。　　鱼沉雁杳音书绝。佳音欲寄凭谁说。凭谁说。几多恩爱，几经离别。

城头月

闺思

晚风帘幕轻寒透。恰是相思候。底事关情，不须提起，且看眉儿皱。　　香消玉减如今又。只管人消受。寄语天涯，花阴柳影，莫使檀郎瘦。

行香子

春花

和气冲融。春色玲珑。看花间、点缀春工。千千嫩白，万万娇红。尽舞春晴，含春雨，笑春风。　　春开好景，花铺寄艳，惹春情、偷眼花中。双双戏碟，两两游蜂。好抱花须，食花蕊，宿花丛。

望江南

月夜赏花

风月夜，深园俟花开。花面娟娟含月笑，花香冉冉惹风来。予美契予怀。　　花色色，夜丛最为佳。我适爱花频怅望，花仍爱我共徘徊。蜂蝶莫相猜。

菩萨蛮

秋夜相思

秋声一夜来风雨。寒侵旅院孤吟苦。终夜不成眠。为情空自怜。　　雨声和漏滴。愁杀相思客。无梦寄相思。青灯挑夜迟。

临江仙

乡国地违千里，江湖天入三秋。不堪风雨夜悠悠。声声敲旧恨，点点滴新愁。　　幽恨凭谁解释，多情枉自绸缪。秋声更乱我烦忧。挑灯心似火，听雨泪如流。

满江红

春尽

晴望江村，春去也、花飞片片。惆怅与、东君离别，无言相饯。嫩绿丛中蜂暗遇，红疏枝上鹭高啭。最思春、到底觅春踪，春不见。　　转盼处，空留恋。幽恨事，难消遣。奈东风无力，流光似箭。寥落不愁香径淡，蹉跎只恐朱颜变。惜多才、误了少年春，终谁谴。

凤凰台上忆吹箫

无题

夜月帘栊，春风巷陌，几多柳暗花明。叹伯劳飞燕，到底无情。望断天涯芳草，嘶马路、十里长亭。人何恨，思思想想，冷冷清清。　　叮咛。少年心事，怎说与傍人，空自惺惺。忆香肩檀口，悄语低声。欲探青春消息，多管是、有影无形。谁却道，悄悄惜惜，款款轻轻。

阮绵审（1819—1870）

阮绵审，原名鹗，字仲渊，又字慎明，号仓山。因眉间长有一根白毫，故别号“白毫子”。阮明命帝阮福皎第十子，淑嫔阮氏宝出。阮朝绍治年间（1841—1848）封从国公，后晋从善公，去世后追封从善郡王、从善王。自幼聪颖，读书勤奋，学问渊博。此时，阮朝已渐为法国势力所左右，国势日不可为，愤闷之情，寓诸诗歌，自称“独有恋诗癖而近乎痴迷”，家中供奉屈原、曹植二牌位。与弟绥理、襄安齐名，世称“阮朝三堂”，是皇派诗人的杰出代表，嗣德帝更称他为“一代诗翁”。又喜结交文人，结松善诗社，参与者多达四五十人，将阮朝文学推向了一个新的高峰。著作甚多，有《仓山诗集》《仓山文集》《仓山诗话》《鼓枻词》等，计汉文诗二千多首、词六十余阕，蔚为大观。龙启瑞《汉南春柳词·〈庆清朝〉序》评曰：“诗笔之妙，不减唐人。”况周颐《蕙风词话》评曰：“短调清丽可诵，长调亦有气格。”其论诗推尊高启、王士禛、沈德潜的高雅之致，对于“用古人语而翻改一二字而愈新者”的袁枚、赵翼颇为不屑。论词则崇尚南宋姜张“清空骚雅”词风，故《鼓枻词》计八十二调、一百十四阕，风格较为一致，如《疏帘淡月·梅花》得姜夔《暗香》《疏影》之神韵，笔调空灵，摇曳生姿；《法曲献仙音·听陈八姨弹南琴》则仿效张炎《法曲献仙音席·上听琵琶有感》之范式，类多感慨，悱恻夐绝。

贺新郎

戏赠东仲纳姬

宋玉兰台客。锦囊诗，扬华振采，声名藉藉。况复今宵好花烛，玉帐薰香满席。半醉里、樱桃弄色。却笑陈王洛神赋，怅盘桓、梦后无消息。岂不是，痴曹植。　　青春行乐君须惜。不重来，匆匆却去，留之无策。京兆张郎画眉妩，看取湘编情迹。也一线、春心脉脉。眼底娉婷世无匹，有情人、谁复禁情得。便是□，千金刻。

一枝春

谢拙园兄惠梅花一枝

白雪楼高晓寒多，一片冻云疏雨。经旬闭户，懊恼无由见汝。重帘未暖，怎般梦、罗浮大庾。甚处觅、疏影暗香，只益襄阳吟苦。　　美人一枝寄与。银瓶风袅袅，檀心刚吐。丰神秀朗，竟似陆郎眉宇。双鬟佐酒，怎能禁、十觞累举。还少个、醉苦阿兄，为梅作谱。

行香子

咏菊

喜在村庄。不识岩廊。向九秋、独抱孤芳。岁寒寂寞，野径相羊。任几番风，几番雨，几番霜。　　天随宅废，陶令园荒。只此花、潇洒重阳。与松作对，和杞为粻。或餐落英，掇柔叶，佩柔香。

一剪梅

夜钓

短蓑园笠称扁舟。才过沙洲。又过芦洲，一竿月里坐悠悠。残叶吟秋。横笛悲秋。　　信风泛泛逐闲鸥。道是消愁。却是无愁。三杯浊酒钓诗钩。水也淹留。山也淹留。

鹧鸪天

题《栗园填词图卷》后

急管繁弦夜未休。双鬟劝酒唱伊州。十年明月随流水，一树垂杨欲暮秋。　　今善病，复工愁。闭门独卧爱居幽。红颜顾曲甘输尔，占断春风燕子楼。

望江南

美人睡起

罗幕卷，灯影照残妆。寒雨殢人娇未起，红蕤枕畔恋余香。不省卧空床。

天仙子

病寒自嘲

卧病经旬书懒看。底事愁如丝自绊。空阶落叶转萧萧，风一半。雨一半。并作枕边声不断。　独拥金炉然兽炭。瘦骨凌兢寒未散。忽惊檐际动帘钩，衣也唤。香也唤。喘月吴牛堪一粲。

满庭芳

寄题驸马克斋《菊花》

三径烟霜，半帘月露，妆成一片清愁。平阳池馆，低亚万枝稠。无限金尊檀板，添桃李、多少风流。谁知道、芳心独抱，尚有此花幽。　何郎偏爱汝，贞标逸品，移植轩头。把珠帘十二，高挂银钩。纵有赋家□李，比平叔、终绝难俦。吹箫罢、衔杯弄翰，佳句满秦楼。

临江仙

咏水仙花

瘦石寒沙还旧契，依然一片潇湘。也应配食水仙王。凌波疑向竹，招手唤英皇。　冷落数花明砚席，灯前描就新妆。淡烟香雾月茫茫。幽人真借汝，点染好山房。

浣溪沙

春晓

料峭东风晓幕寒。飞花和露滴栏杆。虾须不卷怯衣单。小饮微醺还独卧，寻诗无计束吟鞍。画屏围枕看春山。

清平乐

早发

青鞋布袜。不待平明发。未暖轻寒清欲绝。一路晓风残月。　　春山满眼峥嵘。马蹄乱践云行。拖醉高吟招隐，流如和新声。

摸鱼儿

得故人远信

草萋萋、陌头三月，王孙行处遮断。青山忆昨日登眺，时节未寒犹暖。风□晚。歌一曲、白云不度横峰半。兴长书短。已暮雨人归，东风花落，回首旧游远。　　经年别，何处更逢鱼雁。相思□□无限。朝来对客烹双鲤，摘取素书临看。心转乱。谁料尚、飘零琴剑江湖畔。天回地转。愿跨海营桥，划岩为陆，还我读书伴。

后庭花

题李后主词集

樱桃落尽春归去。寻芳无路。哀歌未断教谁补。城头金鼓。　　江南不少风流主。后庭玉树。胭脂空怨韩擒虎。一般辛苦。

法曲献仙音

听陈八姨弹南琴

露滴残荷，月明疏柳，乍咽寒蝉吟候。玳瑁帘深，琉璃屏掩，冰丝细弹轻透。旧轸涩，新弦劲，沉吟抹挑久。　泪沾袖，为前朝、内人遗谱，沦落后、无那当筵佐酒。老大更谁怜，况秋容、满目消瘦。三十年来，索知音、四海何有。想曲终漏尽，独抱爨桐低首。

迈陂塘

晚起

倚南窗、纸屏石枕，竹凉又是如许。梦魂化蝶无拘束，随意探香花圃。帘影午。才一觉南柯，早已青山暮。绿苔庭户。恰萝径人归，柴门犬吠，栖鸟隔烟语。　开新茗，待得樵青唤取。玉川七碗方住。手中半卷残书在，兴到不寻章句。吟且去。待月上林梢，照遍前溪路。狎鸥盟鹭。有短桨扁舟，钓筒渔具，好向白沙浦。

疏帘淡月

梅花

朔风边夜，正酒醒三更，月斜半阁。何处寒香，遥在水边篱落。罗浮仙子相思甚，起推窗、轻烟漠漠。经旬卧病，南枝开遍，春来不觉。　谁漫把、几生相摧，也有个瓍仙，尊闲忘却。满瓮缥醪，满拟对花斟酌。板桥直待骑驴去，扶醉诵、南华烂嚼。本来面目，君应知我，前身铁脚。

剔银灯

灯

一点豆青灿灿。只在案头长伴。雨阁开尊，秋窗读史，恰照修眉细眼。光明自满。谁计较、九枝千盏。　乐事人间无限。多少歌楼舞馆。寂寞今宵，殷勤片影，剩借祛愁大半。更阑漏断。笼得住、风来不管。

扬州慢

忆高周臣

草阁微凉，笆篱落日，晚来斜凭栏杆。望平芜十里，尽处是林峦。忆相与、长亭把酒，秋风萧槭，细雨栏珊。脱征鞭持赠，怕歌三叠阳关。　流光荏苒，到如今、折柳堪攀。岂缨绂情疏，江湖计得，投老垂竿。纵有南归鸿雁，音书寄、天海漫漫。但停云凝思，不禁楚水吴山。

金人捧玉盘

游山

爱山幽，缘山入，到山深。无人处、历乱云林。禅宫樵径，棕鞋桐帽独行吟。东溪明月，恰离离相向招寻。　辋川诗，柴桑酒，宣子杖，戴公琴。尽随我、此地登临。振衣千仞，从须教烟雾荡胸襟。醉歌一曲，指青山、做个知音。

解佩令

题苇野南琴曲后。相传琴是前朝国叔遭谗罢政后所制，声甚哀，惟旧教坊陈大娘独得之。

孤桐三尺，哀丝五缕，代当年、房相传幽愤。恋国忧谗，把万斛伤心说尽。董庭兰、愧他红粉。　参横月落，猿啼鹤怨，纵吴儿、暂听谁忍。老我工愁，怎相看、文通题恨、恐明朝。霜华添鬓。

西江月

和栗圆韵柬和甫

冉冉樱桃风信，蒙蒙芍药烟霏。美人别后梦依稀。试问相思还未。　　抛掷花明酒酽，伶俜燕语莺飞。兰缸石铫皂罗帏。管领书香茶味。

两同心

水精帘静，云母窗深。璧月高、宵烟袅袅，银河转、漏鼓沉沉。春风里，花是双头，人是同心。　　何须恨语相寻。戏语相侵。酒半杯、分从合卺，琴一曲、弹向知音。休猜着，旧日情怀，个个如今。

小桃红

烛泪甫堂索赋

不管兰心破。不惜荷盘涴。寂寞更长，替人垂泪，潸然如泻。想前身、合是破肠花，酿多情来也。　　缕缕愁烟锁。滴滴明珠堕。凭吊当年，寇公筵上，石家厨下。纵君倾、东海亦应干，奈孤檠永夜。

阮贞慎（1826—1904）

阮贞慎，字淑庆，号梅庵、妙莲。明命帝第二十五女，阮绵审同母妹，封赖德公主。幼时随母亲及同母姐妹生活在端正院内城，后搬至阮绵审住所，入读专门培养皇家子孙的孙学堂，阮绵审亲自施教，故爱上作诗。诗艺卓著，与归德公主阮永贞、顺礼公主阮静和并称“阮朝三卿”。受阮绵审主持的松善诗社群体影响，创立诗会“请月庭”，与文人雅士论诗唱和。手定《妙莲诗集》，又称《赖德公主妙莲集》，初刊于嗣德十九年（1866），录三百七十首汉诗，分三卷、补遗一、附录一，前有绵审序。其中录词二阕，乃早年节序、闲居之作，远追白居易，词句整饬，音节谐美。其中“慈舆”一句，当是陪侍母亲淑嫔阮氏宝出游所作，从容雅丽中流露富贵气象。

望江南

佳节赏元宵

江南忆，佳节赏元宵。银烛金樽湖上宴，红牙紫袖月中箫。小立赤栏桥。

望江南

消夏赋闲居

江南忆，消夏赋闲居。荔熟浦湖催客宴，花开夹路导慈舆。风景未曾虚。

阮述（1842—1911）

阮述，原名公毅，字孝生，号荷亭。广南省升平府（今属广南省升平县）人。阮嗣德二十年（1867）中举人，次年参加庭试，中副榜。初授翰林院编修，后升养善堂教导。嗣德三十四年（1881）

升参办阁务，领户部侍郎。随即以正使身份出使清朝。嗣德三十六年（1883）又以副使身份随刑部尚书范慎遹前往天津公干。建福元年（1884）回国，署兵部右参知。咸宜元年（1885）五月，咸宜帝出奔广治，法国人另立同庆帝，升户部尚书。同庆二年（1887）任清化总督。成泰三年（1891）加太子少保衔，成泰四年（1892）升授协办大学士，成泰五年（1893）领兵部尚书，充机密院大臣，经筵讲官，成泰七年（1895）改领吏部尚书，成泰九年（1897）改领工部尚书。成泰十六年（1904）致仕。维新五年（1911）十二月去世。追赠东阁大学士。著有《往津日记》《每怀吟草》《南漂记事》《法越交兵纪略》《荷亭应制诗抄》《荷亭文抄》等。他多次出使清朝，与清文人诗酒唱和，同时积极介绍越南作家作品，阮贞慎、阮绵审等人的作品遂为中国人所知。

念奴娇

填词，恭和御制《念奴娇·幸翠云》

翠云山色，恍蓬莱、一峰俯瞰川泽。拱护神京标胜迹，讵止出栖禅宅。夙驾迎风，舟师击楫，万迭涛痕白。中流顾盼，想象当年破敌。　　岩畔松柏森森，凉飙荐爽，花落香生席。静坐山亭临远海，底事不忘筹画。破浪非才，泛槎此度，谩问支机石。斗南瞻望，燕京来岁今夕。

附录：越南汉文小说中的词作

《传奇新谱·云葛神女传》

《传奇新谱》，段氏点著。段氏点（1705—1748），小字红霞，号红霞女史。京北镇文江县（今属海兴省文江县）人。幼从父兄学，文名早著。年廿五岁，父亡，兄继逝，遂悬壶行医，并代人撰述。聘入宫授学，迁至章阳讲学，从学者众。黎朝景兴二年（1741），嫁阮翘为继室。婚后月余，阮翘奉使清朝，三年乃返。景兴八年（1747）随夫出镇宜安，卒于镇所。擅汉、喃诗，公认为越南文学史上最具文学才情的女作家。又曾将邓陈琨著长诗《征妇吟曲》译为喃字《征妇吟演歌》，传唱极广。《传奇新谱》，系一短篇小说集，作年不详，有抄本、刻本各一本传世，刻本镌“嘉隆拾年辛未春月日镌”，署“红霞段夫人著”，《云葛神女传》乃仿效《剪灯新话》之《金凤钗记》的爱情故事，男女主人公借诗词传情，文辞浅白，情意绵绵，颇具艺术感染力。

风雨恨

才何佳，情何好。一片才情撩客恼。客恼几时消。相寻不怕遥。风忽起。雨忽至。深嗟咫尺成千里。风伯雨姨太薄情。春愁寂寥户常扃。几回梦绕桃源里，欲把千金买一晴。

春光调

四序词·春词

春光似画，暖气微。爱日迟。桃花含笑柳舒眉。蝶乱飞。丛里黄莺睍睆，梁头紫燕喃呢。浩荡春闺不自持。掇新词。

隔浦莲

四序词·夏词

乾坤增郁燠，草里青蛙闹。枝头寒蝉噪，声声杜宇恼。哑哑黄鹂咤。类相告。春主今归兮，如何好。　　这般景色，添起一番撩撩。幸祝融君，鼓一曲南薰操。亲送荷香到。前番伤心，随风尽扫。

步步蟾

四序词·秋词

水面浮蓝山削玉。金风剪剪敲寒竹。芦花万里白依依，树色霜凝红染绿。　　莹彻蟾宫娥独宿。瑶阶独步秋怀促。不如径来篱下菊，花香闲坐，抚瓠弹一曲。

一剪梅

四序词·冬词

玄冥播令满关山。鸿已南还。雁已南还。朔风凛冽雪漫漫。遍倚栏杆。倦倚栏杆。　　拥炉尚尔觉青颜。坐怎能安。卧怎能安。起观姑射落尘间。花不知寒。人不知寒。

《越南奇逢实录》

《越南奇逢实录》，佚名著。当作于阮朝前期。书中有“钟情五调”的名目，属于词体者三阕。但词牌皆有外误，今一一按《钦定词谱》是正。“钟情五调”抒发男女相思之苦，丝丝入扣，哀而不伤，读来朗朗上口。

踏莎行

天外征鸿，庭边过雁。秋愁似海无涯岸。雨云散夜绕阳台，乌鸿何时填北汉。　圣母祠前，祖龙庙畔。当初未了风花案。泌情好付月明知，夙分应随东风干。

【按】《踏莎行》原作《满庭芳》，依《钦定词谱》改。

一剪梅

忆昔灯前月下时。情不可支。乐不可支。于今兰室懒画眉。人也胡而。月也胡而。　鸳鸯帐里是何时。倍我思惟。切我思惟。拟向鱼信一心时。用写相思。用表相思。

【按】《一剪梅》原作《剪梅格》，依《钦定词谱》改。

长相思

朝望君。暮望君。东房风月转愁新。红巾万点啼痕。　坐伤神。卧伤神。长安音信杳得闻。珥河几度问津。

【按】《长相思》原作《望江南格》，依《钦定词谱》改。

《同窗记》

《同窗记》，长篇世情小说，佚名著。《越南国家图书馆汉喃书目》判断成书时间在阮朝成泰十年（1898）之后。书中共有词作六首，多叙男女欢爱之情。

一剪梅

今如何夕偶相逢。一夕相逢。一夜相通。芳容相对五更风。梦到巫峰。梦会巫逢。　素蛾今日到蟾宫。共宿东窗。□□□□。谗逢到别便匆匆。空忆娇容。乍忆娇容。

添声杨柳枝

佳景轩前不卷帘。景幽然。娇红嫩绿着鲜妍。色连天。　目向花前谁是伴，秀婵娟。对花酌酒乐无边。小神仙。

【按】《添声杨柳枝》原作《折杨柳》，依《钦定词谱》改。

西江月

天台客逢游客，章台人送情人。殷勤谢底思殷勤。确把芳心休放。　永对天长地久，羞言暮楚朝秦。别君此去剩思君。一段芳灵战闷。

一剪梅

举目归鞍泪暗垂。方与君期。忽别君归。一朝花草暂分歧。月下相思。花下相思。　　愁聚眉峰蹙五眉。鸾自孤飞，鸾自孤飞。问君此别几多时。再合佳期。再会佳期。

长相思

花有阴。月有阴。花影重重月影沉。相思只浪吟。　　愁难禁。恨难禁。一般愁恨一般心。为我道知音。

【按】《长相思》原作《同相思》，依《钦定词谱》改。

忆秦娥

忆知音。忆知音。无语只狂吟。暮灯惨淡，郑重情深。　　厌看野鸟啼阴，秦风楚雨倍伤心。愁也难禁，恨也难禁。

《华园奇遇集》

《华园奇遇集》，佚名著，残本。似出自阮初某“忠黎之士”手笔，系仿效中国传奇小说《国色天香•寻芳雅集》而作的爱情小说，情节设置，词藻运思，多步趋《寻芳雅集》，模仿的痕迹依稀可见。男女主人公多以诗词传情，辞句浅近，缠绵悱恻，颇饶才子佳人之佳趣。

如梦令

正倚花栏桥上。忽见玉人音响。潜步看芳姿，不顾鬟声喨。心想。心想。何日园花玩赏。

西江月

月下佳人玩景，风景才子摇琴。徐徐启步正渐窥。忽见推弹遽起。　　长叹一声何恨，愿成百岁假期。何时君子遂初心。不负相如一曲。

南柯子

远寺钟声际,依稀梦不成。游仙神绕夜三更。掩卷长嗟短忆、□花生。　　桂树飘飘绿，长空皓月清。秋风秋月太无情。空抱一腔幽恨、醉酩酊。

清平乐

寒钟报晓。玉女探花何早。一言醉得心头恼。安用信任青鸟。　　张生犹托小红。况吾所遇相同。不日佳音报到，整衣登广寒宫。

眼儿媚

园中桃柳正菲芳，风送览凄凉。柳眼流涕，桃腮含泪，断尽人肠。　　缘梅飞□染雪霜。幽闺一断肠。愁思若水,春心似醉,别恨空将。

朝中措

星斗上银河，长天万里赊。倚阁风飘可恨纱。窗月照堪嗟。　　绣衾牢抱，芳心如醉，愁乱如麻。抚枕长嗟短叹，孤凄将奈如何。

【按】《朝中措》原作《朝天惜》，依《钦定词谱》改。

《传记摘录》

《传记摘录》，短篇小说集，佚名编，成书年代约在阮初。其中，《渔樵狂子传》中录《西江月》一首。

西江月

夜宿深山古庙，朝行草野荒村。闲来无事掩柴门。餐饱黄粱一顿。　不管兴衰成败，□头酒满金樽。是非任我绝谈论。举杯邀皓月吞。

琉球词

毛弘健（? —1722）

毛弘健，字元疆，琉球首里人。曾任琉球朝廷耳目官。清康熙六十一年（1722），任贡使前往北京，并奉派领学生若干名入学北京国子监，惜乎在福建外海触礁溺亡。《琉球国志略》云："六十一年，王遣毛弘健、陈其湘入贡，附遣官生四人入监；至闽洋触礁，俱溺死。"《琉球小志并补遗》亦载："钦遵随于康熙六十一年十一月遣官生蔡用佐、蔡元龙、郑师崇三人同贡使毛弘健等赴京入监读书，不幸在海沉没。"可见毛氏应于琉球学词。存词一首。

望江东

海水东流人不住。振玉佩，还朝去。鲸波一碧浮槎溯。自有水仙神护。　　倚阊日望临江树。一只兰船轻渡。王程两载从头数。□已尽天边路。

东国兴（1816—1877）

东国兴，字子祥，童名樽金，琉球首里人。父亲是与世山政辅东顺法，母亲名童氏真鹤。道光二十一年（1841）入读北京国子监，在名儒孙衣言的指导下苦读三年，学业日进。归国后不久，就被尚育王任命为国学讲谈师匠，负责教育首里贵族子弟。尚泰王即位十年之际，升任侍讲，封为"亲方"（琉球文官最高等级）。同治三年（1864）出使清廷，请求册封尚泰王，事浚归国，又赴日本萨摩藩通报册封事宜。同治十一年（1872）充"头年使"出使日本东京，考察新政，推进琉球变法。位至国师。琉球灭国前两年逝世。有《东国兴诗抄》《琉球诗课》《琉球诗录》等。东国兴在学术上得孙衣言真传，诗词文俱佳，其诗词亦多孙氏批点，弥足珍贵。存词二首。

柳梢青

烟树金台，春风陌上，垂柳丝丝。芳草青青，半迎归客，半送征骓。　　乡关万里离思。几归去、帘前夕晖。燕子呢喃，桃花历乱，书寄天涯。

忆秦娥

云悠悠。轻帆一棹飞江头。飞江头。人不见,月照离愁。　　秋风落木金台秋。思人又自登高楼。登高楼。云沉山后,日落城陬。

参考文献

[1] 夏承焘．域外词选［M］．张珍怀，胡树森，注释．北京：商务印书馆，2018．

[2] 彭黎明，罗姗．日本词选［M］．长沙：岳麓书社，1985．

[3]森槐南，高野竹隐，森川竹磎．日本三家词笺注[M]．张珍怀，笺注．合肥：黄山书社，2009．

[4] 王强．日本汉诗文集［M］．南京：凤凰出版社，2018．

[5] 石立善，林振岳，刘斯伦．日本汉诗文集丛刊 第1辑 第1册［M］．上海：上海社会科学院出版社，2020．

[6] 森槐南．槐南集［M］．文会堂书店，1912．

[7]神田喜一郎．日本填词史话[M]．程郁缀，高野雪，译．北京：北京大学出版社，2000．

[8] 森川竹磎．梦余稿词［M］．水原渭江，编．水原渭江家印本，1995．

[9] 入谷仙介，揖斐高，大谷亚夫，等．汉诗文集［M］．岩波书店，2004．

[10] 萩原正树．《詞譜》及び森川竹磎に關する研究［M］．中国艺文研究会，2017．

[11] 车柱环．高丽唐乐之研究［M］．同和出版公社，1983．

[12] 柳己洙．全高丽朝鲜词［M］．上海：华东师范大学出版社，

2019.
[13] 弘华文．燕行录全编 第1辑［M］．桂林：广西师范大学出版社，2010.
[14] 复旦大学文史研究院，越南汉喃研究院．越南汉文燕行文献集成：第8册 越南所藏编［M］．上海：复旦大学出版社，2010.
[15] 于在照．越南文学史［M］．广州：世界图书广东出版公司，2014.
[16] 于在照．越南文学与中国文学之比较研究［M］．广州：世界图书广东出版公司，2014.
[17] 高津孝，陈捷．琉球王国汉文文献集成［M］．上海：复旦大学出版社，2013.
[18] 谷山茂，上坂信男，内田满，等．日本文学史辞典［M］．京都书房，1982.
[19] 崔成德．朝鲜文学艺术大辞典［M］．长春：吉林教育出版社，1992.
[20] 徐红岚．中日朝三国历史纪年表［M］．沈阳：辽宁教育出版社，1998.